RELATOS DE FANTASMAS

ALMA CLÁSICOS ILUSTRADOS

RELATOS DE

FANTASMAS

Ilustrado por
Fernando Falcone

Títulos originales: *Letter on the Subject of Ghosts, The Real Right Thing, Madame Crowl's Ghost, Afterward, Apparition, The Secret of the Growing Gold Round the Fire, The Phantom Coach, The Shadow, The Yellow Wallpaper, Le blanc et le noir, Thrawn Janet, Only a Dream, The Black Cat, The Silent Ship, The Legend of Sleepy Hollow*

© de esta edición:
Editorial Alma
Anders Producciones S.L., 2022
www.editorialalma.com

  @almaeditorial

© de la selección y prólogo: Antonio Iturbe

© de la traducción:
Carta sobre los fantasmas, El fantasma de la señora Crowl, El secreto del oro creciente, Junto al fuego, El carruaje fantasma, La sombra, El papel amarillo, Janet la Torcida, Solo un sueño, El navío silencioso, La leyenda de Sleepy Hollow: Manuel de los Reyes
Aparición, Lo blanco y lo negro: Jaume Ferrer
La verdadera actitud correcta: Eduardo Berti. Traducción cedida por Páginas de Espuma
Después: E. Cotro, M. Fernández Estañán, E. Gallud y J.C. García. Traducción cedida por Páginas de Espuma
El gato negro: Traducción cedida por Editorial Iberia, S.A.

© de las ilustraciones: Fernando Falcone

Diseño de la colección: lookatcia.com
Diseño de cubierta: lookatcia.com
Maquetación y revisión: LocTeam, S.L.

ISBN: 978-84-18933-26-4
Depósito legal: B15553-2022

Impreso en España
Printed in Spain

El papel de este libro proviene de bosques gestionados de manera sostenible.

ÍNDICE

PRÓLOGO

LOS FANTASMAS EXISTEN (AL MENOS, EN LA LITERATURA)

E l fantasma es ese ser que cruzó la puerta de la muerte pero se empeña en regresar al mundo de los vivos colándose por las rendijas de la realidad. En la primera de las ocho definiciones que la Real Academia dedica a la palabra «fantasma», con ese empecinado escepticismo de los académicos, lo describe como: «Imagen de un objeto que queda impresa en la fantasía». Los científicos espantan a los fantasmas con un fumigado de ecuaciones matemáticas y los académicos con una retórica que tiene la asepsia de un quirófano, por eso el espectro opta por aparecerse en el fértil territorio pantanoso de la leyenda y la literatura.

Los incidentes entre los muertos que miran con ojos vivos forman parte del hueso de la narración desde el mismísimo origen de la literatura. La literatura oral anterior a la escritura estaba repleta de historias de entes que traspasaban la frontera entre la vida y la muerte. La narración escrita más antigua que se conserva, *La leyenda de Gilgamesh* (entre 2200 y 2500 a.C.), que no hace otra cosa que trasladar a tablilla de barro las historias relatadas de manera oral durante generaciones, nos cuenta cómo su protagonista llega hasta el inframundo para intentar conocer el secreto de la inmortalidad. También en uno de los textos fundacionales de la historia de la literatura, *La Odisea,* Ulises llega al inframundo en barca y desciende al Hades para hablar con los muertos en uno de los episodios más escalofriantes de su accidentado retorno a Ítaca. En la literatura, los muertos tienen algo que decir.

No obstante, lo cierto es que la literatura de fantasmas toma entidad propia y se convierte en un género en sí misma cuando es el espectro el que hace el viaje inverso y se nos presenta de improviso en nuestra realidad, haciendo que se nos congele la sangre. Encabezamos esta antología con el que tal vez sea el relato escrito de apariciones fantasmales más antiguo que se conserva. Escrito hace 2.000 años, Plinio el Joven escribe una carta a su amigo Sura en la que ya entonces se plantea qué hay de verdad en historias como la que describe: un filósofo que llega a Atenas alquila una casa en la que vaga por las noches un espíritu que arrastra unas oxidadas cadenas. Es asombroso lo mucho que este breve relato ha influido en la literatura gótica que vivió su esplendor en el siglo XIX: de este espectro al fantasma de Canterville de diecinueve siglos más tarde no hay tanta distancia, más allá de unas manchas de sangre y unos niños con más curiosidad que miedo.

Los fantasmas han estado apareciéndose durante siglos en las páginas de los libros, como ese fantasma del padre del príncipe Hamlet que regresa a la Tierra para reclamar a su hijo venganza. Veremos a lo largo de los cuentos de esta antología diversas maneras en que el fantasma regresa a este lado del mundo, con intenciones que difieren, pero que coinciden en esa inquietud del espectro que no es capaz de conciliar el sueño eterno. El criterio a la hora de seleccionar estos relatos ha sido, precisamente, el de ofrecer una mirada lo más amplia posible al fenómeno del fantasma en la literatura, desde los planteamientos más clásicos de aparición y ruido de cadenas, hasta enfoques mucho más sutiles o heterodoxos.

Está claro que en el centro del «clasicismo» del relato de fantasmas está la aparición del espectro y lo que genera a su alrededor. Porque la clave principal en este tipo de historias no está en el espectro, que puede ser más o menos humano, o más o menos peligroso, sino en la manera en que reaccionan aquellos que entran en contacto con él. No da lugar a dudas de sus intenciones el título a uno de los relatos de esta antología, *Aparición,* escrito por Guy de Maupassant, uno de los grandes de la distancia corta con más de 300 relatos en su mochila. Este es un cuento de 1863 en el que utiliza una técnica que veremos en bastantes de estos relatos: una escena cotidiana en la que alguien empieza a contar una historia a los demás y poco a poco se hace el silencio de los que escuchan, cada vez más encogidos. Muchos escritores en esta antología recurren a este recurso de la historia dentro de la historia. Es una manera muy eficaz de situar al lector en un territorio de realismo al mostrarnos unas personas corrientes como otras cualesquiera de su época en su cotidianidad de manera que lo que se nos cuente a continuación, por asombroso e imposible que parezca, resulte verosímil porque nos llega desde la más nítida realidad.

En *Aparición* es el viejo marqués de La Tour-Samuel, de ochenta y dos años, el que se levanta, se apoya en la chimenea y les cuenta a los otros, con voz un tanto temblorosa: «Yo también sé de un extraño suceso. Tan extraño que ha sido la obsesión de mi vida». En *El fantasma de la señora Crowl,* publicado originalmente de forma anónima en la edición del 31 de diciembre de 1870 de la revista *All the Year Round*, el escritor irlandés Sheridan Le Fanu —otro de los grandes— es la cuidadora de la hija de los dueños de la casa la que nos cuenta los extraños sucesos que acaecieron cuando trabajaba de criada en la embrujada casa de la señora Crowl. Ambas parecen historias demasiado verídicas para ser cuentos. Y es que los cuentos buenos siempre son verdaderos, amasados con esa verdad poderosa de la imaginación.

En esta recopilación podrán asomarse a varios relatos que convierten la aparición fantasmal en un acontecimiento sutil y a relatos con derivas inesperadas. No se pierdan *El papel amarillo* de Charlotte Perkins Gilman, una intelectual norteamericana muy implicada en la defensa de los derechos de la mujer. Para los que crean que la literatura de fantasmas es un mero divertimento, que se pasen por aquí y vean cómo no se nos habla del más allá sino del más aquí, porque tiene una parte autobiográfica a causa de la depresión posparto de la propia autora. Un médico de Boston tras leerlo en la revista *New England* en 1891 afirmó —un poco exagerado, sin duda—: «Este relato no debería haberse escrito. Solo con leerlo podría volver loco a cualquiera». Es un relato opresivo, desde luego. Pero sobre todo pone de manifiesto la presión a la que podía verse sometida una mujer que se salta lo que se espera de ella en esa patriarcal sociedad de final del siglo XIX.

La fantasmagoría no siempre se resuelve con un aparecido, con o sin sábana. También se expresa a través de la atmósfera opresiva que se genera en el relato a medida que la incertidumbre sobre algo ominoso que pesa sobre las cabezas de los protagonistas se hace más y más densa. En eso son unos maestros esa extraña pareja literaria francesa que fueron Erckmann-Chatrian, formada por Émile Erckmann y Alexandre Chatrian, que durante treinta y siete años —hasta la muerte de Chatrian en 1890— formaron un tándem tan extraordinario que en sus años de máxima popularidad se les llamaba «Los hermanos siameses». Atrévanse a adentrarse en el ambiente lúgubre y bizarro de *El blanco y el negro* y descubran por qué el escritor Javier Marías se encuentra entre sus lectores más fervientes.

La atmósfera y la temperatura de los estados de ánimo eran la biblia de Henry James. Si siempre es sutil en sus planteamientos hasta el punto de resquebrajar todas nuestras certezas sobre lo que creemos que estamos leyendo, en esta pieza publicada en la revista *Collier's Weekly* en 1899, titulada *La verdadera actitud correcta,* tenemos que estar con los ojos más abiertos que nunca. El fantasma de esta historia... descúbranlo ustedes mismos, si pueden.

Aunque para escurridizo el fantasma que todos acarreamos en *La sombra,* uno de los cuentos más singulares del gran Hans Christian Andersen. Esa sombra inquietante que nos dice: «Lo he visto todo y lo sé todo». Heterodoxa también es la historia que les proponemos del maestro entre maestros del mundo oscuro, Edgar Allan Poe: *El gato negro.* Poe tuvo varios gatos, al menos dos de ellos negros, y decía que necesitaba tenerlos cerca para ponerse a escribir. Lenguas afiladas explicaban que Poe quería tanto a sus gatos que incluso compartía con ellos el whisky —al que era algo más que aficionado— y les servía unas gotas en sus platitos de porcelana.

Déjense llevar por el ritmo de grandes autores de la novela de aventuras en versión fantasmal como Robert Louis Stevenson en *Janet la Torcida* o Rider Haggard, autor de *Las minas del rey Salomón*, en *Solo un sueño,* una historia sobre la extraña experiencia de un viudo a punto de volver a casarse, que es visitado en la víspera de su boda por la aparición espantosa de su primera esposa muerta. Entren en la casa encantada de Edith Wharton en *Después.* Naveguen entre la niebla del gran autor del terror marítimo W. H. Hodgson con *El navío silencioso* o pasen frío con nuestro Gustavo Adolfo Bécquer en la muy espeluznante *El monte de las ánimas.* Pero sobre todo, lean lo que lean, no hagan como Washington Irving en *Sleepy Hollow:* no pierdan la cabeza.

CARTA SOBRE LOS FANTASMAS

PLINIO EL JOVEN

Libro 7. Epístola 27.
Para Sura.

M e gustaría aprovechar este interludio para solicitarte consejo, pues me interesa sobremanera conocer tu opinión sobre los espectros. ¿Crees que existen realmente, que poseen forma propia y tal vez incluso una dosis de divinidad? ¿O se trata, por el contrario, de falsas impresiones fruto de los pavores de la imaginación?

Lo que me lleva a prestar credibilidad a su existencia es una historia que Curcio Rufo compartió conmigo en cierta ocasión. Empujado por la necesidad en un momento en el que nadie conocía aún su nombre, aceptó trabajar al servicio del recién nombrado gobernador de la provincia de África. Una tarde, al traspasar el pórtico público, lo sobresaltó en extremo una mujer que había aparecido ante él de repente, una figura de dimensiones y belleza sobrehumanas. La desconocida dijo ser el genio tutelar que velaba por África, y que estaba allí para informarle de los acontecimientos que le deparaba el futuro; entre ellos, que habría de volver a Roma, donde ocuparía un alto cargo, antes de regresar en calidad de dignatario proconsular a esa provincia, donde moriría. La profecía se cumplió punto por punto. Más aún, cuentan que, a su llegada a

Cartago, mientras desembarcaba, la misma figura lo acosó de nuevo en la orilla. Lo que se sabe a ciencia cierta, al menos, es que contrajo una enfermedad cuya ausencia de síntomas desesperaba a sus asistentes, y de la que él desistió de recuperarse desde el primer momento. Cabe suponer que le daba crédito a la predicción habida cuenta de que esta ya se había cumplido en parte y, además, consideraba inevitable el infortunio que se abatía sobre él a juzgar por los éxitos ya cosechados.

Permíteme añadirle a esta anécdota otra historia no menos notable que la antes mencionada, aunque rodeada de circunstancias aún más horrendas. Te la relataré tal y como me la contaron a mí. Existía en Atenas una residencia grande y suntuosa, aunque envuelta en un halo de fétida reputación. No era infrecuente oír en plena noche un ruido similar al tintineo de piezas de hierro. Si uno escuchaba con atención, ese clamor era semejante al de un entrechocar de grilletes. El sonido parecía lejano al principio, pero luego se acercaba. Justo después aparecía un fantasma con forma de anciano, escuálido y magro en extremo, de barba luenga y cabello encrespado, y agitaba las argollas que le ceñían los pies y las manos. Por consiguiente, los desdichados habitantes de la casa se pasaban las noches en vela, angustiados por los horrores más desoladores posibles. Perturbado su descanso de esa manera, se socavaba también su templanza, hasta el punto de que, al hacerse más intenso el terror que atenazaba sus mentes, sus vidas llegaron a un abrupto final. Pues incluso durante las horas del día, aunque el espectro no hiciera acto de presencia, su recuerdo dejaba una impronta tan indeleble en sus fantasías que parecía manifestarse aún ante ellos, y el terror perduraba aunque sus ojos ya no pudieran detectar la causa de este. Así pues, en última instancia, la casa quedó desierta, pues todos la consideraban inhabitable y sin solución posible, librada por entero al fantasma. Pero con la esperanza de encontrar un inquilino ajeno a la portentosa calamidad que la ocupaba se publicó un anuncio en el que se informaba de la voluntad de arrendarla o venderla.

Al leer aquel anuncio, el filósofo Atenodoro, que se hallaba en la polis en esos momentos, no pudo por menos de fijarse bien en el precio, tan bajo que levantó sospechas en él. No obstante, estaba al corriente de los pormenores del caso, por lo que esa circunstancia, lejos de disuadirlo, lo inclinó de manera irresistible a arrendar la vivienda, cosa que hizo sin dilación. Cercano ya el anochecer, dispuso que le preparasen un carruaje frente a la puerta principal. Después de solicitar un candil, amén de pluma y tablillas, impartió instrucciones a la servidumbre para que se retirara al interior del edificio. Y así, a fin de que su mente no quedara expuesta a los terrores de apariciones y de ruidos imaginarios por falta de actividad, se aplicó con todas sus facultades a la tarea de escribir. La primera parte de la noche transcurrió en el silencio habitual, hasta que comenzó el tintineo de los grilletes de hierro. Atenodoro no alzó la vista ni soltó la pluma, sino que se tapó los oídos volcando toda su atención en los quehaceres que lo ocupaban. El clamor se hizo más intenso, y se acercó hasta rondar su puerta, primero, y acto seguido, entrar en la habitación. El filósofo se giró y vio la aparición tal y como se la habían descrito. Erguida ante él, lo llamaba con el dedo. Atenodoro usó una mano para indicarle que debía esperar y volvió a encorvarse para reanudar sus escritos, pero el fantasma agitó las cadenas con insistencia sobre su cabeza. Al mirar de nuevo, vio que lo seguía llamando. Tomó su candil y se dispuso a seguirlo. El fantasma caminaba arrastrando los pies, lastrado por las cadenas, y se desvaneció de pronto al llegar al patio de la residencia. Al verse abandonado de esa manera, Atenodoro señaló el lugar con un puñado de hojas y briznas de hierba. A la jornada siguiente, acudió a los magistrados y les aconsejó que ordenaran cavar un hoyo en aquel punto exacto, donde hallaron un conjunto de huesos entremezclados con unas cadenas. El cadáver se había descompuesto debido a la exposición prolongada al terreno, exposición que había eliminado todos los tejidos del esqueleto y corroído también los grilletes. Una vez reunidos los restos, se les dio sepultura a cargo de las arcas públicas, y así, debidamente enterrado el desconocido, su espectro dejó de frecuentar aquella morada.

Si doy crédito a tales historias es merced a afirmaciones externas, del mismo modo que yo les afirmo a los demás lo que procedo a relatar a continuación. Tengo un liberto llamado Marco, conocedor de los rudimentos

de la lectura. Una noche, su hermano pequeño, que dormía en la misma cama que él, vio, o le pareció ver, a alguien sentado en el diván adyacente con unas tijeras en la mano que usó para tonsurarle la coronilla. Ya por la mañana, la coronilla del muchacho apareció tonsurada, en efecto, y el suelo cubierto de mechones de pelo. Poco después, otro incidente similar corroboró lo ocurrido. Uno de mis infantes esclavos dormía en sus aposentos, y dos personas vestidas de blanco (tal y como él refiere los hechos) entraron por la ventana, le cortaron el cabello y se retiraron por donde habían llegado. La primera luz del amanecer reveló que también al niño lo habían tonsurado y, como en el caso anterior, su pelo estaba esparcido por toda la estancia. Acto seguido no ocurrió nada digno de mención, salvo el hecho de que no se presentaran cargos contra mí, pues, si aún viviera Domiciano, en cuyos territorios acaecieron estos sucesos, tengo por seguro que se me habría enjuiciado a cuenta de la demanda contra mí que más adelante se recabó en los escritorios de Caro. Cabría aventurar, pues es costumbre que las personas acusadas se dejen crecer los cabellos, que el pelado de mis sirvientes auguraba el proceso inminente que me aguardaba.

Te ruego, por tanto, que apliques tus conocimientos a la antedicha cuestión, la cual considero digna de honda y prolongada reflexión por tu parte, aunque no me considere digno de tu extraordinaria sapiencia. Y aunque comprendo que quieras alegar tanto a favor como en contra de ambos puntos de vista, espero que solo uno de los platillos de la balanza se incline con todo el peso de tu erudición, so pena de sumirme en el suspense y la incertidumbre cuando es a ti a quien recurro para satisfacer mi curiosidad.

Saludos.

LA VERDADERA ACTITUD CORRECTA

HENRY JAMES

I

uando, tras la muerte de Ashton Doyne —apenas tres meses después—, le hicieron a George Withermore eso que suele llamarse la propuesta de un «volumen», la iniciativa provino directamente de sus editores, quienes también habían sido, en forma más destacada, los editores de Doyne; a Withermore no lo sorprendió saber, durante la entrevista que siguió a la propuesta, que la viuda de aquel hombre presionaba para la pronta publicación de una biografía. Las relaciones de Doyne con su esposa, hasta donde sabía Withermore, habían constituido un capítulo muy especial y supondrían, por cierto, un capítulo muy delicado para su biógrafo; sin embargo, ya los primeros días después de su muerte la pobre viuda había mostrado un profundo sentimiento de pérdida, impulsando a un observador poco iniciado a adoptar una actitud reparadora, incluso exagerada, en favor del difunto. George Withermore era —eso sentía— un iniciado, pero no esperaba oír que ella lo hubiese nombrado como la persona de confianza en cuyas manos debía ponerse el material para un libro.

Ese material —diarios, cartas, apuntes, notas, documentos de diversa índole— era propiedad de la viuda, estaba totalmente bajo su control pues no había nada que condicionara ninguna parte de su herencia, hasta tal punto que ella podía hacer con eso lo que quisiera o incluso no hacer nada. Lo que Doyne habría dispuesto, si hubiese tenido tiempo, quedaba en el terreno de las simples conjeturas. La muerte se lo había llevado muy temprano y de manera muy brusca; era una pena que las únicas voluntades que hubiese expresado no tuvieran nada que ver con la muerte. Se había ido antes de tiempo, esto explicaba las cosas; su final resultaba confuso y pedía que alguien lo puliera. Withermore tenía absoluta conciencia de lo cerca que había estado de él, pero no tenía menos conciencia de que Doyne había sido un hombre esquivo y oscuro. Él, un joven crítico y periodista, un personaje algo precario, sin mucho para mostrar, como se dice vulgarmente, tenía pocos y breves escritos, y relaciones escasas e inciertas. Doyne, por su parte, había vivido el tiempo suficiente —y había tenido, sobre todo, el talento suficiente— para volverse grandioso y entre sus muchos amigos, también grandiosos, había varios a los que habría sido más lógico que acudiera su viuda.

Sin embargo, ella había expresado su preferencia —la había expresado de un modo indirecto y educado, que le daba a él cierta libertad— y nuestro joven sintió que debía al menos visitarla y que, en cualquier caso, tendrían muchas cosas de las cuales hablar. Le escribió de inmediato, ella fijó una cita y conversaron. Withermore salió de la entrevista con sus ideas mucho más afianzadas. Mujer extraña, ella nunca le había parecido agradable, pero ahora veía algo conmovedor en su impaciencia vehemente y atolondrada. La viuda deseaba que se hiciera el libro y el encargado de hacerlo tenía que ser el individuo que, entre los conocidos de su marido, ella suponía el más fácil de manejar. Nunca había tomado muy en serio a Doyne, pero la biografía debía ser una respuesta contundente a cualquier imputación que pudiesen hacerle a ella. No sabía cómo se armaban esos libros, pero había estado mirando y algo había aprendido. Desde el comienzo, Withermore se alarmó un poco al notar que estaba decidida a fijar una cantidad. Hablaba de «volúmenes», pero él también tenía sus ideas al respecto.

—He pensado directamente en usted, tal como él hubiese hecho —dijo casi a la vez que se ponía de pie y lo recibía con sus grandes ropas de luto, sus grandes ojos negros, su gran peluca negra, su gran abanico negro y sus grandes guantes negros, que la hacían verse demacrada, fea, trágica, pero conmovedora y, desde cierto punto de vista, «elegante»—. Usted era su preferido, ¡por mucho! —añadió y fue suficiente para que Withermore cambiara de parecer. Poco importa que más tarde él llegara a preguntarse si ella había conocido a Doyne lo suficiente para afirmar algo así. Creía que el testimonio de ella sobre este asunto no tenía relevancia. Sin embargo, no suele haber humo sin fuego; ella sabía lo que estaba diciendo y él no era una persona a la que ella le interesara adular. Sin perder tiempo, subieron al estudio vacío del gran hombre, que estaba en la parte de atrás de la casa y daba a un amplio jardín —una vista hermosa e inspiradora, a los ojos del pobre Withermore— compartido por una hilera de viviendas de lujo.

—Usted podrá trabajar aquí —dijo la señora Doyne—; tendrá este sitio a su entera disposición. Le resultará perfecto por su calma y su privacidad; sobre todo, por las tardes, ¿no cree?

Al joven le parecía perfecto, sin duda, lo que veía alrededor y explicó que, como trabajaba desde hacía tiempo en un periódico de la tarde, tenía ocupadas las horas del día, pero iría siempre por la noche. La presencia de su finado amigo llenaba aquel lugar; todo lo que había allí le había pertenecido; todo lo que ahora tocaban había formado parte de su vida. En un primer momento, aquello fue demasiado para Withermore, un honor demasiado grande y una responsabilidad demasiado grande también; muchos recuerdos recientes volvían a su memoria y, mientras su corazón se aceleraba, los ojos se le llenaron de lágrimas, pues la presión por la lealtad parecía exceder su tolerancia. Al ver sus lágrimas, la señora Doyne se puso a llorar también y, durante un minuto, no hicieron más que mirarse mutuamente. Él esperaba, en cierta medida, que ella dijese: «¡Ayúdeme a que sienta lo que usted sabe que quiero sentir!». Al cabo de un rato, uno de los dos (no importa cuál) dijo con el profundo asentimiento del otro: «En este lugar parece que estuviéramos con él».

En cualquier caso, sin duda fue el joven quien sostuvo, antes de que salieran de la sala, que él parecía estar allí junto a ellos.

En cuanto organizó sus cosas, Withermore empezó a concurrir allí y muy pronto, en aquel silencio encantado, entre la luz de la lámpara y el brillo del fuego, tras las cortinas cerradas, notó que una intensa sensación se iba apoderando de él. Llegaba después de atravesar la negrura de Londres en noviembre; cruzaba la extensa y silenciosa casa, subía la escalera alfombrada de rojo donde no se topaba más que con alguna sirvienta muda y bien educada o con la imagen de la ropa de luto de la señora Doyne, siempre en el vano de una puerta y con una mueca de aprobación en su trágico rostro; entonces, con solo abrir aquella sólida puerta que hacía un chasquido seco y agradable, se encerraba durante tres o cuatro cálidas horas con el espíritu de quien era —como siempre había declarado— su maestro. Había sentido bastante miedo desde la primera noche, cuando le pareció que lo que más lo afectaba de todo esto era el privilegio y el lujo de esa intimidad. Ahora se daba cuenta de que no había pensado mucho en el libro, sobre el cual había bastante que considerar; simplemente había dejado que su afecto y su admiración —por no hablar de su orgullo— se vieran tentados ante la señora Doyne.

¿Cómo estar seguro, cabía pensar, de que la biografía despertaría interés? ¿Qué permiso le había dado el propio Ashton Doyne para un acercamiento tan directo y, podría decirse, tan familiar? El arte de la biografía era grandioso, pero había vidas y vidas, había temas y temas. Recordaba en forma confusa unas palabras que se le habían escapado a Doyne sobre lo que pensaba de las compilaciones contemporáneas, comentario que dejaba en claro la distinción que él hacía con respecto a otros héroes y otros contextos. Incluso recordaba que, en ciertos momentos, su amigo había dado la impresión de creer que la carrera «literaria» —salvo en el caso de un Johnson o un Scott, con un Boswell y un Lockhart[1] como ayudantes— debía restringirse a la obra. Un artista era lo que producía;

---

1 Referencia a dos célebres asociaciones literarias: la de Samuel Johnson (1709-1784) con su biógrafo James Boswell (1740-1795), y la de Walter Scott (1771-1832) con su biógrafo John Gibson Lockhart (1794-1854).

nada más que eso. Y, sin embargo, ¿cómo no iba a aprovechar un pobre diablo como él, George Withermore, la oportunidad de pasar el invierno en una intimidad tan generosa? Era, sin duda, una oportunidad deslumbrante. No por el «trato» que proponían los editores —un acuerdo muy correcto—, sino por el propio Doyne: su compañía, su contacto y su presencia, la posibilidad de establecer con él un vínculo más estrecho que el que habían mantenido en vida. ¡Qué raro que, de esas dos circunstancias, fuera la muerte la que guardaba menos secretos y misterios! La primera noche que el joven se quedó solo en el estudio, tuvo la sensación de que por primera vez él y su maestro estaban realmente juntos.

II

La señora Doyne lo dejaba solo la mayor parte del tiempo, pero en dos o tres ocasiones acudió a ver si necesitaba algo y Withermore aprovechó para agradecer el buen tino y el cuidado con que le facilitaba las tareas. Ella misma había estado revisando algunas pertenencias y había reunido varios grupos de cartas; por otra parte, había puesto en manos de él, desde un primer momento, las llaves de los cajones y armarios y le había dado información útil para encontrar diversas cosas. En resumen, se lo había entregado todo y, sin importar si el marido había confiado en ella, la mujer confiaba en el muchacho. Pronto Withermore se dijo que, pese a esas demostraciones, ella no estaba tranquila, que sentía una ansiedad casi tan grande como su confianza. Aunque mostraba mucha consideración, estaba siempre rondando y él, con un sutil sexto sentido estimulado por la situación, la imaginaba en lo más alto de la escalera o al otro lado de las puertas o comprendía, por el rumor furtivo de sus faldas, que estaba allí vigilándolo, expectante. Una noche, sentado en el escritorio de su amigo, absorto en las profundidades de su correspondencia, se conmocionó al advertir que había alguien a sus espaldas. La señora Doyne, que había entrado sin que él oyera la puerta, mostró una sonrisa forzada al ver que se incorporaba de un salto.

—Espero no haberlo asustado —le dijo.

—Un poco, nada más. Estaba absorto en la lectura. Por un instante —explicó el joven—, pensé que él estaba aquí.

Ella reaccionó extrañada.

—¿Ashton?

—Lo siento tan cerca... —dijo Withermore.

—¿Usted también?

La pregunta lo desconcertó:

—¿Usted siente lo mismo?

Ella tardó un poco en responder, sin moverse de su sitio, paseando su mirada por el estudio como si sondeara los rincones más oscuros. Tenía una forma especial de llevarse a la altura de la nariz el gran abanico negro, que usaba de forma constante y que, al taparle la mitad inferior del rostro, hacía que sus ojos intensos se volvieran muy ambiguos.

—Algunas veces.

—Aquí —prosiguió Withermore— parecería que él fuera a entrar en cualquier momento. Por eso me he sobresaltado hace un instante... Pasó tan poco tiempo desde que él estaba en verdad aquí... Ahora me siento en su silla, manipulo sus libros, uso sus plumas, atizo su fuego, como si él hubiese salido a dar un paseo y yo lo esperara. Es delicioso, pero también muy extraño.

La señora Doyne, sin bajar el abanico, lo escuchaba con interés.

—¿Eso lo preocupa?

—No... Me gusta.

La viuda volvió a titubear.

—¿Tiene usted siempre la impresión de que él está aquí... en persona?

—Bueno, como le decía hace un momento —repuso Withermore, riendo—, al notar su presencia detrás de mí, pensé que era él. Después de todo, ¿qué más queremos nosotros, sino sentir que él continúa presente?

—Sí, sí... Eso ha dicho usted ya el primer día —afirmó ella observándolo y asintiendo—. Él está aquí, con nosotros.

Aquello era asombroso, pero Withermore respondió con una sonrisa:

—Entonces debemos lograr que se quede. Y hacer solo lo que le gustaría a él.

—Sí, claro, solamente eso. Pero ¿si él está aquí...?

Ella pareció completar la pregunta echando una mirada sombría y angustiada por encima de su abanico.

—¿Si está aquí, eso demuestra que se siente feliz y que nos quiere ayudar? Sí, seguro que es eso.

Ella soltó un pequeño suspiro y volvió a pasear la mirada por la habitación.

—Bueno —dijo al despedirse—, recuerde que yo también quiero ayudar.

En cuanto ella se marchó, él pensó que solo había pasado por allí para comprobar que él estaba bien.

Estaba muy bien, en efecto, y cada vez mejor porque, a medida que avanzaba en su trabajo, le parecía sentir con más claridad la presencia de Doyne. Su imaginación admitía la presencia del difunto, la alentaba, la cultivaba; esperaba todo el día que se renovara por la noche, como dos enamorados esperan la hora de su cita. Los más pequeños detalles confirmaban esa presencia y, al cabo de tres o cuatro semanas, empezó a verla como la consagración de su tarea. ¿Acaso no resolvía el dilema de lo que podía pensar Doyne sobre lo que estaban haciendo? Lo que estaban haciendo era lo que él quería, de modo que podían continuar, paso a paso, sin ningún tipo de escrúpulos o dudas. Por momentos, Withermore se alegraba mucho de sentir esa seguridad: cuando se sumergía en las profundidades de algunos secretos de Doyne, lo satisfacía decirse que Doyne deseaba que él los supiese. Se estaba enterando de cosas insospechadas, descorría cortinas, forzaba puertas, aclaraba enigmas; se paseaba, podríamos decir, entre bambalinas. Y, al encontrarse con algún giro brusco en uno de sus vagabundeos detrás de escena, sentía de pronto, íntima y perceptiblemente, que se hallaba cara a cara con su amigo; a tal punto que en ese instante era incapaz de decir si su encuentro se producía en el estrecho pasado o en el momento y el sitio donde ahora él se encontraba. ¿Estaba Doyne en 1867 o simplemente al otro lado de su mesa de trabajo? Por suerte, incluso bajo la luz más vulgar que una biografía pudiese arrojar, estaba el hecho fundamental de cómo Doyne se iba «revelando». Lo hacía de una manera hermosa, mejor aún de lo que un admirador incondicional como Withermore hubiese imaginado. Sin embargo, al mismo tiempo, ¿de qué modo podía ese admirador explicarles a otras personas las percepciones tan especiales que había en su mente? No era algo para decir, sino para sentir. Había momentos en que él se inclinaba sobre sus papeles y estaba seguro de sentir en el cabello la leve respiración de su amigo muerto, tan nítida como sus propios codos sobre la mesa. Había momentos en que creía que, si levantaba la vista, encontraría a Doyne al otro lado del escritorio con la misma claridad con que observaba la página a la luz de la lámpara. Que entonces no pudiera alzar los ojos era asunto suyo porque la situación estaba dominada —y eso parecía muy normal— por profundas delicadezas y por exquisitas timideces, por el miedo a un avance demasiado repentino o demasiado brusco. Palpaba en el aire que, si Doyne estaba allí, lo hacía menos por sí mismo que por el joven sacerdote de su altar. Iba y venía, se detenía entre los libros y los papeles, parecía un bibliotecario callado y discreto que cumplía tareas especiales y prestaba una ayuda silenciosa, uno de esos bibliotecarios que agradan mucho a los hombres de letras.

Entre tanto, Withermore iba y venía también, cambiaba de sitio, vagaba en busca de cosas concretas o imprecisas; y, más de una vez, cuando tomaba un libro de un estante y veía en él marcas hechas con lápiz por Doyne, se perdía en su lectura, oía un rumor de papeles en la mesa que tenía detrás y encontraba, a sus espaldas, que una carta que él había perdido o se le había traspapelado estaba de nuevo a la vista o que algún misterio se aclaraba de pronto gracias a que un antiguo diario aparecía abierto en la fecha exacta que él necesitaba. ¿Cómo habría hecho para saber, en determinada oportunidad, en qué caja o cajón, de los cincuenta existentes, puede encontrar algo si ese milagroso ayudante no hubiese tenido el cuidado de inclinar la tapa o dejarla medio abierta de modo que sus ojos se posaran allí? Eso sin hablar de esos intervalos en los que, si uno hubiese mirado con atención, habría visto una silueta de pie junto a la chimenea, un poco ausente y muy erguida, con unos ojos apenas más duros que cuando vivía.

III

Que esa relación propicia existía y que se prolongó durante dos o tres semanas quedó suficientemente comprobado por el desconsuelo con el cual nuestro joven notó, a partir de cierta noche, que echaba de menos aquella presencia. El síntoma fue repentino y sorprendente —un día extravió una maravillosa página inédita y, por mucho que la buscó, no logró encontrarla— y, al perder esa suerte de protección, se sintió expuesto a momentos de incertidumbre e incluso de hondo desánimo. Doyne y él habían estado juntos desde el principio por el bien de esa tarea, pero a los pocos días de su primera sospecha las cosas habían cambiado de manera extraña y aquello había cesado. He aquí el problema, se dijo Withermore ya que, frente a sus papeles, no veía más que una masa donde antes había visto un camino despejado por el que había podido avanzar a paso raudo. Siguió luchando durante cinco noches; después, sin sentarse nunca en su escritorio, yendo de un lado a otro, tomando fugazmente unos documentos y volviendo a dejarlos en su lugar, mirando por la ventana, atizando el fuego, pensando cosas raras y tratando de oír señales y sonidos, no como los que sospechaba, sino como los que deseaba escuchar e invocaba en vano, llegó a la conclusión de que, al menos por el momento, Doyne lo había abandonado.

El hecho de no sentir la presencia de su amigo no solo lo entristecía, también le causaba gran inquietud. En cierto modo, era más raro cuando no estaba allí que cuando estaba; tanto que al fin los nervios de Withermore se vieron afectados. Se había tomado con calma algo que parecía inexplicable y había reservado la agudeza para el retorno a un estado normal, para el fin de lo extraordinario. Sin embargo, él no lograba dominar los nervios y, una noche, después de resistir una o dos horas, decidió salir del estudio. Era la primera vez que no toleraba estar allí. Sin un propósito definido, pero jadeando con miedo, recorrió el pasillo de siempre y llegó a la escalera. Desde allí vio a la señora Doyne, que lo observaba desde abajo, como si supiera que él iba a salir; lo más singular de todo fue que, aunque no había pensado en recurrir a ella, aunque solo había escapado en busca de alivio, la actitud de la mujer parecía una consecuencia inevitable de la monstruosa opresión que se cernía sobre ellos dos. Y en aquel simple salón de Londres, entre las alfombras de Tottenham Court Road[2] y la luz eléctrica, Withermore sintió que algo surgía de la alta dama de negro, llegaba hasta él y volvía a ella: él sabía lo que ella quería decir y lo miraba como si él lo supiera. Bajó de prisa; la viuda entró en un cuarto pequeño que tenía en el piso inferior y allí, con la puerta cerrada, en silencio y con ademanes extraños, se hicieron unas confesiones que habían cobrado vida con los últimos dos o tres movimientos.

Withermore sintió un nudo en la garganta al comprender por qué lo había abandonado su amigo.

—¿Él ha estado con usted?

Con eso quedaba todo dicho, a tal punto que ninguno de los dos tuvo que dar explicaciones y, cuando resonó la pregunta «¿qué cree usted que está pasando?», ambos tenían el aspecto de haberla formulado. Withermore paseó su mirada por la habitación pequeña y luminosa en la que, noche tras noche, ella había estado haciendo su vida como él había estado haciendo la suya en el estudio del piso superior. Era una habitación bonita, acogedora y de color rosado; pero la viuda había sentido aquí lo mismo que él había sentido, había oído aquí lo mismo que él había oído. El efecto que allí producía la mujer —negra, emplumada, extravagante, contra el fondo rosa de las paredes— era el de un colorido grabado «decadente», el de un afiche de la más nueva escuela de pintura.

—¿Notó usted que él me había abandonado? —preguntó Withermore.

Ella deseaba aclarar bien la situación:

—Sí, esta noche. Lo he comprendido todo.

—¿Y usted sabía, anteriormente, que él estaba conmigo?

Ella volvió a dudar.

—Sentía que no estaba conmigo. Pero en la escalera...

—¿Qué?

—Bueno, pasó más de una vez por la escalera. Él estaba en la casa. Y ante la puerta del estudio...

—¿Qué? —preguntó de nuevo Withermore al ver que ella volvía a dudar.

—Si me detenía ante esa puerta, a veces podía entender. En cualquier caso —añadió—, en cuanto vi esta noche el rostro que tenía usted, supe lo que le sucedía.

—¿Por eso salió?

—Pensé que usted vendría a verme.

Él le tendió una mano y así estuvieron un minuto, con los dedos entrelazados, sin hablar. Ninguno de los dos notaba ahora una presencia especial, excepto la del uno para el otro. Sin embargo, aquel sitio parecía ahora, de pronto, consagrado.

—Entonces, ¿qué es lo que pasa? —retomó Withermore con ansiedad.

—Yo solo deseo adoptar la verdadera actitud correcta —repuso ella, después de un momento.

—¿Y no lo estamos haciendo?

—Eso me pregunto. ¿No se lo pregunta usted?

Sí, él también se lo preguntaba.

—Me lo pregunto con toda la sinceridad posible. Pero tenemos que reflexionar.

—Tenemos que pensarlo —convino ella.

De modo que reflexionaron, reflexionaron muchísimo esa noche, juntos, y después por separado —él, al menos, lo hizo por su parte— durante muchos días. Withermore interrumpió por un momento sus visitas y su trabajo tratando de averiguar si había cometido algún error que hubiese perturbado las cosas. ¿Había adoptado o había parecido adoptar, en algún momento decisivo, una actitud o un punto de vista erróneos? ¿Había desfigurado o falseado algo, pese a sus buenas intenciones? ¿Había insistido en algún aspecto más allá de lo conveniente? Llegó por fin a la idea de que había intuido tal vez dos o tres cosas delicadas; después de eso, en la planta superior tuvo otro periodo de inquietud, al que siguió, en la planta inferior, otra charla con la señora Doyne, todavía ansiosa y arrebatada.

—¿Él está allí?

—Está allí.

—¡Lo sabía! —exclamó ella con aire triunfal. Luego, para aclarar las cosas, añadió—: No ha vuelto a estar conmigo.

—Tampoco vino a ayudarme —dijo Withermore. Ella pensó.

—¿No fue a ayudarlo?

—No entiendo... Estoy a la deriva. Haga lo que haga, siento que está mal.

Ella pareció envolverlo con su pomposa aflicción.

—¿Cómo lo nota?

—Bueno, por cosas que ocurren. De lo más extrañas. No puedo describirlas... y usted no las creería.

—¡Sí que creería! —murmuró la señora Doyne.

—Ocurre que él interviene —trató de explicar Withermore—. Cada vez que doy un giro, me lo encuentro.

Ella seguía sus palabras atentamente.

—¿Se lo «encuentra»?

—Me lo encuentro. Aparece allí, delante de mí.

La señora Doyne esperó un momento, mirándolo con grandes ojos.

—¿Quiere decir que lo ve?

—Siento que podría verlo en cualquier momento. Estoy desconcertado. No logro hacer nada —dijo y añadió—: Tengo miedo.

—¿De él? —preguntó la señora Doyne. Withermore pensó.

—Bueno, de lo que estoy haciendo.

—¿Qué tiene de horrible lo que está usted haciendo?

—Lo que usted me propuso. Meterme en la vida de él.

Sin perder su solemnidad, ella mostró una nueva inquietud:

—¿Y no le gusta hacerlo?

—¿Le gusta a él? Esa es la cuestión. Lo estamos desnudando. Lo exhibimos a los demás. ¿Cómo se dice en estos casos? Lo entregamos al mundo.

La pobre señora Doyne, como si estuviese amenazada la reparación de su imagen, reaccionó en forma más sombría:

—¿Y por qué no hacerlo?

—Porque no sabemos. Hay naturalezas, hay vidas que son esquivas. Quizá él no quiera que lo hagamos —dijo Withermore—. Nunca se lo hemos preguntado.

—¿Cómo podríamos hacerlo?

Él se mantuvo un rato en silencio.

—Bueno, se lo estamos preguntando ahora. Al fin y al cabo, es lo que hemos hecho como punto de partida. Preguntárselo.

—Entonces, si él estaba allí con nosotros, ya nos ha respondido.

Withermore habló entonces como si supiera en qué debían creer:

—No ha estado «con» nosotros; ha estado en contra de nosotros.

—Entonces, ¿por qué creyó usted...?

—¿Por qué creí en un comienzo que él deseaba mostrarnos su simpatía? Porque me engañó mi buena fe. Estaba, cómo decirlo, tan entusiasmado y tan feliz que no comprendía. Pero al fin he comprendido. Él no deseaba más que comunicarse. Hace esfuerzos por salir de sus tinieblas; llega hasta nosotros desde su misterio; nos hace señales débiles de su horror.

—¿Su horror? —jadeó la señora Doyne cubriéndose la boca con el abanico.

—Horror por lo que estamos haciendo —dijo Withermore, que, de pronto, logró unir todas las piezas—. Ahora comprendo que al principio...

—¿Qué?

—Al principio notamos que él estaba allí y que no era indiferente. Y nos dejamos engañar por la belleza que había en eso. Pero él está allí para protestar.

—¿Contra mi biografía? —gimió la señora Doyne.

—Contra cualquier biografía. Está allí para salvar el recuerdo de su vida. Está allí para que lo dejemos en paz.

—Entonces, ¿renuncia usted? —dijo ella casi gritando.

Withermore solo pudo asentir con la cabeza.

—Él está allí para advertirnos.

Intercambiaron una mirada larga e intensa. Por fin ella exclamó:

—¡Usted tiene miedo!

Él se sintió algo ofendido, pero insistió:

—¡Él está allí para maldecirnos!

Se separaron solo por dos o tres días; las últimas palabras que ella había pronunciado quedaron resonando en los oídos de Withermore, que dudaba ahora entre la necesidad de satisfacer el pedido de ella y otra necesidad que le costaba poner en palabras. Finalmente, el joven volvió a la hora acostumbrada y la encontró en el sitio habitual.

—Sí, tengo miedo —dijo, como si hubiera pensado bien y supiera ahora lo que significaba—. Pero veo que usted no.

Ella, en vez de contestar abiertamente, le preguntó:

—¿Qué es lo que usted teme?

—Bueno, temo verlo si continúo.

—¿Y entonces?

—Entonces —dijo Withermore—, tendré que renunciar.

La viuda reaccionó con aire altivo y serio.

—Yo creo que necesitamos una señal clara.

—¿Quiere que vuelva a intentarlo?

Ella dudó un poco.

—Usted sabe lo que significaría para mí renunciar.

—Ah, usted no está obligada a hacerlo.

Ella pareció sorprendida, pero un momento después prosiguió:

—Si renuncio, significa que él no acepta que yo... —Pero no pudo continuar.

—¿Que él no acepta qué cosa?

—Nada —dijo la pobre señora Doyne.

Él la miró otra vez.

—Yo también he pensado en esperar una señal clara. Volveré a intentarlo.

Ya se disponía a marcharse cuando ella comentó:

—Me temo que esta noche no habrá nada preparado... Ni lámpara ni fuego.

—No se preocupe —respondió él, al pie de la escalera—: Me las arreglaré.

Ella le dijo que, de todos modos, creía que la puerta del estudio estaba abierta y se retiró otra vez, como dispuesta a esperarlo. No tuvo que esperar mucho, pese a que, tan ansiosa, con su puerta abierta, acaso no midió el tiempo de igual modo que su visitante. Después de un intervalo, lo escuchó en la escalera; y enseguida él se presentó ante la puerta, desde donde dijo, sin precipitación, más bien despacio y con reservas, tan pálido y perplejo como ella:

—Renuncio.

—Entonces, ¿lo ha visto?

—En la puerta, custodiando.

—¿Custodiando? —preguntó ella y miró por encima del abanico—. ¿Está claro que era él?

—Sí. Inmenso, pero borroso. Oscuro. Horrible —dijo el pobre George Withermore.

Ella seguía pensando.

—¿No entró usted en la habitación?

—Él lo prohíbe —dijo Withermore eludiendo su mirada.

—Usted dice que yo no estoy obligada —prosiguió ella después de un momento—. Ahora, ¿estoy obligada?

—¿Si está obligada a verlo? —preguntó George Withermore.

Ella esperó un momento.

—Si estoy obligada a renunciar.

—Eso tiene que decidirlo usted.

Él, por su parte, no pudo más que dejarse caer en el sofá y taparse la cara con las manos. Nunca tuvo en claro cuánto tiempo pasó sentado de esa manera; pero supo, al abrir los ojos, que estaba solo en la habitación, entre los objetos favoritos de la viuda. Tras levantarse, aún bajo aquel impacto, vio que permanecía abierta la puerta que daba al vestíbulo y se topó, una vez más, en aquel sitio de luz cálida y tonos rosados, con la presencia imponente, negra y perfumada de la señora Doyne. Al advertir que ella le dirigía una mirada muy triste por encima de la máscara de su abanico, comprendió que había estado en la planta de arriba; y fue así que enfrentaron juntos, por última vez, ese extraño asunto.

—¿Lo ha visto usted? —preguntó Withermore.

Entonces, por la forma en que ella cerró los ojos para tomar fuerzas y los mantuvo cerrados un buen rato en silencio, comprendió que, comparada con la visión inexpresable que acababa de tener la viuda de Ashton Doyne, la suya había sido un juego de niños.

Supo que todo había finalizado antes de que ella le dijera:

—Renuncio.

EL MONTE DE LAS ÁNIMAS

(Leyenda soriana)

GUSTAVO A. BÉCQUER

a noche de difuntos, me despertó a no sé qué hora el doble de las campanas. Su tañido monótono y eterno me trajo a las mientes esta tradición que oí hace poco en Soria.

Intenté dormir de nuevo. ¡Imposible! Una vez aguijoneada la imaginación, es un caballo que se desboca y al que no sirve tirarlo de la rienda. Por pasar el rato, me decidí a escribirla, como, en efecto, lo hice.

A las doce de la mañana, después de almorzar bien, y con un cigarro en la boca, no les hará mucho efecto a los lectores de *El Contemporáneo.* Yo la oí en el mismo lugar en que acaeció, y la he escrito volviendo algunas veces la cabeza con miedo cuando sentía crujir los cristales de mi balcón, estremecidos por el aire frío de la noche.

Sea de ello lo que quiera, *allá va,* como el caballo de copas.

I

—Atad los perros, haced la señal con las trompas para que se reúnan los cazadores y demos la vuelta a la ciudad. La noche se acerca, es día de Todos los Santos y estamos en el Monte de las Ánimas.

—¡Tan pronto!

—A ser otro día, no dejara yo de concluir con ese rebaño de lobos que las nieves del Moncayo han arrojado de sus madrigueras; pero hoy es imposible. Dentro de poco sonará la oración en los Templarios, y las ánimas de los difuntos comenzarán a tañcr su campana en la capilla del monte.

—¡En esa capilla ruinosa! ¡Bah! ¿Quieres asustarme?

—No, hermosa prima. Tú ignoras cuanto sucede en este país, porque aún no hace un año que has venido a él desde muy lejos. Refrena tu yegua, yo también pondré la mía al paso, y mientras dure el camino te contaré esta historia.

Los pajes se reunieron en alegres y bulliciosos grupos. Los condes de Borges y de Alcudiel montaron en sus magníficos caballos, y todos juntos siguieron a sus hijos Beatriz y Alonso, que precedían a la comitiva a bastante distancia.

Mientras duraba el camino, Alonso narró en estos términos la prometida historia:

—Ese monte que hoy llaman de las Ánimas pertenecía a los templarios, cuyo convento ves allí, a la margen del río. Los templarios eran guerreros y religiosos a la vez. Conquistada Soria a los árabes, el rey los hizo venir de lejanas tierras para defender la ciudad por la parte del puente, haciendo en ello notable agravio a sus nobles de Castilla, que así hubieran solos sabido defenderla como solos la conquistaron. Entre los caballeros de la nueva y poderosa orden y los hidalgos de la ciudad fermentó por algunos años, y estalló al fin, un odio profundo. Los primeros tenían acotado ese monte, donde reservaban caza abundante para satisfacer sus necesidades y contribuir a sus placeres. Los segundos determinaron organizar una gran batida en el coto, a pesar de las severas prohibiciones de los *clérigos con espuelas,* como llamaban a sus enemigos. Cundió la voz del reto, y nada fue parte a detener a los unos en su manía de cazar y a los otros en su empeño de estorbarlo. La proyectada expedición se llevó a cabo. No se acordaron de ella las fieras. Antes la tendrían presente tantas madres como arrastraron sendos lutos por sus hijos. Aquello no fue una cacería. Fue una batalla espantosa: el monte quedó sembrado de cadáveres. Los lobos, a quienes se quiso exterminar, tuvieron un sangriento festín. Por último, intervino la autoridad del rey: el monte, maldita ocasión de tantas desgracias, se declaró abandonado, y la capilla de los religiosos, situada en el mismo monte, y en cuyo atrio se enterraron juntos amigos y enemigos, comenzó a arruinarse. Desde entonces dicen que cuando llega la noche de difuntos se oye doblar sola la campana de la capilla, y que las ánimas de los muertos, envueltas en jirones de sus sudarios, corren como en una cacería fantástica por entre las breñas y los zarzales. Los ciervos braman espantados, los lobos aúllan, las culebras dan horrorosos silbidos, y al otro día se han visto impresas en la nieve las huellas de los descarnados pies de los esqueletos. Por eso en Soria lo llamamos el Monte de las Ánimas, y por eso he querido salir de él antes que cierre la noche.

La relación de Alonso concluyó justamente cuando los dos jóvenes llegaban al extremo del puente que da paso a la ciudad por aquel lado. Allí esperaron al resto de la comitiva, la cual, después de incorporársele los dos jinetes, se perdió por entre las estrechas y oscuras calles de Soria.

II

Los servidores acababan de levantar los manteles; la alta chimenea gótica del palacio de los condes de Alcudiel despedía un vivo resplandor, iluminando algunos grupos de damas y caballeros, que, alrededor de la lumbre, conversaban familiarmente, y el viento azotaba los emplomados vidrios de las ojivas del salón.

Solo dos personas parecían ajenas a la conversación general: Beatriz y Alonso. Beatriz seguía con los ojos, y absorta en un vago pensamiento, los caprichos de la llama. Alonso miraba el reflejo de la hoguera chispear en las azules pupilas de Beatriz.

Ambos guardaban hacía rato un profundo silencio.

Las dueñas referían, a propósito de la noche de difuntos, cuentos temerosos, en que los espectros y los aparecidos representaban el principal papel; y las campanas de las iglesias de Soria doblaban a lo lejos con un tañido monótono y triste.

—Hermosa prima —exclamó, al fin, Alonso, rompiendo el largo silencio en que se encontraban—, pronto vamos a separarnos, tal vez para siempre; las áridas llanuras de Castilla, sus costumbres toscas y guerreras, sus hábitos sencillos y patriarcales, sé que no te gustan; te he oído suspirar varias veces, acaso por algún galán de tu lejano señorío.

Beatriz hizo un gesto de fría indiferencia: todo un carácter de mujer se reveló en aquella desdeñosa contracción de sus delgados labios.

—Tal vez por la pompa de la corte francesa, donde hasta aquí has vivido —se apresuró a añadir el joven—. De un modo o de otro, presiento que no tardaré en perderte... Al separarnos, quisiera que llevases una memoria mía... ¿Te acuerdas cuando fuimos al templo, a dar gracias a Dios por haberte devuelto la salud que viniste a buscar a esta tierra? El joyel que sujetaba la pluma de mi gorra cautivó tu atención. ¡Qué hermoso estaría sujetando un velo sobre tu oscura cabellera! Ya ha prendido el de una desposada; mi padre se lo regaló a la que me dio el ser, y ella lo llevó al altar... ¿Lo quieres?

—No sé en el tuyo —contestó la hermosa—; pero en mi país una prenda recibida compromete una voluntad. Solo en un día de ceremonia debe aceptarse un presente de manos de un deudo..., que aún puede ir a Roma sin volver con las manos vacías.

El acento helado con que Beatriz pronunció estas palabras turbó un momento al joven, que, después de serenarse, dijo con tristeza:

—Lo sé, prima; pero hoy se celebran Todos los Santos y el tuyo entre todos; hoy es día de ceremonias y presentes. ¿Quieres aceptar el mío?

Beatriz se mordió ligeramente los labios y extendió la mano para tomar la joya, sin añadir una palabra.

Los dos jóvenes volvieron a quedarse en silencio, y volviose a oír la cascada voz de las viejas que hablaban de brujas y de trasgos, y el zumbido del aire que hacía crujir los vidrios de las ojivas, y el triste y monótono doblar de las campanas.

Al cabo de algunos minutos, el interrumpido diálogo tornó a reanudarse de este modo:

—Y antes que concluya el día de Todos los Santos, en que así como el tuyo se celebra el mío, y puedes, sin atar tu voluntad, dejarme un recuerdo, ¿no lo harás? —dijo él, clavando una mirada en la de su prima, que brilló como un relámpago, iluminada por un pensamiento diabólico.

—¿Por qué no? —exclamó esta, llevándose la mano al hombro derecho como para buscar alguna cosa entre los pliegues de su ancha manga de terciopelo bordado de oro, y después, con una infantil expresión de sentimiento, añadió—: ¿Te acuerdas de la banda azul que llevé hoy a la cacería, y que por no sé qué emblema de su color me dijiste que era la divisa de tu alma?

—Sí.

—Pues... ¡se ha perdido! Se ha perdido, y pensaba dejártela como un recuerdo.

—¡Se ha perdido! ¿Y dónde? —preguntó Alonso, incorporándose de su asiento y con una indescriptible expresión de temor y esperanza.

—No sé... En el monte acaso.

—¡En el Monte de las Ánimas! —murmuró, palideciendo y dejándose caer sobre el sitial—. ¡En el Monte de las Ánimas! —luego prosiguió, con voz entrecortada y sorda—: Tú lo sabes, porque lo habrás oído mil veces. En la ciudad, en toda Castilla, me llaman el rey de los cazadores. No habiendo aún podido probar mis fuerzas en los combates, como mis ascendientes, he llevado a esta diversión, imagen de la guerra, todos los bríos de mi juventud, todo el ardor hereditario de mi raza. La alfombra que pisan tus pies son despojos de fieras que he muerto por mi mano. Yo conozco sus guaridas y sus costumbres, y he combatido con ellas de día y de noche, a pie y a caballo, solo y en batida, y nadie dirá que me ha visto huir el peligro en ninguna ocasión. Otra noche volaría por esa banda, y volaría gozoso como a una fiesta; y, sin embargo, esta noche..., esta noche, ¿a qué ocultártelo?, tengo miedo. ¿Oyes? Las campanas doblan, la oración ha sonado en San Juan del Duero, las ánimas del monte comenzarán ahora a levantar sus amarillentos cráneos de entre las malezas que cubren sus fosas... ¡Las ánimas!, cuya sola vista puede helar de horror la sangre del más valiente, tornar sus cabellos blancos o arrebatarlo en el torbellino de su fantástica carrera como una hoja que arrastra el viento sin que se sepa adónde.

Mientras el joven hablaba, una sonrisa imperceptible se dibujó en los labios de Beatriz, que, cuando hubo concluido, exclamó con un tono indiferente y mientras atizaba el fuego del hogar, donde saltaba y crujía la leña, arrojando chispas de mil colores:

—¡Oh! Eso de ningún modo. ¡Qué locura! ¡Ir ahora al monte por semejante friolera! ¡Una noche tan oscura, noche de difuntos y cuajado el camino de lobos!

Al decir esta última frase la recargó de un modo tan especial, que Alonso no pudo menos de comprender toda su amarga ironía; movido como por un resorte se puso de pie, se pasó la mano por la frente, como para arrancarse el miedo que estaba en su cabeza y no en su corazón, y con voz firme exclamó, dirigiéndose a la hermosa, que estaba aún inclinada sobre el hogar, entreteniéndose en revolver el fuego.

—Adiós, Beatriz, adiós. Hasta pronto.

—¡Alonso, Alonso! —dijo esta, volviéndose con rapidez.

Pero cuando quiso o aparentó querer detenerlo, el joven había desaparecido.

A los pocos minutos se oyó el rumor de un caballo que se alejaba al galope. La hermosa, con una radiante expresión de orgullo satisfecho que coloreó sus mejillas, prestó atento oído a aquel rumor que se debilitaba, que se perdía, que se desvaneció por último.

Las viejas, en tanto, continuaban sus cuentos de ánimas aparecidas; el aire zumbaba en los vidrios del balcón, y las campanas de la ciudad doblaban a lo lejos.

III

Había pasado una hora, dos, tres; la medianoche estaba a punto de sonar cuando Beatriz se retiró a su oratorio. Alonso no volvía, no volvía, y, a querer, en menos de una hora pudiera haberlo hecho.

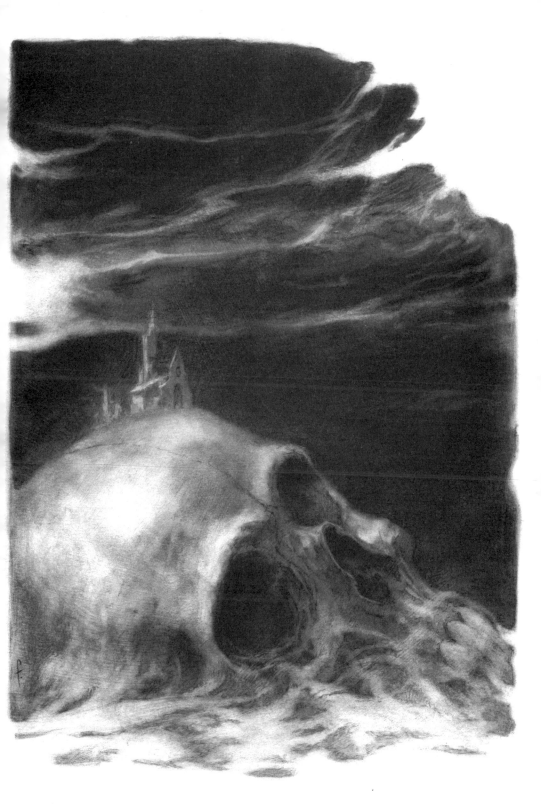

—¡Habrá tenido miedo! —exclamó la joven, cerrando su libro de oraciones y encaminándose a su lecho, después de haber intentado inútilmente murmurar algunos de los rezos que la Iglesia consagra en el día de difuntos a los que ya no existen.

Después de haber apagado la lámpara y cruzado las dobles cortinas de seda, se durmió; se durmió con un sueño inquieto, ligero, nervioso.

Las doce sonaron en el reloj del Postigo. Beatriz oyó entre sueños las vibraciones de las campanas, lentas, sordas, tristísimas, y entreabrió los ojos. Creía haber oído, a par de ellas, pronunciar su nombre; pero lejos, muy lejos, y por una voz ahogada y doliente. El viento gemía en los vidrios de la ventana.

—Será el viento —dijo.

Y poniendo la mano sobre su corazón, procuró tranquilizarse.

Pero su corazón latía cada vez con más violencia, las puertas de alerce del oratorio habían crujido sobre sus goznes con un chirrido agudo, prolongado y estridente.

Primero unas y luego las otras más cercanas, todas las puertas que daban paso a su habitación iban sonando por su orden: estas con un ruido sordo y grave, y aquellas con un lamento largo y crispador. Después, silencio; un silencio lleno de rumores extraños, el silencio de la medianoche; lejanos ladridos de perros, voces confusas, palabras ininteligibles, ecos de pasos que van y vienen, crujir de ropas que se arrastran, suspiros que se ahogan, respiraciones fatigosas que casi se sienten, estremecimientos involuntarios que anuncian la presencia de algo que no se ve y cuya aproximación se nota, no obstante, en la oscuridad.

Beatriz, inmóvil, temblorosa, adelantó la cabeza fuera de las cortinas y escuchó un momento. Oía mil ruidos diversos; se pasaba la mano por la frente, tornaba a escuchar: nada, silencio.

Veía, con esa fosforescencia de la pupila en las crisis nerviosas, como bultos que se movían en todas las direcciones, y, cuando dilatándolas, las fijaba en un punto, nada, oscuridad, las sombras impenetrables.

—¡Bah! —exclamó, volviendo a recostar su hermosa cabeza sobre la almohada de raso azul del lecho—. ¿Soy yo tan miedosa como esas pobres gentes cuyo corazón palpita de terror bajo una armadura al oír una conseja de aparecidos?

Y cerrando los ojos, intentó dormir... pero en vano; había hecho un esfuerzo sobre sí misma. Pronto volvió a incorporarse, más pálida, más inquieta, más aterrada. Ya no era una ilusión; las colgaduras de brocado de la puerta habían rozado al separarse, y unas pisadas lentas sonaban sobre las alfombras; el rumor de aquellas pisadas era sordo, casi imperceptible, pero continuado, y a su compás se oía crujir una cosa como madera o hueso. Y se acercaban, se acercaban, y se movió el reclinatorio que estaba a la orilla de su lecho. Beatriz lanzó un grito agudo y, rebujándose en la ropa que la cubría, escondió la cabeza y contuvo el aliento.

El aire azotaba los vidrios del balcón; el agua de la fuente lejana caía y caía con un rumor eterno y monótono; los ladridos de los perros se dilataban en las ráfagas de aire, y las campanas de la ciudad de Soria, unas cerca, otras distantes, doblaban tristemente por las ánimas de los difuntos.

Así pasó una hora, dos, la noche, un siglo, porque la noche aquella pareció eterna a Beatriz. Al fin, despuntó la aurora. Vuelta de su temor entreabrió los ojos a los primeros rayos de luz. Después de una noche de insomnio y de terrores, ¡es tan hermosa la luz clara y blanca del día! Separó las cortinas de seda del lecho, tendió una mirada serena a su alrededor, y ya se disponía a reírse de sus temores pasados, cuando de repente un sudor frío cubrió su cuerpo, sus ojos se desencajaron y una palidez mortal decoloró sus mejillas: sobre el reclinatorio había visto, sangrienta y desgarrada, la banda azul que perdiera en el monte, la banda azul que fue a buscar Alonso.

Cuando sus servidores llegaron, despavoridos, a notificarle la muerte del primogénito de Alcudiel, que a la mañana había aparecido devorado por los lobos entre las malezas del Monte de las Ánimas, la encontraron inmóvil, crispada, asida con ambas manos a una de las columnas de ébano del lecho, desencajados los ojos, entreabierta la boca, blancos los labios, rígidos los miembros, muerta, ¡muerta de horror!

IV

Dicen que después de acaecido este suceso, un cazador extraviado que pasó la noche de difuntos sin poder salir del Monte de las Ánimas, y que al otro día, antes de morir, pudo contar lo que viera, refirió cosas horribles. Entre otras, se asegura que vio a los esqueletos de los antiguos templarios y de los nobles de Soria enterrados en el atrio de la capilla levantarse al punto de la oración con un estrépito horrible y caballeros sobre osamentas de corceles perseguir como a una fiera a una mujer hermosa, pálida y desmelenada que, con los pies desnudos y sangrientos, y arrojando gritos de horror, daba vueltas alrededor de la tumba de Alonso.

EL FANTASMA DE LA SEÑORA CROWL

SHERIDAN LE FANU

hora soy una anciana, pero tenía trece años recién cumplidos la noche en que llegué a la Casa Applewale, cuya ama de llaves era mi tía. En Lexhoe me esperaba un carruaje tirado por un solo caballo para conducirnos allí a mi maleta y a mí.

Estaba un poco asustada cuando llegué a la estación. Al ver el vehículo deseé regresar a Hazelden y quedarme con mi madre. Estaba llorando cuando monté en la calesa, como solíamos llamarla, y el conductor, el viejo John Mulbery, siempre tan afable, me compró algunas manzanas en el Golden Lion para levantarme el ánimo y me contó que había bizcocho con pasas, té y chuletas de cerdo, todo ello recién preparado, esperándome en la habitación de mi tía. Una luna preciosa iluminaba la noche, y me comí las manzanas mientras miraba por la ventana de la calesa.

Me parece vergonzoso que algunos hombres se dediquen a atemorizar a las jóvenes inocentes e ingenuas, como era mi caso. A veces pienso que lo hacen por diversión. Me encontré con dos de ellos en el asiento de la diligencia, a mi lado. Al anochecer, con la luna ya en lo alto, comenzaron a interrogarme y a preguntarme cuál era mi destino, a lo que respondí que iba a trabajar al servicio de la noble Arabella Crowl, de la Casa Applewale, cerca de Lexhoe.

—¡Caray! —exclamó uno de ellos—. ¡Ese no es tu sitio!

Fue entonces cuando me limité a musitar: «¿Por qué no?», pues ya había hablado más de la cuenta al revelarles adónde iba, y prefería que pensaran que me callaba alguna agudeza.

—Porque no. Pero, por lo que más quieras, no se lo cuentes a nadie. Limítate a observarla y verás. Esa mujer está poseída por el demonio y es poco más que un fantasma. ¿Llevas una biblia contigo?

—Sí, señor —repliqué, pues mi madre había guardado una en la maleta y me constaba que aún no había salido de allí. Aunque la letra ya sea demasiado pequeña para mis fatigados ojos, todavía hoy la conservo en mi aparador.

Al levantar la cabeza, mientras pronunciaba aquel «sí, señor», me pareció ver que el hombre le guiñaba un ojo a su compañero, aunque quizá me engañara la vista.

—Bueno, pues asegúrate de guardarla debajo de la almohada todas las noches para que la vieja no te ponga las zarpas encima.

¡Menudo susto me llevé al oír aquellas palabras! Me habría gustado hacerle un montón de preguntas acerca de la anciana señora, pero me pudo la timidez. Su amigo y él no tardaron en hablar de sus asuntos, y poco después me apeé, como ya he dicho, en Lexhoe. Se me encogió el corazón cuando nos adentramos en el umbrío camino de acceso, flanqueado por árboles altos y recios, tan antiguos como la propia mansión, por lo menos. Cuatro personas con los brazos extendidos y las puntas de los dedos tocándose apenas si alcanzarían a abarcar algunos de ellos.

Había estirado el cuello para sacar la cabeza por la ventanilla, deseosa de ver la mansión por primera vez, cuando nos detuvimos de pronto delante de ella.

Era una casa enorme, con inmensas vigas negras que cruzaban sus muros y ascendían por ellos, en tanto los aleros salientes se veían tan blancos como la luna que se ocultaba tras ellos. Y en las sombras de los árboles, dos o tres que se extendían sobre la fachada, podían contarse las hojas que poblaban sus ramas. En la ventana del salón principal relucían sus pequeñas cristaleras con forma de rombo. Unos postigos muy grandes, a la antigua usanza, se abatían contra el exterior. Las otras ventanas de la parte delantera estaban cerradas, pues allí solo residían tres o cuatro criados, además de la anciana dueña de la casa, y casi todas las habitaciones estaban deshabitadas.

Tenía el corazón en un puño cuando comprendí que mi viaje había acabado, que la mansión se erguía ante mí y que allí dentro me esperaban mi tía, a la que iba a ver en persona por primera vez en mi vida, y la señora Crowl, a cuyo servicio iba a entrar, pese a todo el miedo que me daba a esas alturas.

Mi tía me dio un beso en el recibidor antes de conducirme a su cuarto. Era alta y delgada, de tez pálida, con los ojos negros y unos guantes del mismo color en los que embutía sus manos esbeltas. Aunque superaba los cincuenta años con holgura y era parca en palabras, lo que decía iba a misa. No guardo queja alguna de ella, pese a tratarse de una mujer muy estricta, pero sospecho que se habría mostrado más afectuosa conmigo si yo hubiera sido la hija de su hermana en vez de la de su hermano. En cualquier caso, agua pasada no mueve molino.

El administrador, que respondía al nombre de Chevenix Crowl y era nieto de la señora Crowl, se dejaba caer por allí un par de veces al año para cerciorarse de que la anciana señora estuviera bien atendida. Durante toda mi estancia en la Casa Applewale, apenas lo vi en dos ocasiones.

Por lo que a mí respecta, yo diría que sí estaba bien atendida, dadas las circunstancias, pero solo porque mi tía y Meg Wyvern, la doncella, eran mujeres caritativas y velaban por ella.

La señora Wyvern (pues así debía llamarla yo, aunque mi tía siempre se refiriese a ella por su nombre completo) era una cincuentona rolliza y jovial, tan alta como entrada en carnes, de risa pronta y parsimoniosa al andar. Administraba su generoso sueldo con mucha prudencia, y guardaba a cal y canto sus vestidos más elegantes, relegados al fondo del baúl a favor de un uniforme de algodón de color chocolate, con puntillas y bordados en tonos rojos, amarillos y verdes, que daba la impresión de no desgastarse nunca.

En todo el tiempo que pasé allí, la señora Wyvern nunca me dio ni la hora, pero su talante era agradable, se reía mucho y le gustaba parlotear sin pausa durante la hora del té. A mí, que me veía callada y alicaída, siempre trataba de levantarme el ánimo con sus bromas y anécdotas. Creo que me caía mejor que mi tía (pues así son los niños, tan susceptibles a los encantos de una historia jocosa), aunque esta se portaba de maravilla conmigo, si bien era algo estricta en algunas cuestiones y siempre muy reservada.

Mi tía me llevó a su dormitorio para que pudiera descansar un rato mientras ella preparaba el té en otra habitación, pero antes de irse me dio una palmadita en el hombro, me dijo que era una mocita muy alta y desarrollada para mi edad, y me preguntó si sabía coser y bordar. A continuación, me miró a la cara y añadió que me parecía mucho a mi padre, su hermano, ya muerto y enterrado, aunque esperaba que fuese mejor cristiana que él y me abstuviera de cometer actos indignos (cosa que jamás se me habría pasado por la cabeza).

Para ser la primera vez que pisaba su cuarto, me pareció un tanto arisca.

Al pasar a la estancia contigua, reservada para el ama de llaves (una habitación muy acogedora, con las paredes de roble), me encontré con que en la chimenea ardía un fuego intenso alimentado con carbón, turba y leña. Dispuestos sobre la mesa, me esperaban el té, un bizcocho caliente y carne humeante. También estaba allí la señora Wyvern, oronda y risueña, y en una hora habló más que mi tía en un año entero.

Mientras me tomaba el té, mi tía subió al piso de arriba para ver a la señora Crowl.

—Ha subido a comprobar que la vieja de Judith Squailes no se haya quedado traspuesta —me informó la señora Wyvern—. Judith es la que hace compañía a la señora Crowl cuando la señora Shutters —pues así se llamaba mi tía— y yo estamos fuera. La anciana da mucha guerra. Tendrás que andarte con mil ojos para que no pise el fuego o se te caiga por la ventana. No te confíes; pese a ser tan mayor, está hecha un azogue.

—¿Cuántos años tiene la señora? —inquirí.

—Noventa y tres son los últimos que cumplió, y de eso ya han pasado ocho meses —replicó con una carcajada—. Pero no hagas preguntas sobre ella delante de tu tía y escúchame bien. Acéptala tal y como es, y no le des más vueltas.

—Por favor, señora, ¿podría decirme en qué va a consistir mi trabajo?

—¿Con la anciana? Bueno, de eso ya te informará la señora Shutters, tu tía, aunque me imagino que tendrás que sentarte con ella en su cuarto mientras haces tus labores y vigilas para que no cometa ningún disparate. Deja que se entretenga con sus cosas en la mesa, llévale de comer o de beber cuando te lo pida, procura que no se meta en problemas y, sobre todo, toca la campanilla con todas tus fuerzas si ves que empieza a alterarse en exceso.

—¿Está sorda, señora?

—Ni sorda ni ciega. Está más lúcida que yo, pero a veces se le va la cabeza y no se acuerda bien de las cosas. Lo mismo le da escuchar los cuentos de «Juan sin Miedo» o «Las zapatillas rojas» que enterarse de lo que acontece en la corte o qué sucede con los intereses de la nación.

—¿Y por qué se fue la otra chica, señora? La que se marchó el viernes pasado. Mi tía le contó a mi madre en una carta que la había tenido que despedir.

—En efecto, así es.

—Pero ¿por qué? —insistí.

—Me imagino que desoiría las instrucciones de la señora Shutters —fue su respuesta—. La verdad es que no lo sé. No hables tanto. Tu tía no soporta a las chiquillas parlanchinas.

—Una cosa más, por favor. ¿La anciana señora goza de buena salud?

—Esa pregunta no tiene nada de malo. Ha sufrido algún que otro achaque, pero desde hace una semana se encuentra mucho mejor. Me atrevería a decir que cumplirá los cien años. Y ahora, chitón, que ya vuelve tu tía. Oigo sus pasos en el pasillo.

Mi tía entró y se puso a hablar con la señora Wyvern mientras yo, que ya me empezaba a sentir más a gusto, casi como si estuviera en mi casa, dediqué ese rato a merodear por el cuarto curioseándolo todo. En la alacena había unas figuritas de porcelana preciosas, y las paredes, cubiertas de cuadros, estaban ribeteadas por un friso interrumpido tan solo por la hoja de madera de la puerta. Vi también una vieja chaqueta de cuero que me pareció muy curiosa, con correas, hebillas y unas mangas casi tan largas como el poste de la cama de la que colgaba la prenda.

—Niña, ¿dónde te has metido? —preguntó mi tía, enfadada, antes de sorprenderme al volverse de pronto hacia mí—. ¿Qué es eso que llevas ahí?

—¿Esto, señora? —repliqué, mientras giraba sobre los talones con la chaqueta de cuero en las manos—. Señora, no sé qué es.

Su palidez acentuaba el rubor que afloró a sus mejillas, se le encendieron los ojos de ira y pensé que le bastaría con dar media docena escasa de pasos para golpearme. Sin embargo, se limitó a darme una palmadita en el hombro a la vez que decía:

—Mientras estés aquí, procura no tocar nada que no te pertenezca.

Colgó la prenda de nuevo en su percha, cerró el armario de un portazo y se apresuró a echar la llave.

La señora Wyvern no paraba de reírse en silencio y alzar las manos sin abandonar su silla, rebulléndose como acostumbraba cuando le daba por desternillarse.

Al ver que yo no podía contener más las lágrimas, le guiñó un ojo a mi tía y dijo, secándose los ojos también llorosos, aunque en su caso lo estaban de tanto reír:

—Venga, que la niña no lo ha hecho con mala intención. Acércate, guapa. Escucha, tú deja de meterte en camisas de once varas y no seas tan preguntona, que así nos ahorraremos el tener que inventarnos mentiras. Ea, ya está. Siéntate aquí, tómate un vasito de cerveza y vete a la cama.

Mi habitación, por cierto, se encontraba en el piso de arriba, junto al cuarto de la anciana señora. Por otro lado, la señora Wyvern dormía en una cama aparte bajo el mismo techo que ella. Se esperaba de mí que estuviera atenta a cualquier posible llamada, por si me necesitaba.

Aquella noche, la anciana sufría uno de sus berrinches, el cual se prolongaba desde el día anterior. Acostumbraba a ponerse así cuando se enfurruñaba. A veces no dejaba que la vistieran, y otras se negaba a que le quitasen la ropa. Contaban que, de joven, había sido muy bella, aunque no había nadie en todo Applewale que recordase haberla visto en pleno esplendor. Le entusiasmaban los vestidos y acumulaba sedas suntuosas, satenes almidonados, terciopelos, encajes y todo tipo de telas, suficientes para abastecer siete tiendas, al menos. Aunque su gusto ya se había quedado anticuado y pecaba de extravagante, aquellos atuendos debían de haberle costado una verdadera fortuna.

Por fin pude acostarme. Me quedé un buen rato despierta en la cama, pues todo me resultaba nuevo y extraño, y sospecho que también el té debía de haberme atacado los nervios, ya que apenas lo tomaba muy de vez en cuando, en días festivos y en ocasiones especiales. Oí hablar a la señora Wyvern e hice pantalla con la oreja, pero no conseguí escuchar a la señora Crowl. No creo que dijera ni una sola palabra.

Todos se preocupaban mucho por ella. Los miembros de la servidumbre de Applewale sabían que, en cuanto ella muriese, lo perderían todo, y sus empleos eran cómodos y estaban muy bien remunerados.

El doctor visitaba a la anciana señora dos veces por semana, y no os quepa duda de que todos hacían lo que él ordenaba. Su recomendación principal siempre era la misma: no debían reprenderla nunca ni llevarle la contraria de ninguna manera, sino seguirle la corriente y complacerla en todo cuanto pidiese.

De ese modo, la señora no se quitó la ropa en toda la noche, y al día siguiente no pronunció ni una palabra, mientras que yo dediqué la jornada a mis labores, salvo para bajar a comer.

Me habría gustado verla, y también oír su voz, pero había tanto silencio como si ella hubiera partido para Londres.

Después de cenar, mi tía me pidió que saliera a pasear una hora. Los árboles eran tan grandes y el lugar tan oscuro y aislado que me alegró regresar a la casa. El cielo estaba nublado y me había hartado de llorar pensando en mi casa mientras caminaba a solas por aquellos parajes. Esa noche, con las velas ya encendidas y yo sentada en mi cuarto, a través de la puerta de la habitación de la señora Crowl, donde también se hallaba mi tía, oí hablar por primera vez a quien di por sentado que se trataba de la anciana señora.

Su voz era extraña. No sabría describirla muy bien; se parecía tanto al trino de un pájaro como al gruñido de alguna bestia, aunque también tenía algo de balido, y sonaba muy débil.

Abrí bien los oídos para no perder detalle de lo que decía, pero no conseguí descifrar ni una sola palabra. Tan solo la respuesta de mi tía:

—El demonio no le puede hacer daño a nadie, señora, salvo que el Señor lo permita.

A continuación, la misma vocecilla extraña que salía de la cama volvió a murmurar algo ininteligible, a lo que mi tía replicó:

—Déjelos que pongan las caras que quieran, señora, y que digan lo que se les antoje. Si el Señor está con nosotras, ¿quién nos podría hacer ningún mal?

Yo seguía escuchando con la oreja vuelta hacia la puerta, conteniendo la respiración, pero de la habitación no salieron ni una palabra ni un ruido más. Unos veinte minutos más tarde, cuando yo estaba sentada a la mesa, mirando las ilustraciones de las clásicas fábulas de Esopo, me percaté de que algo se movía en la puerta. Al levantar la vista, vi la cara de mi tía, que levantó una mano mientras me observaba.

—¡Silencio! —dijo en voz baja antes de acercarse a mí de puntillas y, susurrando aún, añadió—: Por fin se ha quedado dormida, gracias a Dios. No hagas ningún ruido hasta que yo haya vuelto, pues voy abajo a tomar una taza de té y regresaré enseguida con la señora Wyvern. Ella dormirá en la habitación de la señora, y tú podrás bajar cuando subamos nosotras. Judith te llevará la cena a mi cuarto.

Dicho lo cual, se marchó.

Seguí mirando el libro de ilustraciones, como antes, aguzando el oído de vez en cuando, pero no se distinguía el menor ruido, ni siquiera un suspiro. Empecé a decirles cosas a los dibujos, en voz baja, y a hablar sola para infundirme valor, pues empezaba a tener miedo, sola como estaba en aquel cuarto tan grande.

Al cabo de unos instantes, me levanté y comencé a deambular por la habitación, husmeando por aquí y por allá para distraerme. Y al final, qué otra cosa podía hacer sino echar un discreto vistazo a la alcoba de la señora Crowl.

Era muy grande, con una cama enorme con dosel y cortinas de seda floreada, tan altas que sus pliegues se enrollaban en el suelo, cerradas a cal y canto en torno al lecho. También había un espejo, el más grande que hubiera visto en mi vida, y la habitación estaba bañada de luz. Conté hasta veintidós velas de cera, todas ellas encendidas. Así lo dictaba la señora y nadie se atrevía a negarle el capricho.

Me quedé escuchando en la puerta, boquiabierta y maravillada. Al no oír ni un suspiro ni ver el menor movimiento de las cortinas, me armé de valor para entrar de puntillas en la habitación y miré de nuevo a mi alrededor. Al verme reflejada en el espejo, pensé: «¿Quién me impide acercarme y echarle una ojeada a la anciana que está acostada en la cama?».

Me tomaríais por loca si supierais las ganas que tenía de ver a la señora Crowl. Si no aprovechaba para verla entonces, me dije, quizá tuviera que esperar varios días antes de que se me volviera a presentar la ocasión.

Ya me había acercado a la cama, que tenía corridas las cortinas, cuando estuve a punto de arrepentirme. Pero me armé de valor y deslicé un dedo entre las recias cortinas, primero, y después toda la mano. Me quedé esperando un momento, pero seguía reinando un silencio sepulcral. Y así, despacio, muy despacio, retiré la cortina y allí estaba ella, ante mí, extendida como esa mujer del sepulcro de la iglesia de Lexhoe: la famosa señora Crowl, de la Casa Applewale, vestida de pies a cabeza con telas de las que ya no se ven hoy en día: sedas y satenes, verdes y escarlatas, brocados y oro... ¡Santo cielo, qué espectáculo! Llevaba puesta una peluca empolvada de dimensiones enormes, casi más grande que ella. ¡Y qué de arrugas, caray! Con la garganta arrugada llena de bolsas y empolvada de blanco, las mejillas pintadas de rojo, y con las cejas postizas que la señora Wyvern le solía pegar, allí estaba la mujer, rígida y orgullosa, con un par de medias de seda con escaques y unos tacones como agujas de ganchillo de altos. ¡Señor! Tenía la nariz muy fina y ganchuda, y sus párpados entreabiertos dejaban ver el blanco de los ojos. Ataviada de esa guisa sería como acostumbraba antes a colocarse frente al espejo, paseándose frente a él con una sonrisa mientras agitaba el abanico que llevaría en la mano, con un gran ramo de flores en el corpiño. Remataban sus manitas apergaminadas, extendidas a los lados, las uñas más largas y ahusadas que yo hubiera visto en mi vida. ¿Habría estado de moda alguna vez, entre las mujeres adineradas, llevarlas así?

Creo que, ante semejante espectáculo, cualquiera se habría asustado. Yo no podía soltar la cortina, ni dar un paso, ni quitarle los ojos de encima. Hasta el corazón se me había parado. Y de repente vi que abría los ojos, se incorporaba, se daba la vuelta y bajaba de la cama con un repicar de tacones, devorándome el rostro con sus grandes ojos vidriosos mientras su sonrisa, perversa y maligna, le estiraba los labios arrugados y dejaba al descubierto sus largos dientes postizos.

Una persona muerta es algo natural, por supuesto, pero en toda mi vida yo no había contemplado una visión más espantosa que aquella. Tenía los dedos tan estirados, apuntando en mi dirección, como la espalda encorvada por la edad, y me interpeló:

—¡Tú, pequeña! ¿Por qué vas por ahí diciendo que yo maté al niño? ¡Te voy a hacer cosquillas hasta dejarte más tiesa que un muerto!

De haberlo pensado un momento, habría dado media vuelta para huir de allí a toda prisa, pero no lograba apartar los ojos de ella. Aunque empecé a retroceder en cuanto pude, la señora me siguió acuchillando el suelo con los tacones, moviéndose como una marioneta cuyos hilos manejara otra persona, con los dedos apuntados hacia mi garganta, y sin dejar de hacer ruidos con la lengua, algo parecido a un extraño zizz-zizz-zizz.

Seguí retrocediendo, cada vez más deprisa, y cuando sus dedos se encontraban ya apenas a unos centímetros de mi cuello, sentí que perdería el conocimiento si llegaba a rozarme.

La retirada me llevó hasta un rincón de la cámara, donde proferí tal alarido que cualquiera diría que se me estaba separando el cuerpo del alma. En aquel momento mi tía, desde la puerta, habló con un tono tan recio que hizo que la anciana se girase hacia ella. Aproveché para dar media vuelta y salir corriendo, atravesé mi cuarto y bajé por las escaleras tan deprisa como me lo permitían las piernas.

Os aseguro que estaba llorando desconsolada cuando, por fin, llegué al cuarto de llaves. La señora Wyvern no paró de reírse cuando le conté lo que había ocurrido, pero le cambió la cara al escuchar las palabras que me había dicho la vieja señora.

—Repítemelo —dijo, y así lo hice yo:

—«¡Tú, pequeña! ¿Por qué vas por ahí diciendo que yo maté al niño? ¡Te voy a hacer cosquillas hasta dejarte más tiesa que un muerto!».

—¿Y tú habías mencionado algo acerca de un niño muerto?

—No, señora.

Después de aquello, Judith siempre se quedaba conmigo cuando las dos mujeres dejaban a la señora. Habría preferido arrojarme por la ventana antes de pasar ni un momento a solas con ella en la habitación.

Más o menos una semana después, si mal no recuerdo, la señora Wyvern, un día en que estábamos solas las dos, me contó un detalle acerca de la señora Crowl que yo no sabía.

Cuando era joven y muy bella, hacía ya setenta años, se había casado con el señor Crowl de Applewale, aunque este era viudo y tenía un hijo de nueve años.

No volvió a saberse nada de aquel pequeño a partir de cierta mañana. Nadie sabía qué le había pasado. Le dejaban demasiada libertad y solía irse de paseo por las mañanas; a veces iba a la caseta del guarda, desayunaba con él, después se dirigía a las conejeras y no volvía a casa hasta que anochecía. También le gustaba bajar al estanque, donde se bañaba y pasaba el día pescando o remando en la barca. Pues bien, el caso es que nadie sabía decir qué había sido de él. Lo único cierto es que encontraron un sombrero junto al lago, bajo un espino que todavía sigue allí hoy en día, y pensaron que se habría ahogado nadando. El siguiente heredero en orden de sucesión sería el hijo del segundo matrimonio del señor Crowl, el que tuvo con esta mujer tan longeva. En el momento de mi llegada a Applewale, el propietario de la hacienda era el señor Chevenix Crowl, nieto de la anciana señora.

Se desataron muchas habladurías relacionadas con aquellos acontecimientos, mucho antes de que mi tía encontrase empleo allí. Los rumores sugerían que la madrastra sabía del asunto mucho más de lo que aparentaba. Contaban también que sabía manejar a su esposo, el viejo señor Crowl, y satisfacer todos sus deseos merced a sus caprichos y lisonjas y su pico de oro. Pero como el niño no volvió a aparecer, todo lo sucedido se borró de la memoria de las gentes con el paso del tiempo.

Lo que me dispongo a contaros ahora lo vi con mis propios ojos.

Aquel invierno, cuando yo aún no llevaba ni seis meses en aquella casa, la anciana señora cayó enferma por última vez.

Al médico le preocupaba la posibilidad de que sufriera un arrebato de locura, pues ya había padecido uno quince años antes y tuvieron que inmovilizarla durante mucho tiempo con una camisa de fuerza, que era la misma prenda de cuero que yo había visto en el armario de la habitación de mi tía.

No obstante, no lo sufrió. Lo que hizo fue consumirse, marchitarse y apagarse muy poco a poco, sin escándalos, hasta que, un par de días antes de pasar a mejor vida, comenzó a blasfemar y a gritar como si estuvieran cortándole el cuello. También le daba por escaparse de la cama, y como estaba tan débil que no podía ni andar, ni sostenerse en pie siquiera, se caía al suelo con aquellas manos tan viejas y arrugadas extendidas frente a su cara, y desde allí seguía gritando y pidiendo clemencia.

Yo no entraba en aquella habitación, como supondréis, sino que me quedaba en la cama, temblando de miedo al oír sus gritos y pataleos, además de aquellas palabrotas que habrían avergonzado a cualquiera.

Las que no se separaban de ella eran mi tía, la señora Wyvern, Judith Squailes y una mujer que había acudido desde Lexhoe. Hasta que le dieron los ataques y estos acabaron con ella.

Llegó un sacerdote para rezar por ella, aunque a la anciana señora las oraciones ya no iban a servirle de nada. Supongo que era lo correcto, por mucho que ninguna de las presentes le viera la parte práctica, y así fue como todo se acabó y la anciana pasó definitivamente a mejor vida. Amortajaron a la señora Crowl y la metieron en el ataúd, y se avisó por escrito al señor Chevenix. Pero este se encontraba entonces en Francia, y dado que el viaje de regreso sería tan largo, el párroco y el médico coincidieron en informarnos de que no deberíamos esperar tanto tiempo antes de darle sepultura. Solo ellos dos se molestaron en acudir al entierro, además de mi tía y los demás empleados de Applewale. Y así, la anciana señora de Applewale acabó en la cripta que hay debajo de la iglesia de Lexhoe y nosotras nos quedamos en la mansión, esperando a que volviera el señor para decirnos qué pensaba hacer con nosotras, nos pagase lo que le pareciese y nos despidiera si le placía.

A mí me llevaron a otra habitación tras la muerte de la señora Crowl, a dos puertas de distancia de su antiguo cuarto. Todo esto sucedió en la víspera del regreso a Applewale del señor Chevenix.

El cuarto que yo habitaba ahora era una cámara grande y cuadrada con paneles de roble en las paredes, pero sin más muebles que mi cama, sin cortinas alrededor, y una silla y una mesa, por llamarlas de alguna manera, que parecían perderse en la inmensidad de la habitación. El enorme espejo en el que a la anciana señora le gustaba admirarse y contemplarse de pies a cabeza, ahora que ella ya no iba a usarlo, lo habían quitado de su cuarto y llevado al mío, donde languidecía apoyado contra la pared, pues habían tenido que retirar muchas cosas de su habitación, como es lógico, cuando a ella la metieron en el ataúd.

Aquel día se nos informó de que el señor Chevenix llegaría a Applewale a la mañana siguiente. La noticia no me apenó, pues estaba segura de que me enviaría a casa otra vez, con mi madre. Me alegré tanto al pensar en mi hogar, en mi hermana Janet, en el gatito y en las empanadas, en el pequeño Trimmer y en todo lo demás, que no podía dormir. El reloj dio las doce, yo seguía estando completamente despierta, y en el cuarto reinaba una oscuridad absoluta. Estaba acostada de espaldas a la puerta, con la mirada fija en la pared de enfrente.

Pues bien, aún no serían ni las doce y cuarto cuando, de repente, vi una luz en la pared que tenía delante, como si se hubiera encendido un fuego a mi espalda. Las sombras de la cama, de la silla y de mi vestido, colgado en el muro, danzaban arriba y abajo, deslizándose por las vigas del techo y los paneles de madera. Me apresuré a girar la cabeza para mirar de reojo, temiendo que se hubiera producido un incendio.

Pero lo que vi..., ¡santo cielo! Allí estaba la anciana señora, engalanado su cuerpo de muerta con sedas y terciopelos, con una sonrisa bobalicona en la cara, los ojos abiertos como platos y una cara que parecía la del mismo demonio. La envolvía un resplandor anaranjado, como si el vestido ardiese alrededor de sus pies. Iba directa hacia mí, con las viejas manos sarmentosas engarfiadas como si se dispusiera a arañarme. Fui incapaz de moverme, pero pasó por mi lado con una ráfaga de aire frío y la vi llegar a la pared de enfrente, a la rinconera, como denominaba mi tía a esa alcoba, que era donde en otros tiempos se colocaba la cama de gala, y allí al fondo abrió una puerta y comenzó a tantear con las manos en busca de algo. Yo no había visto nunca esa puerta. Entonces se volvió hacia mí, como si girase sobre algún tipo de eje, gesticuló y, acto seguido, la habitación se quedó a oscuras de nuevo y yo de pie donde estaba, en el rincón más alejado de la cama. Ni sé cómo había llegado hasta allí. Pero recuperé el habla por fin y empecé a gritar con todas mis fuerzas, unos chillidos horribles que resonaron por toda la galería y casi arrancaron de sus goznes la puerta de la señora Wyvern, quien se llevó tal susto que estuvo a punto de perder el sentido.

Os podéis figurar lo que dormí yo aquella noche, y en cuanto amaneció bajé a la habitación de mi tía tan deprisa como me lo permitían las piernas.

Pues bien, mi tía no me regañó ni me castigó, como me temía, sino que me tomó de la mano y se pasó todo el tiempo mirándome fijamente a la cara. Me dijo que no debía asustarme y me preguntó:

—¿Tenía la aparición una llave en la mano?

—Sí —contesté, esforzándome por recordar los detalles—. Una llave muy grande, con un puño de bronce muy raro.

—Espera un momento —me pidió antes de soltarme la mano para abrir la puerta del aparador—. ¿Se parecía a esta? —Me enseñó la llave que colgaba de uno de sus dedos, con una expresión sombría en la cara.

—Esa misma —respondí de inmediato.

—¿Estás segura? —insistió mientras la giraba a un lado y a otro.

—Del todo —repliqué, y al decirlo me sentí como si sufriera un mareo.

—Bueno, niña, está bien —dijo mi tía en voz baja antes de guardar la llave otra vez—. Hoy vendrá el señor en persona, antes de las doce, y tú le vas a contar todo lo que sabes. Me imagino que yo me iré pronto, así que lo mejor que puedes hacer, por ahora, es volverte esta misma tarde a tu casa. Yo te buscaré otro lugar lo antes posible.

Como es lógico, me alegré mucho al escuchar esas palabras.

Mi tía empaquetó mis cosas y las tres libras que se me debían, para que me lo llevase todo a casa, y el señor Crowl en persona llegó a Applewale ese día. Se trataba de un hombre muy apuesto, de unos treinta años; aunque era la segunda vez que nos veíamos, esa fue la primera en la que me dirigió la palabra.

Mi tía habló con él en el cuarto de llaves, aunque ignoro acerca de qué. Me intimidaba la presencia del señor, un caballero importante en Lexhoe, a quien no me atreví a acercarme hasta que él lo ordenó. Una vez en su presencia, me preguntó con una sonrisa:

—¿Qué fue lo que viste, chiquilla? Debías de estar soñando, porque en el mundo no existen ese tipo de cosas. En todo caso, mi pequeña doncella, siéntate y vuelve a contárnoslo todo, desde el principio.

Cuando hube llegado al final de mi relato, el hombre se quedó pensando un momento antes de dirigirse a mi tía.

—Conozco bien ese sitio. En tiempos del anciano sir Oliver, el cojo Wyndel me contó que había una puerta en ese rincón, a la izquierda, donde la muchacha ha soñado que mi abuela la abría. El hombre tenía más de ochenta años cuando me lo dijo, y yo no era más que un chiquillo. Hace veinte años de aquello. Allí se guardaban la vajilla y las joyas antes de que instalaran la caja de hierro que hay ahora en el salón de los tapices. Según el cojo, la llave tenía el puño de bronce, como la que dice usted que han encontrado en la caja donde mi abuela guardaba sus abanicos. Ahora bien, ¿no tendría gracia que encontrásemos alguna cuchara o diamantes olvidados allí? Sube con nosotros, mocita, e indícanos el lugar exacto.

La idea me daba aprensión y los acompañé con el corazón en un puño. Le agarré la mano a mi tía para entrar en la habitación y les expliqué cómo se me había aparecido la anciana señora y cómo había pasado de largo junto a mí, así como el sitio donde se había colocado antes de que pareciera abrirse una puerta.

Había un viejo armario vacío en aquella pared, y cuando lo empujamos a un lado encontramos el contorno de una puerta en el artesonado, amén de una cerradura bloqueada con virutas de madera, tan lijada y pintada que no se distinguía del resto, ya que todas las juntas se habían rellenado con una masilla del mismo color que los paneles de roble. De no ser por los goznes, que sí destacaban, nadie habría sospechado que allí había una puerta.

—¡Ajá! —dijo el señor Crowl, con una sonrisita enigmática—. Esta debe de ser.

Ayudándose de martillo y cincel, tardó unos minutos en extraer las virutas de madera de la cerradura. La llave encajaba, por supuesto, aunque tuvo que hacer fuerza para que girase, momento en el que la cerradura emitió un chirrido estridente. El hombre tiró de la puerta y esta se abrió.

Había otra allí dentro, aún más extraña que la primera, pero carecía de cerradura y se abrió con facilidad. Daba a un pasillo muy estrecho, con el techo abovedado y las paredes de ladrillo. Estaba tan oscuro que no pudimos ver qué había dentro.

Mi tía encendió una vela para el señor Crowl, que entró con ella en la mano, y se puso de puntillas tratando de mirar de reojo. Yo, por mi parte, no alcanzaba a ver nada.

—¡Ah! ¡Ah! —exclamó el señor mientras daba un paso atrás—. ¿Qué es esto? ¡Deme el atizador, rápido! —le dijo a mi tía. Y cuando ella se dirigió a la chimenea, me acerqué al brazo del hombre para asomarme a aquel hueco, donde vi encogido en el suelo, hacia el fondo, un mono con el pecho despellejado o algo por el estilo, o, si no era eso, la mujer más vieja, enjuta y arrugada que nadie haya visto en su vida.

—¡Santo cielo! —exclamó mi tía cuando le dio el atizador al señor Crowl y vio aquella cosa tan desagradable al volverse a mirar—. Tenga cuidado, señor... ¡Salga y cierre bien esta puerta!

Pero, en vez de eso, él avanzó con cuidado, empuñando el atizador como si fuera una espada. Lo usó para darle un golpecito con el hierro a aquella cosa, que se desmoronó, con su cabeza y todo, hasta quedar reducida a un montón de huesos y polvo, apenas un puñado.

Eran los restos de un niño, que se deshicieron con solo tocarlos. Nadie dijo nada al principio, pero él le dio vueltas a la calavera que yacía en el suelo.

Aunque por aquel entonces yo todavía era muy joven, sabía lo que todos estaban pensando.

—¡Un gato muerto! —dijo él mientras nos sacaba a empujones de allí, antes de apagar la vela con un soplido y dejar la puerta cerrada de nuevo—. Usted y yo volveremos más tarde, señora Shutters, e inspeccionaremos con detenimiento todas las estanterías. Pero antes tengo otros asuntos que tratar con usted. Y que esta muchacha se marche a su casa, ya lo sabe. Ha cobrado lo que se le debía y, además, pienso hacerle un regalo —añadió, mientras me daba una palmadita en el hombro.

Y así lo hizo. Me dio nada menos que una libra. Más o menos una hora después me fui a Lexhoe, donde monté en la diligencia que habría de llevarme a mi casa. Jamás me había alegrado tanto de encontrarme en mi hogar otra vez. Nunca más volví a ver a la anciana la señora Crowl de Applewale, gracias a Dios, ni en apariciones ni en sueños. Pero cuando ya era mujer hecha y derecha, mi tía acudió a visitarme a Littleham, donde pasó todo un día y una noche conmigo, y me contó que no cabía la menor duda de que a aquel pobre niño que supuestamente se había perdido hacía ya tanto tiempo en realidad lo había dejado encerrado en la oscuridad aquella arpía perversa, sin nadie que oyera sus gritos, ruegos y golpes, y que ella misma había dejado su sombrero en la orilla del estanque para que todos creyeran que el pequeño se había ahogado en sus aguas. Los trajes se habían convertido en un montoncito de polvo con solo tocarlos, en la misma celda donde se encontraron los restos. Pero había un puñado de botones de azabache y una navaja con el mango verde, además de un par de peniques que la pobre criatura llevaba, sin duda, en los bolsillos cuando lo encerraron allí y vio la luz por última vez. Y entre los papeles del señor Crowl había una copia del anuncio que habían encargado imprimir cuando se perdió el niño, en el cual el señor anterior decía que, a su juicio, el pequeño debía de haberse fugado de casa, aunque no se descartaba la posibilidad de que se lo hubieran llevado los gitanos. Además, el niño llevaba encima una navaja con el mango verde, y su traje tenía los botones de azabache. Y esto es todo cuanto os puedo decir acerca de la anciana señora Crowl, de la Casa Applewale.

DESPUÉS

EDITH WHARTON

I

or supuesto que hay uno, pero nunca lo sabréis.

La afirmación, lanzada entre risas seis meses antes, en junio, en un jardín resplandeciente, volvió a la memoria de Mary Boyne con una nueva percepción de su significado latente cuando esperaba, en el atardecer de diciembre, a que llevaran las lámparas a la biblioteca. Había sido su amiga Alida Stair quien había pronunciado aquellas palabras mientras tomaban el té en el césped, en Pangbourne, haciendo referencia a aquella misma casa en que la biblioteca en cuestión era el «elemento» central alrededor del cual giraba todo. Mary Boyne y su marido, que buscaban un lugar campestre en algún condado del sur o del suroeste, al llegar a Inglaterra, le habían planteado el problema directamente a Alida Stair, que lo había resuelto con éxito en su propio caso; pero hubo que esperar a que hubieran rechazado, de forma bastante caprichosa, varias sugerencias juiciosas y prácticas para que lanzara su última propuesta:

—Bueno, está Lyng, en Dorsetshire. Es propiedad de los primos de Hugo y os la dejarían a precio de saldo.

Las razones que dio para que fuera tan asequible (estaba lejos de la estación, no tenía luz eléctrica, ni agua caliente, ni otras comodidades habituales) eran exactamente las que se ganaron el favor de los dos americanos románticos que buscaban de forma absurda las desventajas económicas que iban asociadas, en su tradición, a unos atractivos arquitectónicos inusuales.

—No me podría creer que estoy viviendo en una casa antigua si no fuera verdaderamente incómoda —dijo jocosamente Ned Boyne, el más extravagante de los dos—. La más mínima nota de confort me haría pensar que la habían comprado en una exposición, con las piezas numeradas, y la habían vuelto a montar.

Y habían procedido a enumerar, con divertida precisión, sus variadas sospechas y prevenciones, negándose a creer que la casa que su prima les recomendaba fuese realmente del periodo tudor hasta que supieron que la casa no tenía sistema de calefacción; tampoco aceptaron que la iglesia del pueblo estaba literalmente dentro de la finca hasta que ella les aseguró que el suministro de agua era de una incertidumbre deplorable.

—¡Es demasiado incómodo para ser verdad! —había añadido Edward Boyne, exultante al escuchar cada nueva desventaja que ella confesaba; pero frenó de golpe su ditirambo para preguntar, recuperando de forma repentina su desconfianza—: ¿Y el fantasma? ¡Nos has estado ocultando que no tiene un fantasma!

Mary, en ese momento, se había reído con él. Pero, incluso en medio de aquella risa, dotada como estaba de una poderosa intuición, había captado una nota de sequedad en la respuesta alegre de Alida.

—Bueno, Dorsetshire está lleno de fantasmas, ya lo sabéis.

—Sí, sí, pero eso no sirve. No quiero tener que conducir diez millas para ver el fantasma de otros. Quiero uno para mí en mi propia casa. ¿Hay o no hay un fantasma en Lyng?

Su comentario había hecho reír de nuevo a Alida, y había sido entonces cuando esta, con picardía, había respondido:

—Por supuesto que hay uno, pero nunca lo sabréis.

—¿Nunca lo sabremos? —Boyne le siguió la chanza—. ¿Pero cómo demonios puede haber un fantasma si no hay al menos una persona que lo vea?

—No lo sé, pero esa es la historia.

—¿Que hay un fantasma, pero nadie sabe que lo hay?

—Bueno, no hasta después, en cualquier caso.

—¿Hasta después?

—Hasta mucho, mucho después.

—Pero si ya lo han identificado una vez como un visitante sobrenatural, ¿cómo es que la familia no conoce las señales? ¿Cómo se las ha apañado para mantener su anonimato?

Alida no pudo sino sacudir la cabeza.

—No me preguntes cómo, pero lo ha hecho.

—Y entonces de pronto... —La voz de Mary pareció surgir de la gruta profunda de un oráculo—, de pronto, mucho tiempo después, una se dice: «¿Era eso?».

La sorprendió de manera extraña el timbre sepulcral con que resonó su pregunta en medio de la cháchara de los otros dos, y vio la sombra de esa misma sorpresa atravesar las pupilas claras de Alida.

—Supongo, basta con esperar.

—Oh, ¿quién quiere esperar? —interrumpió Ned—. La vida es demasiado corta para un fantasma que solo se puede disfrutar en retrospectiva. ¿No tenemos nada mejor, Mary?

Pero resultó que no estaban destinados a algo mejor porque, tres meses después de su conversación con la señora Stair, se habían instalado en Lyng, y aquella vida que habían anhelado hasta el punto de planificar cada uno de sus detalles diarios había empezado, de hecho, para ellos.

Había anhelado sentarse, en el denso atardecer de diciembre, junto a aquella chimenea de gigantesca campana, bajo aquellas vigas de roble oscuras, con la sensación de que al otro lado de las ventanas con parteluces las colinas iban perdiendo color y adentrándose en una soledad cada vez más profunda; y para entregarse a aquellas sensaciones Mary Boyne había soportado durante casi catorce años la fealdad desmoralizadora del medio oeste, y Boyne había continuado tercamente sus trabajos de ingeniería hasta que, con una rapidez que aún no dejaba de sorprenderla, el prodigioso maná de la mina Blue Star había puesto a su disposición, en un abrir y cerrar de ojos, la vida y el tiempo libre necesario para disfrutarla. En aquella nueva situación, nunca pensaron ni por asomo en permanecer ociosos; pero querían dedicarse solo a actividades armoniosas. Ella soñaba con la pintura y la jardinería (contra un fondo de muros grises), él con la escritura de su libro, durante mucho tiempo planeado, sobre la base económica de la cultura; y con tanto trabajo absorbente por delante, ninguna existencia podía parecer demasiado aislada; no podían alejarse lo suficiente del mundo, ni sumergirse lo suficiente en el pasado.

Dorsetshire los atrajo desde el principio por parecer un lugar mucho más remoto de lo que correspondía a su situación geográfica. Pero para los Boyne era una de las maravillas que se repetían por toda aquella isla increíblemente comprimida (un puñado de condados, como solían decir) que para la producción de sus efectos bastaran tan pocas pinceladas: que unas cuantas millas crearan una distancia, y que distancias tan cortas significaran tanto.

—Eso es —había explicado una vez Ned con entusiasmo— lo que aporta tanta profundidad a sus efectos, tanto relieve a sus pequeños contrastes. Han logrado untar con una capa gruesa de mantequilla cada exquisito bocado.

Sin duda, Lyng estaba untado con una capa gruesa de mantequilla: la vieja casa gris, oculta en una vaguada entre las colinas, tenía casi todas las señales refinadas de una relación con un largo pasado. El mero hecho de que no fuera ni grande ni excepcional era, para los Boyne, algo que enriquecía su especial sabor: el sabor de haber sido durante siglos un embalse profundo y tenuemente iluminado de vida. La vida allí seguramente no había sido demasiado intensa: durante largos periodos, sin duda, había caído sin hacer ruido en el pasado como la llovizna silenciosa del otoño caía, hora tras hora, en el estanque verde entre los tejos; pero esas aguas remansadas de la existencia a veces alumbran, en sus profundidades indolentes, una agudeza emocional extraña, y Mary Boyne había sentido desde el principio el roce ocasional de unos recuerdos más intensos.

La sensación nunca había sido tan intensa como aquella tarde de diciembre cuando, mientras esperaba en la biblioteca a que trajeran las lámparas, se levantó de su silla y se quedó entre las sombras de la lumbre. Su marido había salido, después de comer, a dar una de sus largas caminatas por las colinas. Ella había advertido en los últimos tiempos que él prefería en esas ocasiones caminar sin compañía y, dada la seguridad demostrada de sus relaciones personales, había concluido que era su libro lo que lo preocupaba, y que necesitaba las tardes para dar vueltas en soledad a los problemas sin resolver del trabajo de las mañanas. Era cierto que el libro no iba tan bien como ella había imaginado, y aquellas líneas de perplejidad que advertía entre sus ojos no estaban allí cuando se dedicaba a la ingeniería. En aquella época, a menudo parecía agotado, casi enfermo, pero la tensión de la «preocupación» nunca había dejado marcas en su ceño. Sin embargo, las pocas páginas que ella había leído (la introducción y una sinopsis del capítulo inicial) indicaban que le tenía bien tomado el pulso al tema y que su confianza en su capacidad iba creciendo.

El hecho le produjo aún mayor desconcierto ya que, ahora que se había liberado de los «negocios» y sus perturbadoras contingencias, el posible elemento de ansiedad se había eliminado. Salvo que fuera su salud. Pero, físicamente, había mejorado desde que se habían mudado a Dorsetshire; estaba más robusto, tenía mejor color y la mirada más fresca. Había sido solo durante la última semana cuando ella había advertido en él aquel cambio indefinible que la dejaba intranquila cuando se ausentaba, y tan muda en su presencia como si fuera ella la que estuviera ocultándole algún secreto.

La idea de que existiera algún secreto entre ellos le produjo una repentina sacudida de asombro, y miró a su alrededor la habitación alargada sin luz apenas.

«¿Es posible que sea la casa?», meditó.

La propia habitación podía estar llena de secretos. Parecían acumularse, como se acumulaba la tarde, en capas y capas de sombras de terciopelo que iban desenrollándose desde los elevados techos, las paredes de libros en penumbra, la escultura desdibujada de la campana de la chimenea.

«¡Eso es! ¡La casa está encantada!», reflexionó.

El fantasma, el imperceptible fantasma de Alida, tras figurar ampliamente en la cháchara de sus primeros meses en Lyng, había sido relegado poco a poco por ser de poca utilidad para la imaginación. Mary, era cierto, como arrendataria de una casa encantada, había hecho averiguaciones, como era costumbre, entre sus escasos vecinos rurales pero, más allá de un «eso cuentan, señora», los aldeanos tenían poco que aportar. El elusivo espectro, por lo visto, nunca había tenido entidad suficiente como para hacer cristalizar una leyenda y, transcurrido un tiempo, los Boyne, entre risas, habían pasado el fantasma a la cuenta de pérdidas y ganancias, conviniendo en que Lyng era una de las pocas casas lo bastante buenas como para poder ser dispensada de adornos sobrenaturales.

—Y supongo que, por eso, ese pobre fantasma inútil agita en vano sus hermosas alas en el vacío —concluyó Mary, riendo.

—O quizá —respondió Ned, en el mismo tono—, entre tanta fantasmagoría no ha podido nunca afirmar su existencia independiente como «el» fantasma.

Y desde entonces habían dejado de mencionar a ese otro habitante de la casa, y teniendo tantas cosas de las que hablar habían olvidado pronto la pérdida.

Ahora, de pie junto al hogar, su vieja curiosidad se reavivó como si adquiriera un nuevo significado, una sensación que iba aumentando con su estrecho contacto diario con la escena de aquel misterio latente. Era la propia casa, por supuesto, la que poseía la facultad de ver al fantasma, la que comulgaba en secreto con su propio pasado; y si uno pudiera establecer una comunión suficientemente estrecha con la casa, quizá podría descubrir su secreto y ver al fantasma. Quizá, en sus largas horas solitarias en esa misma habitación, de la que nunca salía hasta la tarde, su marido ya la hubiera alcanzado, y llevara en silencio sobre los hombros el peso temible de aquello que le había sido revelado. Mary estaba lo bastante versada en el código del mundo de los espectros como para saber que uno no podía hablar de los fantasmas que veía: hacerlo revelaba la misma falta de educación que nombrar a una dama en un club. Pero esa explicación no la satisfizo del todo.

«¿Qué otra cosa que no fuera la sensación de escalofrío —reflexionó— podía interesarle de sus viejos fantasmas?». Y entonces cayó de nuevo en la cuenta del dilema fundamental: que una susceptibilidad mayor o menor a las influencias espectrales no era especialmente importante en ese caso ya que, cuando uno veía a un fantasma en Lyng, no lo sabía.

«No hasta mucho después», había dicho Alida Stair. ¿Y si Ned hubiera visto uno cuando llegó, y lo hubiera sabido en la última semana? Cada vez más absorta, intentó recordar los primeros días en la casa pero, al principio, solo recordaba una alegre confusión al deshacer maletas, instalarse, colocar libros y llamarse de una punta a otra de la casa cada vez que descubrían un nuevo tesoro.

Al hilo de ello, se acordó de una tarde templada del anterior mes de octubre cuando, al pasar del frenesí exultante de la exploración a la inspección detallada de la vieja casa, había presionado una pared (como la heroína de una novela) y con ese contacto la pared se había abierto, mostrándole unas estrechas escaleras que llevaban a un saliente plano insospechado en el tejado, un tejado que, visto desde abajo, parecía descender por todos los lados de manera demasiado abrupta como para permitir que nadie sin mucha práctica pudiera subir.

La vista desde aquel rincón oculto era encantadora, y había bajado corriendo para sacar a Ned de sus papeles y mostrarle su descubrimiento. Recordaba aún cómo él, de pie en aquella estrecha cornisa, le había pasado el brazo por los hombros mientras ambos miraban a lo lejos, más allá de las colinas, hacia la línea del horizonte, y luego bajaban la vista, satisfechos, para fijarla en los arabescos de los tejos que rodeaban el estanque, y la sombra del cedro sobre la hierba.

—Y ahora al otro lado —había dicho él, haciéndola girar con dulzura sin soltar su brazo; y, acurrucada contra él, había absorbido, como si pintara despacio un boceto del que estuviera contenta, la imagen del patio rodeado de muros grises, los leones sedentes sobre el portalón y la avenida de tilos que subía hasta la carretera, al pie de las colinas.

Fue en ese preciso momento, mientras contemplaban juntos la vista, cuando notó que el brazo de él la soltaba y escuchó un repentino «¡Hola!» que la hizo girarse hacia él.

Con toda claridad, ahora lo recordaba, había visto al mirarlo una sombra de nerviosismo, de perplejidad más bien, en su rostro; y, siguiendo la línea que trazaban sus ojos, había visto la figura de un hombre (un hombre con ropajes flojos, de color gris, según le pareció) que avanzaba por la avenida de tilos hacia el patio, con el andar tentativo de un extraño que buscara el camino. Sus ojos miopes solo le habían dado una vaga impresión de levedad y grisura, con algo de extranjero, o al menos de no ser de por allí, por el contorno de su figura y sus movimientos; pero su marido al parecer había visto más, lo suficiente como para adelantarse a ella con un brusco «¡Espere!» y bajar corriendo por las tortuosas escaleras sin pararse a ofrecerle la mano para ayudarla a bajar.

Una ligera tendencia a los mareos la obligó, tras agarrarse un momento a la chimenea en la que se habían apoyado, a seguirlo con más cuidado; y cuando aterrizó en la buhardilla se detuvo de nuevo por una razón menos definida, y se asomó a la balaustrada de roble para forzar la vista a través del silencio de las salas de abajo, de tonos marrones, atravesadas por el sol. Se quedó allí hasta que, en algún lugar de aquellas profundidades, oyó que se cerraba una puerta; entonces, impulsada por un resorte, siguió bajando los tramos de anchos escalones hasta llegar al vestíbulo. La puerta principal estaba abierta al sol del patio, y tanto este como el salón estaban vacíos. La puerta de la biblioteca también estaba abierta y, tras intentar en vano oír alguna voz dentro, cruzó deprisa el umbral y encontró a su marido solo, hojeando distraído los papeles del escritorio.

Levantó la vista, como si lo sorprendiera verla entrar con tanta precipitación, pero la sombra de nerviosismo se había evaporado de su rostro, dejándolo, le pareció, incluso más brillante y claro de lo habitual.

—¿Qué ha pasado? ¿Quién era? —preguntó.

—¿Quién? —repitió, todavía sorprendido.

—El hombre que hemos visto que venía hacia la casa.

Pareció reflexionar.

—¿Un hombre? Me pareció ver a Peters; corrí tras él para hablarle de los desagües del establo, pero había desaparecido antes de que pudiera llegar abajo.

—¿Desaparecido? Pero, cuando lo vimos, me pareció que caminaba muy despacio.

Boyne se encogió de hombros.

—Eso pensé yo, pero debe de haberse evaporado entre tanto. ¿Qué te parece si intentamos subir al monte Meldon antes de que oscurezca?

Eso fue todo. En el momento, le había parecido una nimiedad y lo había olvidado de inmediato gracias a la magia de ver por primera vez el monte Meldon, una montaña a la que habían soñado con subir desde que habían visto su cresta desnuda dibujarse sobre el tejado inferior de Lyng. Sin duda, fue el hecho de que el otro incidente hubiera tenido lugar el mismo día de su ascenso a Meldon lo que lo había mantenido a raya en el archivo inconsciente del que ahora emergía; porque en sí mismo, no tenía nada de portentoso. En el momento, no había nada más natural que el hecho de que Ned bajara corriendo del tejado para perseguir a algún comerciante demorado. Era el periodo en que siempre estaban buscando a especialistas que trabajaran en el lugar; siempre esperándolos, y apresurándose a recibirlos con preguntas, reproches o recordatorios. Y ciertamente, en la distancia, aquella figura gris se parecía a Peters.

Sin embargo, ahora, al revisar la rápida escena, pensó que la explicación de su marido había quedado invalidada por la ansiedad que había reflejado su rostro. ¿Por qué iba a inquietarle la aparición familiar de Peters? ¿Por qué, sobre todo, si era primordial discutir con él el tema de los desagües del establo, se había sentido aliviado al no encontrarlo? Mary no podía decir que esas consideraciones se le hubieran ocurrido en el momento pero, por la prontitud con que ahora acudían a su llamada, tuvo la sensación repentina de que habían estado siempre allí, esperando su hora.

II

Cansada de sus pensamientos, se acercó a la ventana. La biblioteca estaba ahora completamente a oscuras y la sorprendió ver la luz mortecina que el mundo exterior aún conservaba.

Mientras miraba al patio, una figura se dibujó en la perspectiva estrecha de líneas desnudas: parecía una mera mancha de un gris oscuro sobre un fondo gris también y, por un instante, mientras avanzaba hacia ella, su corazón le dio un vuelco al pensar: «Es el fantasma».

En aquel largo instante, tuvo tiempo de intuir de pronto que el hombre que había vislumbrado dos meses antes desde el tejado estaba a punto de revelarse, a aquella hora elegida por el destino, como alguien que no era Peters; y se le encogió el corazón con el temor a la inminente revelación. Pero casi antes de que el reloj marcara un nuevo segundo la ambigua figura, tomando sustancia y carácter, se reveló ante su pobre mirada como su marido; y Mary corrió hacia él para confesarle lo que había imaginado.

—Es realmente absurdo —dijo ella riendo desde el umbral—, pero ¡nunca me acuerdo!

—¿Acordarte de qué? —preguntó Boyne mientras entraban juntos.

—Que cuando uno ve al fantasma de Lyng, no lo sabe.

Lo agarró por la manga, y él dejó que lo hiciera, pero sin que su gesto o el rostro agotado y preocupado cambiaran.

—¿Creíste haberlo visto? —preguntó, tras un apreciable intervalo.

—Pues, de hecho, te tomé por él, cariño, decidida como estaba a localizarlo.

—¿A mí? ¿Justo ahora? —Apartó el brazo y replicó tenuemente su risa—. De verdad, querida, deberías desistir. Es lo mejor que puedes hacer.

—Sí, así lo haré. ¿Y tú, has desistido también? —preguntó, volviéndose hacia él de golpe.

La doncella había entrado con cartas y una lámpara, y la luz incidió en el rostro de Boyne cuando se inclinaba sobre la bandeja que le presentaban.

—¿Y tú? —insistió Mary con terquedad, cuando la sirvienta hubo desaparecido para seguir ocupándose de la iluminación.

—¿Y yo qué? —replicó, ausente, mientras la luz mostraba unas profundas marcas de preocupación entre sus cejas al dar la vuelta a las cartas.

—Que si has desistido de intentar ver al fantasma.

El corazón se le aceleró un poco ante la prueba a la que lo estaba sometiendo.

Su marido, dejando a un lado las cartas, avanzó hacia la penumbra de la chimenea.

—No lo he intentado —dijo, abriendo el envoltorio del periódico.

—Ya, por supuesto —persistió Mary—; lo exasperante es que no sirve de nada intentarlo, ya que uno no puede estar seguro hasta mucho después.

Estaba desdoblando el periódico como si apenas la oyera pero, tras una pausa, en la que se escuchó el susurro espasmódico de las hojas entre sus manos, levantó la cabeza y dijo abruptamente:

—¿Tienes idea de cuánto tiempo después?

Mary se había hundido en un silloncito bajo junto al fuego. Desde ahí alzó el rostro, sorprendida, hacia el perfil de su marido, que se proyectaba, oscuro, contra el círculo de luz de la lámpara.

—No, ni idea. ¿Y tú? —respondió, repitiendo su anterior frase con una intencionalidad más marcada.

Boyne dobló de cualquier forma el periódico y regresó aturullado hacia la lámpara.

—¡Santo cielo, no! Solo quería decir —explicó, con un ligero tono de impaciencia— si hay alguna leyenda o alguna tradición al respecto.

—No que yo sepa —respondió; pero su impulso de agregar: «¿Por qué lo preguntas?» se vio frenado por la reaparición de la doncella con el té y una segunda lámpara.

Con la dispersión de las sombras, y la repetición de la rutina doméstica, se aligeró la sensación que tenía Mary Boyne de algo mudo e inminente que había oscurecido su tarde solitaria. Durante un rato, se entregó en silencio a los detalles de la tarea y, cuando levantó la vista, se sorprendió hasta lo indecible por el cambio producido en el rostro de su marido. Se había sentado cerca de la lámpara más alejada, y estaba absorto en la lectura de sus cartas; pero ¿era algo que había encontrado en ellas, o tan solo el cambio de su propio punto de vista, lo que había devuelto los rasgos de él a su aspecto normal? Cuanto más lo miraba, más definidamente se afirmaba el cambio. Las líneas de dolorosa tensión se habían esfumado y los rasgos de fatiga que quedaban eran los que fácilmente se atribuyen a un esfuerzo mental continuado. Él levantó la vista, como atraído por su mirada, y sonrió al encontrarse con sus ojos.

—Me muero por un té, ¿sabes? Y aquí hay una carta para ti —dijo.

Tomó la carta que él le tendía a cambio de la taza que ella le daba y, regresando a su asiento, rompió el sello con el gesto lánguido de quien no tiene otro interés fuera del ámbito de una presencia querida.

Su siguiente movimiento consciente fue el de levantarse de un salto, dejando caer la carta al suelo, y tenderle a su marido un largo recorte de periódico.

—¡Ned! ¿Qué es esto? ¿Qué significa?

Él se había levantado en el mismo instante, casi como si oyera su exclamación antes de que ella la pronunciara; y durante unos segundos ambos se estudiaron el uno al otro, como adversarios que buscaran una ventaja, a través del espacio que había entre el escritorio de él y la silla de ella.

—¿A qué te refieres? ¡Menudo susto me has dado! —dijo Boyne al fin, dirigiéndose hacia ella con una risa repentina y en cierto modo exasperada. La sombra de la aprensión volvía a estar en su rostro, y ahora no era una mirada de premonición, sino que era como si sus labios y sus ojos estuvieran en alerta, como si se sintiera rodeado por seres invisibles, pensó.

Su mano temblaba tanto que apenas podía darle el recorte.

—Este artículo, del *Waukesha Sentinel*, dice que un hombre llamado Elwell ha presentado una demanda contra ti, que había algo mal con la mina de Blue Star. No entiendo la mitad de lo que dice.

Siguieron mirándose mientras ella hablaba y, para su sorpresa, vio que sus palabras tenían el efecto casi inmediato de disipar la atención extrema de su mirada.

—¡Ah, eso! —Echó un vistazo al recorte y luego lo dobló con el gesto de quien se ocupa de algo inofensivo y familiar—. ¿Qué te pasa esta tarde, Mary? Pensé que eran malas noticias.

Estaba de pie ante él, mientras aquel terror indefinible cedía ante su tranquilizadora compostura.

—¿Estabas al tanto, entonces? ¿Está todo bien?

—Claro que estaba al tanto, y está todo bien.

—Pero ¿de qué se trata? No lo entiendo. ¿De qué te acusa este hombre?

—Pues prácticamente de todos los delitos imaginables. —Boyne había dejado el recorte en la mesa y se había vuelto a sentar cómodamente en un sillón cerca del fuego—. ¿Quieres que te cuente la historia? No es demasiado interesante; solo una riña por intereses en la Blue Star.

—Pero ¿quién es este Elwell? No conozco el nombre.

—Un tipo con el que me asocié; le eché una mano. Te lo conté todo en su momento.

—Seguro que sí. Debo haberlo olvidado. —Rebuscó vanamente en su memoria—. Pero, si lo ayudaste, ¿por qué te hace esto?

—Me imagino que algún picapleitos lo ha enredado. Es todo bastante técnico y complicado. Creía que estas cosas te aburrían.

Su esposa sintió una punzada de remordimiento. En teoría, criticaba la forma en que las mujeres se desentendían de los intereses profesionales de sus maridos pero, en la práctica, siempre le había costado poner atención en las explicaciones de Boyne sobre las transacciones en las que sus variados intereses lo llevaban a implicarse. Además, desde el principio había pensado que, en una comunidad en la que las necesidades de la vida solo podían cubrirse gracias a esfuerzos tan arduos como las tareas profesionales de su marido, el breve ocio del que este podía disponer debía usarse para huir de las preocupaciones inmediatas y dar paso a la vida que siempre habían soñado vivir. Un par de veces, ahora que esa nueva vida había trazado su círculo mágico a su alrededor, se había preguntado si había hecho bien; pero hasta ahora esa conjeturas no habían sido más que incursiones retrospectivas de una imaginación activa. Ahora, por primera vez, la sorprendió ligeramente descubrir qué poco sabía de los cimientos materiales sobre los que se levantaba su felicidad.

Volvió a mirar a su marido, y la tranquilizó su rostro relajado; aun así sintió la necesidad de fundamentos más firmes para tranquilizarse.

—Pero ¿no te preocupa esta demanda? ¿Por qué no me has hablado de ello?

Respondió a ambas preguntas a la vez:

—Al principio no te hablé de ello porque sí me preocupaba..., me molestaba, más bien. Pero ya es agua pasada. La persona que te ha escrito debe haber encontrado un número atrasado del *Sentinel*.

La recorrió un escalofrío de alivio.

—¿Quieres decir que ya ha pasado? ¿Ha perdido?

Hubo apenas una demora perceptible en la respuesta de Boyne.

—Ha retirado la demanda, eso es todo.

Pero ella insistió, como para exonerarse de aquel reproche que se había hecho a sí misma de perder el interés con demasiada facilidad.

—¿Lo ha retirado porque vio que no tenía posibilidades?

—Ninguna —respondió Boyne.

Mary batallaba aún con una ligera perplejidad que seguía acosándola desde el fondo de sus pensamientos.

—¿Cuánto hace que la retiró?

Él se detuvo, como si volviera a su anterior incertidumbre.

—Acabo de enterarme; pero lo esperaba.

—¿Ahora? ¿En una de tus cartas?

—Sí, en una de mis cartas.

Ella no respondió, y solo se dio cuenta tras un breve intervalo de espera de que él se había levantado y había cruzado la habitación para sentarse en el sofá a su lado. Notó cómo, al hacerlo, le pasaba el brazo por los hombros, notó que su mano buscaba la suya y la agarraba y, al girarse

lentamente, atraída por el calor de su mejilla, se topó con la claridad son-
riente de sus ojos.

—¿Está todo bien? ¿Todo bien? —preguntó, atravesando la riada de
sus dudas disueltas.

—Te doy mi palabra de que nunca hemos estado mejor —rio también,
estrechándola contra él.

III

Una de las cosas más extrañas que recordaría después de todas las que
ocurrieron al día siguiente fue la recuperación repentina y completa de
su sensación de seguridad.

La notó en el aire cuando se despertó en su habitación oscura y de
techos bajos; la acompañó cuando bajó a desayunar, emitió destellos
desde el fuego y se reflejó, brillante, en los flancos del tibor y las recias
acanaladuras de la tetera de estilo georgiano. Fue como si, dando un giro
completo, todas sus aprensiones difusas del día anterior, concentradas
afiladamente en el artículo de periódico, y su vago interrogatorio del futuro, y asombroso regreso al pasado, hubieran liquidado entre ellos los atra-
sos de alguna obligación moral pendiente. Si era cierto que no se había
preocupado por los negocios de su marido era, según parecía demostrar
su nuevo estado, porque su fe en él justificaba por instinto esa despreo-
cupación; y el derecho de él a esa fe de ella se había afirmado con creces
al enfrentarse a la amenaza y la sospecha. Nunca lo había visto más tranquilo, más natural e inconscientemente entero que tras el examen al que
lo había sometido: era casi como si se hubiera dado cuenta de sus dudas
subyacentes y hubiera querido despejar el ambiente tanto como ella.

Estaba tan claro, ¡santo cielo!, como la brillante luz del día que la
sorprendió casi con un toque veraniego cuando salió de la casa para su
ronda diaria por los jardines. Había dejado a Boyne en su escritorio, per-
mitiéndose, al pasar junto a la puerta de la biblioteca, echar un vistazo
a su rostro tranquilo, inclinado sobre sus papeles con la pipa en la boca,
y ahora tenía sus propias tareas aquella mañana. Las tareas de aquellos

deliciosos días de invierno la obligaban a recorrer los diferentes rincones de la finca casi tanto como cuando la primavera trabajaba ya en los arbustos y parterres. Todavía tenía ante sí tantas posibilidades abiertas, tantas oportunidades de devolver a la vida los encantos latentes del viejo lugar, sin imponer la más mínima e irreverente alteración, que el invierno era demasiado corto para planificar lo que la primavera y el otoño ejecutaban. Y su recobrada seguridad hizo que, aquella mañana en concreto, recorriera con especial celo los dulces y silenciosos jardines. Fue primero al jardín de la cocina, donde los perales espaldados trazaban complejos dibujos en las paredes y las palomas revoloteaban y se pavoneaban por la cubierta de tejas plateadas donde estaban los palomares. Había algo que no funcionaba en las tuberías del invernadero, y estaba esperando a un experto de Dorchester, que iba a acercarse en coche, aprovechando el cambio de trenes, para hacer un diagnóstico de la caldera. Pero cuando se sumergió en el calor húmedo de los invernaderos, entre los aromas complejos y los rosas y rojos cerosos de anticuadas plantas exóticas... (¡hasta la flora de Lyng era especial!), se enteró de que el gran hombre no había llegado, y siendo el día tan fuera de lo común como para desperdiciarlo en una atmósfera artificial, salió de nuevo y caminó despacio por el césped mullido de la cancha de bolos hasta los jardines traseros de la casa. Al fondo, había una terraza de hierba que dominaba, por encima del estanque y los tojos, una vista de la parte delantera de la casa, con sus chimeneas retorcidas y las sombras azuladas de los ángeles del tejado, todo ello empapado de la pálida humedad dorada del aire.

La casa, vista a través de la tracería nivelada de los tojos, bajo la luz suave y difusa, pareció difundir, por las ventanas abiertas y las hospitalarias chimeneas humeantes, una cálida presencia humana, la de una mente madurada despacio en un muro soleado de experiencia. Nunca antes había sentido una intimidad tan profunda con ella, semejante convicción de que sus secretos eran beneficiosos y que se guardaban, como se les decía a los niños, «por su propio bien», una confianza tan completa en su poder de entretejer su vida y la de Ned en un dibujo armonioso con la larguísima historia que se encontraba allí, creciendo bajo el sol.

Oyó unos pasos tras ella y se volvió, esperando ver al jardinero, acompañado del ingeniero de Dorchester. Pero solo había una figura a la vista, la de un hombre de aspecto juvenil y figura menuda que, por razones que en el momento no pudo especificar, no se parecía en nada a su noción preconcebida de un experto en calderas para invernaderos. El recién llegado, al verla, se levantó el sombrero y se detuvo con el aire de un caballero (quizá un viajero) deseoso de informar de inmediato de que su intrusión era involuntaria. La fama local de Lyng atraía ocasionalmente a visitantes cultivados, y Mary casi esperaba ver al forastero sacar una cámara y justificar con ella su presencia. Pero no hizo gesto alguno de ese tipo y, tras unos segundos, ella le preguntó, en un tono acorde con la humildad cortés de su actitud:

—¿Está buscando a alguien?

—Vengo a ver al señor Boyne —respondió. Su entonación, más que su acento, resultaba vagamente americana, y Mary, al escuchar el deje familiar, lo examinó más de cerca. El borde de su sombrero de fieltro había arrojado una sombra sobre su rostro que, al oscurecerse, mostró a sus ojos miopes una mirada de seriedad, como la de una persona que viniera «por asuntos de negocios» y, siendo educada, fuera firmemente consciente de sus derechos.

La experiencia pasada había hecho que Mary fuera igualmente sensible a esas pretensiones; pero sabía lo importantes que eran las horas matutinas de su marido, y dudaba que le hubiera dado a nadie el derecho a entrometerse en ellas.

—¿Tiene una cita con el señor Boyne? —preguntó.

El visitante dudó, como si no estuviera preparado para la pregunta.

—Creo que me espera —respondió.

Fue entonces Mary quien dudó.

—Verá, son sus horas de trabajo: nunca recibe a nadie por la mañana.

La miró un momento, sin responder; luego, como si aceptara su decisión, empezó a alejarse. Cuando se dio la vuelta, Mary vio que se detenía y alzaba la vista hacia la fachada tranquilizadora de la casa. Algo en su gesto denotaba cansancio y desilusión, la decepción del viajero que ha venido de lejos y con un horario apretado. Mary pensó que, si ese fuera el caso, su negativa a invitarlo a entrar podría hacer que su viaje hubiera sido en vano, y un cierto remordimiento hizo que corriera tras él.

—¿Puedo preguntarle si ha venido de muy lejos?

La miró con aquella mirada grave.

—Sí, vengo de muy lejos.

—Entonces, si va a la casa, seguro que mi marido lo recibe ahora. Lo encontrará en la biblioteca.

No sabía por qué había añadido la última frase, salvo por un vago impulso de expiar su anterior falta de hospitalidad. El visitante parecía ir a darle las gracias, pero en ese instante atrajo su atención la figura del jardinero, que se aproximaba acompañado de alguien que a todas luces parecía el experto de Dorchester.

—Por ahí —le dijo, indicándole al extraño el camino hacia la casa; y un instante después lo había olvidado, absorta en su conversación con el fabricante de calderas.

El encuentro tuvo resultados de tal alcance que el ingeniero acabó considerando necesario olvidarse de su tren y Mary acabó pasando el resto de la mañana en absorta confabulación entre las macetas. Terminado el coloquio, se sorprendió al comprobar que era casi la hora de comer y esperaba, al apresurarse a la casa, encontrarse con su marido, pero en el patio no había nadie, salvo un jardinero rastrillando la grava, y el vestíbulo, al entrar, estaba tan silencioso que intuyó que Boyne debía seguir trabajando tras la puerta cerrada de la biblioteca.

No queriendo molestarlo, entró en la salita y allí, en su mesa de escritorio, se entretuvo en nuevos cálculos del desembolso al que la conversación de la mañana la había comprometido. Saber que podía permitirse aquellas locuras no había perdido aún su novedad y, en cierto modo, en comparación con los vagos temores de los días pasados, le parecía ahora un elemento de su recobrada seguridad, de aquella sensación de que, como había dicho Ned, las cosas en general iban mejor que nunca.

Estaba aún deleitándose en un fastuoso juego de cifras cuando la doncella, desde el umbral, la interrumpió con una pregunta expuesta de forma dudosa respecto a la conveniencia de servir la comida. Era una de las bromas entre ellos decir que Trimmle anunciaba la comida como si estuviera divulgando un secreto de estado, y Mary, concentrada en sus papeles, tan solo murmuró una afirmación ausente.

Notó que Trimmle titubeaba expresivamente en el umbral como si se quejara de aquella improvisada aquiescencia; luego oyó que se retiraba por el pasillo, y Mary, apartando sus papeles, cruzó el vestíbulo y se dirigió a la puerta de la biblioteca. Seguía cerrada, y también ella titubeó, porque no le gustaba molestar a su marido, aunque la preocupaba que trabajara demasiado. Mientras permanecía allí, dudando entre sus impulsos contradictorios, la esotérica Trimmle volvió para anunciar la comida, y Mary, así impelida, abrió la puerta y entró en la biblioteca.

Boyne no estaba en su escritorio y ella miró alrededor, esperando encontrarlo junto a las estanterías o en algún lugar de la amplia habitación; pero su llamada no obtuvo respuesta y tuvo que reconocer que no estaba en la biblioteca.

Se volvió hacia la doncella.

—El señor Boyne debe de estar arriba. Por favor, dile que la comida está lista.

La doncella pareció dudar entre su deber obvio de obedecer las órdenes y su convicción igualmente obvia de lo inútil que era la instrucción. Resolvió sus dudas diciendo, con vacilación:

—Si me disculpa, señora, el señor Boyne no está arriba.

—¿No está en su habitación? ¿Estás segura?

—Lo estoy, señora.

Mary consultó el reloj.

—¿Dónde está entonces?

—Ha salido —anunció Trimmle, con el aire de superioridad de alguien que ha esperado respetuosamente a la pregunta que una mente ordenada habría planteado desde el principio.

La anterior conjetura de Mary había sido correcta, entonces. Boyne debía de haber salido al jardín a buscarla y, al no haberla visto, seguro que había tomado el camino más corto por la puerta del sur, en lugar de rodear la casa hasta el patio. Cruzó el vestíbulo hacia las puertas de cristal que daban directamente al jardín de los tojos, pero la doncella, tras otro momento de conflicto interior, decidió añadir precipitadamente:

—Disculpe, señora, el señor no se fue por ahí.

Mary se giró.

—¿A dónde se fue? ¿Y cuándo?

—Salió por la puerta principal, al camino, señora. —Era una cuestión de principios para Trimmle no responder nunca a más de una pregunta a la vez.

—¿Al camino? ¿A esta hora? —Mary se dirigió a la puerta y miró a través del patio, entre la larga galería de tilos sin hojas. Pero su perspectiva estaba tan vacía como cuando había mirado al entrar en la casa.

—¿No ha dejado ningún mensaje? —preguntó.

Trimmle pareció rendirse a la última lucha contra las fuerzas del caos.

—No, señora. Solo se fue con el caballero.

—¿El caballero? ¿Qué caballero? —Mary se dio la vuelta, como para enfrentarse a este nuevo factor.

—El caballero que vino, señora —dijo Trimmle, resignada.

—¿Cuándo vino un caballero? ¡Explícate, Trimmle!

Solo el hecho de que Mary estuviera muy hambrienta, y de que quisiera consultar a su marido sobre los invernaderos, podría haberla llevado a hacer un requerimiento tan inusual a su sirvienta; e incluso ahora conservaba el suficiente distanciamiento como para advertir en la mirada de Trimmle el incipiente desafío del subordinado respetuoso al que se ha presionado demasiado.

—No podría decirle la hora exacta, señora, porque no fui yo quien dejó pasar al caballero —respondió, con el aire de ignorar con magnanimidad la irregularidad del comportamiento de su señora.

—¿No lo dejaste tú pasar?

—No, señora. Cuando llamó al timbre, yo me estaba vistiendo, y Agnes...

—Ve a preguntarle a Agnes, entonces —interrumpió Mary. Trimmle mantenía su mirada de paciente magnanimidad.

—Agnes tampoco lo sabe, señora, porque lamentablemente se ha quemado la mano al tocar el pabilo de la nueva lámpara que trajeron de la ciudad —Trimmle siempre se había opuesto a la nueva lámpara—, así que la señora Docket envió a abrir a la ayudante de cocina.

Mary miró de nuevo el reloj.

—Son más de las dos. Ve y pregúntale a la ayudante de cocina si el señor Boyne dejó algún recado.

Se fue a comer sin esperar más, y Trimmle le transmitió las palabras de la ayudante de la cocina de que el caballero había llamado sobre la una, y de que Boyne se había ido sin dejar ningún mensaje. La muchacha no sabía siquiera el nombre del caballero, porque este lo había escrito en un papel, que había doblado y le había dado, con la orden de entregárselo de inmediato al señor Boyne.

Mary terminó su comida, todavía extrañada, y cuando hubo acabado, y Trimmle le llevó el café a la salita, su extrañeza había crecido hasta convertirse en una ligera inquietud. No era propio de Boyne ausentarse sin explicación a una hora tan desusada, y la dificultad de identificar al visitante a cuya llamada había por lo visto obedecido volvía su desaparición aún más inexplicable. La experiencia de Mary Boyne como esposa de un ingeniero ocupado, sujeto a llamadas repentinas y obligado a mantener un horario irregular, la había acostumbrado a una aceptación filosófica de las sorpresas pero, desde que se retiró de los negocios, Boyne había adoptado una regularidad horaria benedictina. Como si quisiera compensar todos los años dispersos y agitados, con sus comidas de pie y sus cenas engullidas entre las sacudidas de un vagón restaurante, ahora cultivaba los refinamientos de la puntualidad y la monotonía, desalentando el interés de su esposa por lo inesperado, y declarando que para un paladar delicado había una infinita gradación de placeres en las recurrencias fijas del hábito.

Aun así, puesto que ninguna vida puede protegerse a cal y canto de lo imprevisto, era evidente que todas las precauciones de Boyne habían tarde o temprano de resultar inútiles, y Mary concluyó que, para deshacerse de una visita pesada, habría acompañado al visitante a la estación, o al menos durante una parte del camino. Esta conclusión redujo su preocupación y se fue a continuar su conversación con el jardinero. Luego se fue a pie hasta la oficina de correos del pueblo, a un par de millas de allí; y cuando regresó a casa estaba anocheciendo.

Había tomado un sendero entre las colinas y, como seguramente Boyne habría regresado de la estación por la carretera, era poco probable que se encontraran por el camino. Estaba segura, no obstante, de que llegaría a la casa antes que ella, tan segura que, al entrar, sin ni siquiera pararse a preguntar a Trimmle, se dirigió directamente a la biblioteca. Pero la biblioteca seguía vacía, y con una memoria visual de insólita precisión observó de inmediato que los papeles extendidos sobre el escritorio de su marido estaban exactamente donde los había visto cuando había entrado a llamarlo para comer.

Entonces, de súbito, se vio sacudida por un vago temor a lo desconocido. Había cerrado la puerta tras ella al entrar y, mientras permanecía sola en la habitación alargada, silenciosa y en penumbra, su temor pareció tomar forma y hacerse audible, como si respirara y acechara entre las sombras. Forzó sus ojos miopes, discerniendo casi una presencia real, algo distante que vigilaba y sabía; y al recular de aquella proximidad intangible se arrojó de pronto hacia la campanilla y tiró con fuerza de la cuerda.

La prolongada y temblorosa llamada hizo que Trimmle entrara precipitadamente con una lámpara, y Mary respiró aliviada ante la reaparición tranquilizadora de lo habitual.

—Puedes traer el té si ha vuelto el señor Boyne —dijo para justificar su llamada.

—De acuerdo, señora. Aunque el señor Boyne no está en casa —dijo Trimmle, dejando la lámpara en la mesa.

—¿No está en casa? ¿Quieres decir que ha regresado y se ha vuelto a ir?

—No, señora. No ha regresado aún.

El temor la recorrió de nuevo; Mary supo que ahora la tenía atenazada.

—¿No ha vuelto desde que se fue con… el caballero?

—Así es.

—Pero ¿quién era el caballero? —balbuceó Mary, con el tono agudo de quien intenta hacerse oír entre una algarabía sin sentido.

—No sabría decirle, señora.

Trimmle, de pie junto a la lámpara, pareció de pronto tomar un aspecto menos rollizo y sonrosado, como si estuviera eclipsada por la misma sombra insidiosa de la aprensión.

—Pero la ayudante de cocina lo sabe... ¿no fue ella quien lo hizo pasar?

—No lo sabe tampoco, señora, porque escribió el nombre en un papel doblado.

Mary, en su agitación, se dio cuenta de que ambas se referían al desconocido con un pronombre elíptico, en lugar de usar la fórmula convencional que, hasta entonces, había mantenido las alusiones dentro de los límites de la costumbre. Y en ese mismo momento su mente se detuvo en la sugerencia del papel doblado.

—¡Pero ha de tener un nombre! ¿Dónde está el papel?

Se dirigió al escritorio y empezó a revolver los documentos dispersos por él mismo. El primero que le llamó la atención fue una carta sin terminar con la letra de su marido y su pluma apoyada al lado, como si hubiera interrumpido su tarea por una llamada urgente.

—«Querido Parvis» —¿quién era Parvis?—. «Acabo de recibir tu carta en la que me informas de la muerte de Elwell y, aunque supongo que ya no hay riesgo de que surjan más problemas, quizá fuera más seguro...».

Dejó de lado la carta y siguió buscando; pero no había ningún papel doblado entre las cartas y las hojas del manuscrito, amontonadas todas juntas, como resultado de un gesto apresurado o sorprendido.

—Pero la ayudante de cocina lo vio. Dile que venga —ordenó, preguntándose por qué no había pensado antes en tan sencilla solución.

Trimmle, al recibir la orden, salió al instante, como si agradeciera huir de la habitación y, para cuando regresó trayendo a la agitada sirvienta, Mary había recuperado el dominio de sí misma y se sabía las preguntas de memoria.

El caballero era un extraño, sí, eso lo entendía, pero ¿qué había dicho? Y, sobre todo, ¿qué aspecto tenía? La primera pregunta era fácil de responder, por la desconcertante razón de que no había dicho casi nada, solo había preguntado por el señor Boyne y, tras garabatear algo en un trozo de papel, le había dicho que debía entregárselo de inmediato.

—Entonces, ¿no sabes lo que escribió? ¿No sabes si era su nombre?

La ayudante de cocina no estaba segura, pero se imaginaba que era eso, puesto que lo había escrito respondiendo a su pregunta sobre a quién debía anunciar.

—Y cuando le llevaste el papel al señor Boyne, ¿qué dijo este?

La ayudante de cocina no creía que el señor Boyne hubiera dicho nada, pero no podía asegurarlo, porque en cuanto le entregó el papel y empezó a abrirlo, se dio cuenta de que el visitante la había seguido a la biblioteca, y ella se había escabullido para dejar a solas a los dos hombres.

—Pero entonces, si los dejaste en la biblioteca, ¿cómo sabes que salieron de la casa?

Esta pregunta dejó por un momento sin palabras a la testigo, hasta que Trimmle acudió en su rescate y, mediante ingeniosos circunloquios, obtuvo la información de que, antes de que atravesara el vestíbulo para llegar al pasillo trasero, había oído a los hombres a sus espaldas y los había visto salir juntos por la puerta principal.

—Si viste dos veces al caballero, podrás decirme qué aspecto tenía.

Pero con este último desafío a su capacidad de expresión, quedó claro que había llegado al límite de lo que la sirvienta podía soportar. La obligación de ir a la puerta y «recibir» a un visitante subvertía demasiado el orden fundamental de las cosas como para haber sumergido sus facultades en una confusión insoslayable, y no pudo más que tartamudear, tras varios esfuerzos jadeantes por recordar:

—Su sombrero, señora, era distinto, como si dijéramos...

—¿Distinto? ¿En qué sentido?

Mary la miró con intensidad mientras su mente saltaba, en ese mismo instante, a la imagen que había dejado aquella mañana, perdida temporalmente entre capas de impresiones sucesivas.

—¿Llevaba un sombrero de ala ancha, quieres decir? ¿Y tenía el rostro pálido, juvenil? —Mary la presionó, intensificando, lívida, su interrogatorio. Pero si la sirvienta había encontrado alguna respuesta adecuada al desafío, fue arrastrada por la corriente apresurada de las propias convicciones de su oyente. ¡El forastero, el forastero del jardín! ¿Por qué no había pensado antes en él? Mary no necesitaba ahora que nadie le dijera que había sido él quien se había ido con su marido. Pero ¿quién era? ¿Y por qué Boyne lo había acompañado?

IV

Le vino de pronto a la mente, como una sonrisa que apareciera en la oscuridad, que a menudo habían dicho que Inglaterra era tan pequeña… «un lugar en el que era condenadamente difícil perderse».

«¡Un lugar en el que era condenadamente difícil perderse!». Esas habían sido las palabras de su marido. Y ahora, con toda la maquinaria de la investigación oficial arrojando la luz de sus focos de costa a costa, y a través de las aguas que los separaban; ahora, cuando el nombre de Boyne resplandecía en las paredes de todas las ciudades y pueblos, su retrato (¡cómo la mortificaba!) colgado por todo el país, como la imagen de un delincuente en busca y captura; ahora la pequeña isla compacta y populosa, con tantos policías, investigadores y administradores, se revelaba como una esfinge que guardara misterios abismales y mirara a los ojos angustiados de la esposa con el regocijo malicioso de quien sabe algo que ellos no sabrían jamás.

En la primera quincena transcurrida desde la desaparición de Boyne, no había recibido mensaje alguno, ni había rastro de sus movimientos. Incluso los engañosos informes usuales que crean expectativas en los corazones torturados habían sido escasos y pasajeros. Nadie salvo la desconcertada ayudante de cocina lo había visto salir de la casa, y nadie más había visto al «caballero» que lo acompañaba. Todas las pesquisas en el vecindario, tratando de obtener alguna pista de la presencia de un extraño en Lyng aquel día, habían fracasado. Y nadie se había topado con Edward Boyne, ni solo ni en compañía, en ninguno de los pueblos vecinos, ni en la carretera que cruzaba las colinas, ni en ninguna de las estaciones de tren de los alrededores. El soleado mediodía inglés se lo había tragado como si se hubiera adentrado en la noche cimeria.[1]

Mary, mientras todos los medios externos de investigación trabajaban a pleno rendimiento, había registrado todos los papeles de su marido buscando un rastro de anteriores complicaciones, de obligaciones o enredos desconocidos para ella, que pudieran arrojar un tenue rayo de luz en la oscuridad. Pero si alguna vez hubo algo en la vida anterior de Boyne, había desaparecido tan completamente como el papel en el que el visitante había escrito su nombre. No quedaba hilo alguno por seguir a excepción (si es que se trataba realmente de una excepción) de la carta que Boyne había dejado a medias cuando recibió la misteriosa visita. Aquella carta, leída y releída por su esposa, y presentada por ella a la policía, dio lugar a pocas conjeturas.

«Acabo de enterarme de la muerte de Elwell y, aunque supongo que ya no hay riesgo de que surjan más problemas, quizá fuera más seguro...». Eso era todo. El «riesgo de que surjan más problemas» se explicaba fácilmente por el recorte de periódico que había advertido a Mary de la demanda interpuesta contra su marido por uno de sus socios en la empresa de la Blue Star. La única información nueva que aportaba la carta era el hecho de mostrar que Boyne, al escribirla, todavía tenía cierta aprensión por los resultados de la demanda, aunque le había asegurado a su esposa que la habían retirado, y aunque la propia carta decía que el demandante estaba muerto. Llevó varias semanas de prolijos intercambios de telegramas determinar la identidad del «Parvis» al que la carta inacabada se dirigía pero, aun cuando las investigaciones demostraron que se trataba de un abogado de Waukesha, no se descubrieron nuevos datos sobre la demanda de Elwell. No parecía haber estado directamente implicado en el caso, sino haber conversado tan solo con él sobre el tema como lo haría con un conocido, y posible intermediario; y se declaró incapaz de adivinar con qué objeto había buscado Boyne su asistencia.

---

1 Relativo a las tribus de nómadas ecuestres que habitaron en el siglo VIII a.C. la región de Cimeria, actual península de Crimea.

Esta información negativa, único fruto de las enfebrecidas pesquisas de la primera quincena, no se incrementó en lo más mínimo durante las lentas semanas que se sucedieron. Mary sabía que las investigaciones seguían adelante, pero tenía la vaga sensación de que iban poco a poco ralentizándose, como parecía también ralentizarse la marcha real del tiempo. Era como si los días, huyendo del horror de la imagen amortajada del día inescrutable, tomaran confianza a medida que la distancia aumentaba, hasta recuperar al fin su paso habitual. Y lo mismo ocurría con las imaginaciones humanas que trabajaban en aquel oscuro evento. Sin duda seguían ocupadas en ello, pero semana tras semana y hora tras hora el caso era menos absorbente, ocupaba menos espacio, iba siendo arrinconado inevitablemente en el fondo de la consciencia por los nuevos problemas que emergían todo el tiempo del humeante caldero de la experiencia humana.

Hasta la consciencia de Mary Boyne llegó a sentir con el tiempo esa ralentización. Todavía se tambaleaba con las incesantes oscilaciones de la conjetura; pero estas eran más lentas, más acompasadas. Había momentos de apabullante lasitud cuando, como la víctima de algún veneno que deja la mente clara pero el cuerpo inmóvil, se daba cuenta de que había naturalizado el «horror», aceptando su presencia perpetua como una de las condiciones inalterables de la vida.

Esos momentos se convirtieron en horas y días, hasta que entró en la fase de aquiescencia estoica. Contemplaba la rutina familiar de la vida con la mirada desprovista de interés de un salvaje a quien los procesos sin sentido de la civilización apenas impresionan. Había llegado a verse a sí misma como parte de la rutina, un radio de la rueda que giraba con su movimiento; se sentía casi como los muebles de la sala en que se sentaba, un objeto insensible al que había que quitar el polvo y que se apartaba de un sitio a otro como las sillas y las mesas. Y esa profunda apatía la mantenía atada a Lyng, a pesar de los ruegos encarecidos de sus amigos y la habitual recomendación médica de un «cambio». Sus amigos suponían que la razón de su negativa a mudarse era que creía que su marido regresaría un día al lugar del que desapareció, y creció alrededor de este estado imaginario de espera una hermosa leyenda. Pero en realidad no creía en ello: la profundidad de la angustia que la encerraba en sí misma no dejaba pasar ya la luz de la esperanza. Estaba segura de que Boyne no volvería nunca, de que se había esfumado de su vista como si la propia muerte lo hubiera esperado ese día en el umbral. Había rechazado incluso, una por una, las diversas teorías sobre su desaparición que habían propuesto la prensa, la policía, y su propia imaginación agónica. En completa lasitud, su mente le dio la espalda a esas alternativas del horror, y se sumergió en la certidumbre vacía de que se había ido.

No, no sabría nunca qué había sido de él: nadie lo sabría. Pero la casa sí; la biblioteca en la que pasaba sus largas y solitarias tardes lo sabía. Porque era allí donde se había representado el último acto, allí donde el forastero había llegado y pronunciado las palabras que habían hecho a Boyne levantarse y seguirlo. El suelo que ella pisaba había sentido sus pasos; los libros de los estantes habían visto su rostro; y había momentos en que la intensa consciencia de las paredes viejas y oscurecidas parecía a punto de arrojar la revelación audible de su secreto. Pero la revelación nunca llegó, y ella sabía que no llegaría jamás. Lyng no era una de esas viejas casas charlatanas que traicionan los secretos que se le confían. Su propia leyenda demostraba que había sido siempre un cómplice mudo, el custodio incorruptible de los misterios que había descubierto. Y Mary Boyne, sentada frente a frente con su imponente silencio, sentía la futilidad de intentar romperlo por medio humano alguno.

V

—No digo que no fuera correcto, pero tampoco digo que lo fuera. Son los negocios.

Mary, ante estas palabras, alzó la cabeza sobresaltada y miró fijamente a su interlocutor.

Cuando, media hora antes, le habían llevado una tarjeta con el nombre del «señor Parvis», se había dado cuenta de inmediato de que aquel nombre había estado en su inconsciente desde que lo leyó en el encabezamiento de la carta inacabada de Boyne. En la biblioteca, había encontrado esperando a un hombre menudo de tez neutral, calvo y con gafas de montura de oro, y sintió un extraño temblor al darse cuenta de que era la persona en la que se habían centrado los últimos pensamientos conocidos de su marido.

Parvis, con educación, pero sin vanos preámbulos, al estilo de los hombres que tienen siempre un reloj en la mano, había expuesto el motivo de su visita. Había «pasado» por Inglaterra en un viaje de negocios y, al encontrarse en las cercanías de Dorchester, no había querido irse sin presentar sus respetos a la señora Boyne; sin preguntarle, si se le ofrecía la ocasión, qué pensaba hacer con la familia de Bob Elwell.

Las palabras hicieron saltar el resorte de algún oscuro temor latente en el corazón de Mary. ¿Acaso su visitante, después de todo, sabía lo que había querido decir Boyne con su frase inacabada? Pidió que le aclarara su pregunta y observó enseguida que parecía sorprendido de que no supiera aún nada sobre el tema. ¿Era posible que supiera realmente tan poco como decía?

—No sé nada. Debe usted explicármelo —balbuceó.

Y su visitante procedió entonces a exponer su historia. Incluso para su confusa percepción, y su visión imperfectamente iniciada, la historia arrojó un brillo escabroso sobre aquel episodio turbio de la mina Blue Star. Su marido había hecho su fortuna en aquella brillante especulación a costa de «adelantarse» a alguien menos atento para aprovechar la ocasión; la víctima de su astucia era el joven Robert Elwell, quien lo había «implicado» en el ardid de la Blue Star.

Parvis, ante la primera exclamación de sorpresa de Mary, le había lanzado una mirada severa a través de sus gafas imparciales.

—Bob Elwell no fue lo suficientemente listo, eso es todo; de haberlo sido, podía haber tomado la delantera y hacerle lo mismo a Boyne. Son cosas que pasan todos los días en los negocios. Supongo que es lo que los científicos llaman la supervivencia de los más fuertes —dijo el señor Parvis, a todas luces complacido con la idoneidad de su analogía.

Mary se encogió físicamente, asustada por la siguiente pregunta que intentaba articular; como si las palabras en sus labios tuvieran un sabor nauseabundo.

—Pero entonces, ¿está usted acusando a mi marido de hacer algo deshonroso?

El señor Parvis examinó la pregunta con frialdad.

—Oh, no, por supuesto que no. Ni siquiera digo que no fuera correcto. —Miró de arriba abajo las largas hileras de libros, como si en alguno de ellos pudiera encontrar la definición que buscaba—. No digo que no fuera correcto, pero tampoco digo que lo fuera. Son los negocios. —Al fin y al cabo, ninguna definición, para él, podría ser más completa que esa.

Mary, sentada, se quedó mirándolo con terror, como si él fuera el emisario indiferente, implacable, de alguna fuerza oscura e informe.

—Pero los abogados del señor Elwell, por lo que sé, no pensaban como usted, puesto que supongo que fueron ellos quienes le aconsejaron retirar la demanda.

—Cierto, sabían que no tenían donde agarrarse, técnicamente. Fue en el momento en que le aconsejaron que retirara la demanda cuando cayó en la desesperación. ¿Sabe? Había pedido prestado todo el dinero que perdió en la Blue Star y estaba contra las cuerdas. Por eso se pegó un tiro cuando le dijeron que no tenía posibilidades.

El horror sacudió a Mary con bocanadas ensordecedoras.

¿Se pegó un tiro? ¿Se pegó un tiro por eso?

—Bueno, pero no murió en ese momento. Tardó dos meses en morir. —Parvis impartió la información con tan poca emoción como un gramófono que hiciera sonar un disco.

—¿Quiere decir que intentó matarse y no lo consiguió? ¿Y volvió a intentarlo?

—Oh, no necesitó intentarlo de nuevo —dijo Parvis, sombrío.

Estaban sentados uno frente a otro en silencio; él mecía sus gafas, pensativo, sobre el dedo; ella, inmóvil, tenía los brazos estirados sobre las rodillas en actitud de rígida tensión.

—Pero si sabía todo eso —comenzó al final, apenas capaz de forzar su voz por encima de un murmullo—, ¿cómo es que, cuando le escribí la primera vez sobre la desaparición de mi marido, dijo que no entendía su carta?

Parvis recibió la pregunta sin perceptible agitación.

—Bueno, no la entendí, estrictamente hablando. Y no era el momento de hablar de eso, aunque la entendiera. El asunto Elwell se arregló cuando se retiró la demanda. Nada de lo que yo hubiera podido decirle habría servido para encontrar a su marido.

Mary continuó escudriñándolo.

—Entonces, ¿por qué me lo está diciendo ahora?

Parvis siguió sin vacilar.

—Para empezar, supuse que sabía más de lo que parece saber... quiero decir, sobre las circunstancias de la muerte de Elwell. Y además la gente ahora está hablando de ello; todo el asunto ha vuelto a airearse. Y pensé que, si no lo sabía, debía saberlo.

Ella permaneció callada, y él siguió:

—Verá, ha sido últimamente cuando se ha sabido lo mala que era la situación económica de Elwell. Su mujer es orgullosa, y estuvo luchando todo lo que pudo, poniéndose a trabajar y cosiendo en casa hasta que cayó enferma, algo del corazón, creo. Pero tiene que ocuparse también de su madre, que está en cama, y de los niños, así que no pudo más y finalmente tuvo que pedir ayuda. Eso atrajo la atención al caso, y los periódicos se hicieron eco y se abrió una colecta. Todo el mundo apreciaba a Bob Elwell, y la mayoría de los nombres prominentes del lugar se suscribieron, y la gente empezó a preguntarse por qué...

Parvis se interrumpió para rebuscar en su bolsillo interior.

—Aquí —continuó—, aquí tiene un resumen de todo el asunto del *Sentinel*, un poco sensacionalista, por supuesto. Pero supongo que es mejor que lo lea.

Al abrir el periódico, los ojos de ella, apartándose del rutilante titular «La viuda de la víctima de Boyne obligada a pedir ayuda», recorrió la columna de texto hasta los dos retratos insertados en él. El primero era el de su marido, tomado de una fotografía del año en que llegaron a Inglaterra. Era su foto favorita de él, la que tenía en el escritorio de arriba, en su habitación. Cuando los ojos de la fotografía se encontraron con los suyos, sintió que le sería imposible leer lo que se decía de él, y cerró los párpados abrumada por el dolor.

—Pensé que si estuviera dispuesta a añadir su nombre... —oyó que Parvis continuaba.

Abrió los ojos con esfuerzo, y entonces vio el otro retrato. Era el de un hombre joven, de constitución ligera, con ropa sencilla y los rasgos algo desdibujados por la sombra proyectada por el ala del sombrero. ¿Dónde antes había visto aquellos trazos? Lo contempló confusa, con el corazón martilleando en su garganta y sus oídos. Entonces soltó un grito.

—Este es el hombre... el hombre que vino a por mi marido.

Oyó que Parvis se ponía en pie de un salto, y apenas se dio cuenta de que se había desplazado hasta la punta del sofá y que él se inclinaba hacia ella, alarmado. Con un intenso esfuerzo, se enderezó y recogió el periódico, que había dejado caer.

—¡Este es el hombre! ¡Lo reconocería en cualquier sitio! —exclamó con una voz que sonó en sus oídos como un aullido.

La voz de Parvis pareció llegarle de muy lejos, a través de meandros infinitos y ocultos entre la niebla.

—Señora Boyne, no se encuentra bien. ¿Llamo a alguien? ¿Le traigo un vaso de agua?

—¡No, no, no! —Se echó hacia él, agarrando con desesperación el periódico—. ¡Se lo estoy diciendo, es el hombre! ¡Lo conozco! ¡Habló conmigo en el jardín!

Parvis le quitó el periódico y dirigió sus gafas hacia la fotografía.

—No puede ser, señora Boyne. Es Robert Elwell.

—¿Robert Elwell? —Su mirada, vacía, pareció viajar en el espacio—. Entonces fue Robert Elwell quien vino a buscarlo.

—¿A buscar a Boyne? ¿El día en que se marchó? —La voz de Parvis se hizo más baja mientras la de ella se alzaba. Se inclinó, posando una mano fraternal sobre ella, como para llevarla con dulzura hacia su asiento—. Pero ¡Elwell estaba muerto! ¿No lo recuerda?

Mary se sentó, con los ojos fijos en la fotografía, sin oír lo que él le decía.

—¿No recuerda la carta inacabada que Boyne me estaba escribiendo? ¿La que usted encontró en su escritorio ese día? La escribió al enterarse de la muerte de Elwell. —Notó un extraño temblor en la voz impasible de Parvis—. Sin duda lo recuerda —la apremió.

Sí, lo recordaba: y eso era lo más horrible. Elwell había muerto el día antes de la desaparición de su marido; y aquella era la foto de Elwell; y era la foto del hombre que había hablado con ella en el jardín. Alzó la cabeza y recorrió despacio con la mirada la biblioteca. La biblioteca podía atestiguar que era también la foto del hombre que había ido aquel día a buscar a Boyne, haciéndole dejar su carta inacabada. Entre la niebla que emanaba de su cerebro escuchó el estallido apagado de palabras olvidadas hacía tiempo: palabras pronunciadas por Alida Stair en el césped de Pangbourne antes de que Boyne y su mujer hubieran siquiera visto la casa de Lyng, o hubieran imaginado que vivirían allí un día.

—Es el hombre que habló conmigo en el jardín —repitió.

Miró de nuevo a Parvis. Él intentaba ocultar su inquietud bajo lo que pensaba que sería una expresión de conmiseración indulgente; pero tenía el borde de los labios azulado. «Cree que estoy loca; pero no lo estoy», reflexionó; y de pronto comprendió cómo podía justificar su extraña afirmación.

Se quedó callada, controlando el temblor de sus labios, y esperó a poder confiar en que su voz mantendría el tono habitual; entonces dijo, mirando de frente a Parvis:

—¿Podrá responderme a una pregunta, por favor? ¿Cuándo intentó suicidarse Robert Elwell?

—¿Cuándo? ¿Cuándo? —tartamudeó Parvis.

—Sí, la fecha. Por favor, intente recordar.

Vio que él cada vez tenía más miedo de ella.

—Tengo mis razones —insistió, con amabilidad.

—Sí, sí. Solo que no lo recuerdo. Unos dos meses antes, diría yo.

—Quiero la fecha —repitió. Parvis tomó el periódico.

—Quizá venga aquí —dijo, tratando aún de animarla. Leyó por encima el artículo—. Aquí está. El pasado mes de octubre..., el...

Ella se adelantó.

—El veinte, ¿verdad?

Con una mirada afilada, él lo verificó:

—El veinte, sí. ¿Cómo lo sabía?

—Lo sé ahora. —Su mirada vacía lo traspasó—. El domingo, el veinte..., fue el día en que vino por primera vez.

La voz de Parvis era casi inaudible.

—¿Vino aquí por primera vez?

—Sí.

—¿Lo vio dos veces, entonces?

—Sí, dos veces —dijo en un suspiro, con los ojos dilatados—. Vino primero el veinte de octubre. Recuerdo la fecha porque fue el día en que subimos al monte Meldon por primera vez. —Sintió ganas de reírse por dentro al pensar que, de no ser por eso, podía haberlo olvidado.

Parvis siguió observándola, como si tratara de interceptar su mirada.

—Lo vimos desde el tejado —continuó—. Bajó por la avenida de tilos hasta la casa. Iba vestido igual que en esa foto. Mi marido lo vio primero. Tuvo miedo y bajó corriendo sin esperarme; pero no encontró a nadie. Se había esfumado.

—¿Elwell se había esfumado? —preguntó Parvis, entrecortadamente.

—Sí. —Los susurros de ambos parecieron buscarse entre ellos—. No podía imaginar qué había ocurrido. Lo veo ahora. Intentó venir entonces; pero no estaba muerto del todo, no podía alcanzarnos. Tuvo que esperar dos meses; y entonces volvió... y Ned se fue con él.

Movió la cabeza afirmativamente, mirando a Parvis con la expresión triunfante de un niño que ha logrado descifrar un acertijo difícil. Pero de pronto levantó las manos con un gesto desesperado y se las llevó a las sienes, a punto de estallar.

—¡Dios mío! Yo se lo envié a Ned... le dije dónde encontrarlo. Lo traje a esta habitación —gritó.

Sintió que las paredes de la habitación se le caían encima, como si la casa se derrumbara; y oyó a Parvis, muy lejos, como si a través de las ruinas la llamara y se esforzara por llegar hasta ella. Pero no era sensible a su contacto, no sabía qué le estaba diciendo. A través del tumulto escuchó solo una nota clara, la voz de Alida Stair, hablando en el césped de Pangbourne.

—No lo sabréis hasta después —decía—. No lo sabréis hasta mucho, mucho después.

APARICIÓN

Guy de Maupassant

A l final de una velada íntima en la calle Grenelle, en un vetusto palacete, salió a colación el tema del secuestro a raíz de un juicio reciente. Cada cual tenía su propia historia que contar, una historia que aseguraba ser a todas luces cierta.

Fue entonces cuando el anciano marqués de La Tour-Samuel, de ochenta y dos años, se levantó, caminó hasta la chimenea, se apoyó en ella y tomó la palabra con voz algo temblorosa:

—Yo también sé de un extraño suceso. Tan extraño que ha sido la obsesión de mi vida. Hace ya cincuenta y seis años que viví esta aventura, pero no pasa un mes sin que la vuelva a ver en sueños. Ese día me marcó, me dejó impresa la huella del miedo, ¿me comprenden? Sí, sufrí un horrible espanto durante diez minutos, un espanto tan intenso que desde entonces llevo en el alma una especie de terror constante. Los ruidos inesperados hacen que el corazón me dé un vuelco, los objetos que no alcanzo a distinguir en las sombras me causan un loco afán de dar media vuelta y huir. En fin, la noche me da miedo.

»¡Oh! Nunca lo habría confesado de no haber llegado a esta edad. Ahora puedo decir lo que me apetezca. No afrontar con valentía los peligros imaginados es uno de los privilegios de tener ochenta y dos años. Les aseguro que jamás he retrocedido ante los peligros reales, mis queridas señoras.

»Esta historia me conmocionó de tal modo, me causó una turbación tan profunda, misteriosa y terrorífica que nunca hasta ahora la he contado. La he preservado en lo más profundo de mi ser, en esa profundidad donde escondemos los secretos dolorosos, los secretos sonrojantes, todas las debilidades inconfesables que experimentamos a lo largo de nuestra existencia.

»Les voy a contar la historia tal y como aconteció, sin tratar de hallarle explicación alguna. Seguro que existe alguna explicación, a menos que se tratase de un simple momento de locura. Pero no, no me volví loco, y se lo demostraré. Piensen lo que quieran. He aquí los hechos, sin adornos.

El mes de julio del año 1827, yo me hallaba en la guarnición de Ruan.

Un día, mientras paseaba por el muelle, encontré a un hombre a quien creí reconocer sin acertar a recordar exactamente quién era. El instinto me llevó a detenerme un instante. El desconocido percibió mi gesto y, al mirarme, se echó en mis brazos.

Habíamos sido amigos en nuestra juventud y lo tenía en gran estima. Llevaba cinco años sin verlo, pero parecía haber envejecido medio siglo. Tenía todos los cabellos canos y andaba encorvado, como si estuviera exhausto. Consciente de mi sorpresa, me contó su vida. Una terrible desgracia lo había destrozado.

Se había enamorado locamente de una joven y se habían casado en una especie de éxtasis de felicidad. Tras un año de una dicha sobrehumana y de una pasión insaciable, ella murió de una repentina afección del corazón. Sin duda, la había matado el mismo amor.

Él abandonó su castillo el mismo día del entierro y se instaló en su palacete de Ruan. Vivía allí, solo y desesperado, corroído por el dolor, tan desgraciado que tan solo pensaba en el suicidio.

—Ya que hemos coincidido —me dijo—, te querría pedir un inmenso favor. Se trata de ir a mi casa y buscar en el escritorio de mi habitación unos papeles que necesito con urgencia. No puedo encargárselo a un criado o a un empleado, pues debo proceder con la máxima discreción y en absoluto sigilo. Por nada del mundo querría poner otra vez los pies en la casa. Te daré la llave de la habitación que yo mismo cerré al partir, y también la llave del escritorio. Para ello le entregarás una nota al jardinero, quien será el encargado de abrirte las puertas del castillo.

»Pero quedemos para almorzar mañana y te cuento los detalles.

Le prometí que le haría ese favor, que no me pareció tan inmenso como él me había dado a entender, y comimos juntos al día siguiente. En el transcurso de la comida no llegó a pronunciar más de veinte palabras. Me rogó que lo excusara. Según me dijo, estaba trastornado por la mera idea de la incursión que yo iba a efectuar en aquella habitación en la que yacía su felicidad. En efecto, lo hallé particularmente alterado, preocupado, como si su alma se librara a un misterioso combate.

En resumen, me explicó con todo detalle lo que debía hacer. Era muy sencillo. Debía recoger dos montones de cartas y un fajo de papeles que estaban metidos en el primer cajón derecho del mueble cuya llave me había dado, y añadió:

—No será necesario que te pida que bajo ningún concepto les eches un vistazo...

Esas palabras me hirieron, y se lo hice saber con vehemencia. Balbució la siguiente respuesta:

—Te ruego me perdones. Es mi sufrimiento el que habla por mí.

Y rompió a llorar.

A la una nos separamos y yo emprendí mi misión.

Hacía un tiempo espléndido y yo iba al trote por los prados, escuchando el canto de las alondras y el rítmico golpeteo de mi sable contra la bota de montar.

Luego, al adentrarme en el bosque, puse el caballo al paso. Las ramas de los árboles me acariciaban el rostro y, de vez en cuando, agarraba una hoja con los dientes y la masticaba con avidez, con una de esas sensaciones de alegría de vivir que te llenan, sin saber el motivo, de una felicidad trepidante y algo escurridiza, con una mezcla de embriaguez y de vigor.

Al acercarme al castillo, rebusqué en mi bolsillo la nota que debía entregarle al jardinero y vi con asombro que estaba lacrada. Mi pasmo e indignación fueron tales que estuve a punto de dar media vuelta sin cumplir el encargo. Luego pensé que con ello demostraría una susceptibilidad que seguramente estaba fuera de lugar. Mi amigo, en el estado tormentoso en que se hallaba, podría haber lacrado la carta sin ser consciente de ello.

El castillo parecía abandonado desde hacía veinte años. La valla, abierta y podrida, apenas se mantenía en pie. La hierba crecía libremente por los senderos y no se distinguían los arriates del césped.

Golpeé un batiente con el pie. Al oír el ruido, un viejo salió de una puerta contigua. Pareció quedarse estupefacto al verme. Salté del caballo y le entregué la nota. La leyó y la releyó, le dio la vuelta, me miró de arriba abajo, se guardó el papel en el bolsillo y me preguntó:

—Y bien, ¿qué desea?

Respondí con brusquedad:

—Debería saberlo ya, puesto que acabo de entregarle órdenes de su amo. Quiero entrar en el castillo.

Parecía aterrado, pero alcanzó a decir:

—Entonces, usted..., ¿usted piensa ir a la habitación?

Me impacienté:

—¡Por supuesto! ¿Acaso está sometiéndome a un interrogatorio?

Él balbució:

—No..., señor..., pero es que... no se ha vuelto a abrir desde... desde la... muerte. Si me hace el favor de esperar cinco minutos, iré a..., iré a ver... si...

Lo interrumpí, encolerizado:

—¡Lo que faltaba! ¿Acaso me está tomando el pelo? No puede entrar allí. ¡La llave la tengo yo!

No supo qué más decir.

—En ese caso, señor..., permita que le muestre el camino.

—Indíqueme dónde está la escalera y déjeme solo. Sabré encontrarla sin su ayuda.

—Pero... señor... Sin embargo...

Me dejé arrastrar otra vez por la cólera:

—¡A callar! O se las tendrá que ver conmigo.

Lo empujé con violencia y entré en el castillo.

En primer lugar, tuve que cruzar la cocina, y luego un par de cuartos que aquel hombre ocupaba con su esposa. Acto seguido, me hallé en un gran vestíbulo que atravesé para subir la escalera y, una vez arriba, reconocí la puerta que me había descrito mi amigo.

La abrí sin esfuerzo y entré.

La dependencia estaba sumida en las sombras. Al principio no pude ver nada. Me detuve mientras me invadía ese olor mohoso y desagradable de los aposentos vacíos y condenados, de las habitaciones muertas. Luego, poco a poco, mis ojos se acostumbraron a la oscuridad y vi con bastante nitidez el desorden allí reinante, una cama sin sábanas, pero aún con el colchón y las almohadas. Una tenía la marca profunda de un codo o de una cabeza que acabara de posarse en ella.

Las sillas estaban distribuidas de cualquier manera, y reparé en que una puerta, sin duda la de un armario ropero, había quedado entreabierta.

Me dirigí a la ventana para que entrara la luz, pero, al intentar abrirla, los herrajes estaban tan oxidados que no logré hacerlos girar. Incluso recurrí al sable para romperlos, pero no hubo manera. Estos inútiles esfuerzos me irritaron, pero, como al final mis ojos se habían habituado por completo a las sombras, renuncié a la esperanza de ver con más claridad y me dirigí al escritorio.

Me senté en una butaca, deslicé la tapa y abrí el cajón que me habían indicado. Estaba lleno a rebosar. Ya solo me faltaban tres fajos que sabría reconocer al verlos y me puse a buscarlos.

Abría los ojos tanto como podía para leer las direcciones en los sobres. Entonces me pareció oír, o más bien sentir, un roce detrás de mí. No le di importancia, pues pensé que una corriente de aire habría removido alguna tela. Pero, al cabo de un tiempo, otro movimiento, casi imperceptible, hizo que mi piel se estremeciera de un modo singularmente desagradable. Mi turbación, por leve que fuera, me pareció tan que no quise girarme, por puro pudor. Acababa de encontrar el segundo legajo que me faltaba y justamente daba con el tercero cuando un largo y penoso suspiro sobre el hombro me hizo saltar a dos metros de distancia, como un loco. Sumido en un arrebato, me giré y agarré la empuñadura del sable. Y, ciertamente, si no hubiera tenido el arma conmigo, habría huido como un cobarde.

Una esbelta mujer, vestida de blanco, me miraba. Estaba de pie, detrás de la butaca donde yo me había sentado justo hasta ese momento.

La sacudida que recorrió todos los miembros de mi cuerpo fue tal que casi me caigo de espaldas. ¡Ah! Nadie puede hacerse una idea cabal de cómo son esos espantosos y estúpidos terrores, a menos que los haya experimentado en carne propia. El alma se desvanece, uno deja de sentir el corazón, el cuerpo entero se convierte en algo blando como una esponja. Cabría decir que se derrumba todo nuestro interior.

No creo en los fantasmas. Aun así, desfallecí bajo la opresión del horrendo miedo hacia los muertos. Sufrí. ¡Sí! Sufrí en unos instantes más que en toda mi vida, angustiado por el invencible espanto de lo sobrenatural.

Si ella no me hubiera hablado, ¡seguramente me habría muerto! Pero me habló. Habló con una voz suave, dolorosa y estremecedora. No me atrevería a decir que recuperé el control de mis nervios y, con ello, la razón. No. Me sentía tan abrumado que no sabía cómo reaccionar. Pero esa especie de orgullo íntimo que poseo, y también la dignidad de mi oficio, me hicieron mantener, a pesar de mí mismo, una actitud honorable. Eso quise aparentar, al menos. Por mí, y también por ella, sin duda. Por ella, fuese lo que fuese, mujer o espectro. De todo esto fui consciente más tarde, porque les aseguro que en el momento de la aparición era incapaz de pensar en nada. Tenía miedo.

Ella dijo:

—¡Oh, señor! ¿Sería tan amable como para hacerme un favor? ¿Podría hacerlo?

Quise responder, pero me fue imposible articular palabra alguna. Un ruido indistinguible me salió de la garganta.

Ella prosiguió:

—¿Podría? Podría salvarme, curarme. No sabe cuánto sufro. ¡Oh, cómo sufro! ¡Sufro!

Se había sentado lentamente en la butaca que yo había ocupado, me observaba desde allí.

—¿Podría hacerlo?

Asentí con la cabeza, la voz todavía paralizada.

Entonces me dio un peine de carey y murmuró:

—Péineme, ¡oh, péineme! Eso me curará. Necesito peinarme. Míreme la cabeza... Y cómo sufro... ¡Qué dolor, los cabellos!

Sus cabellos sueltos, muy largos, muy negros, me dio la impresión de que colgaban por encima del respaldo de la butaca y tocaban el suelo.

¿Por qué lo hice? ¿Por qué agarré temblando el peine y toqué esos cabellos que le transmitieron a mi piel una sensación de frío atroz, como si estuviera tocando serpientes? No lo sé. Esa sensación permanece en mis dedos y me estremezco solo de pensarlo.

La estuve peinando. No sé cómo podía tocar esa cabellera de hielo. La removía, la anudaba y desanudaba, la trenzaba como se trenzan las crines de un caballo. Ella suspiraba con la cabeza ladeada y parecía feliz.

De repente me dio las gracias, me quitó el peine de las manos y huyó por la puerta que yo había visto entreabierta.

Al quedarme solo, sentí durante unos instantes esa turbación alarmante del despertar tras una pesadilla. Al fin conseguí reponerme, me abalancé contra las ventanas y las rompí con una furiosa acometida.

Un torrente de luz inundó la estancia y me precipité hacia la puerta por la que aquel ser había desaparecido. Estaba cerrada y me fue imposible forzarla.

Entonces, como una fiebre, se adueñaron de mí las ganas de huir. Era el pánico, el verdadero pánico de las batallas. Agarré los tres legajos de cartas que estaban encima del escritorio abierto, crucé la habitación a la carrera y salté los escalones de cuatro en cuatro. Me encontré en el exterior sin saber por dónde había salido y, al ver a mi caballo a diez pasos, fui hacia él, monté a horcajadas y partí al galope.

No me detuve hasta llegar a mi residencia en Ruan. Le di las bridas al ordenanza, me refugié en mi habitación y allí me encerré a reflexionar.

Durante una hora me estuve preguntando, preso de la ansiedad, si no habría sido objeto de una alucinación. Podría ser. Tal vez hubiera sufrido una de esas incomprensibles crisis nerviosas, uno de esos desvaríos de la mente que engendran los milagros y a los cuales lo sobrenatural les debe todo su poder.

Estaba a punto de convencerme de que se había tratado de una visión, de un error de los sentidos, cuando me acerqué a la ventana. Quiso el azar que mis ojos se posaran sobre mi pecho. ¡Mi dolmán estaba cubierto de largos cabellos de mujer que se habían enroscado en los botones!

Los tomé uno a uno y los arrojé al exterior con dedos temblorosos. Luego llamé a mi ordenanza. Estaba demasiado conmovido, demasiado turbado como para ir aquel mismo día a casa de mi amigo. Además, quería reflexionar a fondo acerca de lo que le diría.

Mandé al ordenanza que le entregara las cartas y mi amigo le dio un acuse de recibo. Se interesó por mí. El soldado le dijo que no me encontraba bien, que había sufrido un golpe de calor o algo por el estilo. Al parecer, él estaba muy inquieto.

Fui a visitarlo al día siguiente, al amanecer, decidido a contarle la verdad, pero aquella misma noche había salido de casa y no había regresado.

Volví a visitarlo a lo largo del día. No lo habían vuelto a ver. No había aparecido. Entonces di parte a la policía. Lo buscaron por todos lados sin hallar huella ni de su paso ni del lugar donde se hubiera refugiado.

Sometieron el castillo abandonado a un riguroso escrutinio. No hallaron nada sospechoso.

No había indicio alguno de que allí se ocultase una mujer.

Como la investigación no llevaba a ninguna parte, se dio por terminada la búsqueda.

Han pasado cincuenta y seis años y no he recibido más noticias. No sé nada más.

4 de abril de 1883

EL SECRETO DEL ORO CRECIENTE

BRAM STOKER

uando Margaret Delandre se mudó a Brent's Rock, el vecindario entero se despertó con la placentera noticia de un nuevo escándalo. No eran pocas las polémicas relacionadas con la familia Delandre o los Brent de Brent's Rock; si existiera una crónica detallada de la historia secreta del condado, ambos apellidos gozarían de sobrada representación. Lo cierto es que el estatus de cada una de ellas era tan diferente que podrían haber pertenecido a continentes distintos (o a mundos distintos, ya puestos), hasta el punto de que sus órbitas nunca se habían cruzado. Toda esa región del país les otorgaba una insólita predominancia social a los Brent, que siempre se habían considerado tan superiores a la clase de terratenientes a la que pertenecía Margaret Delandre como un hidalgo español de sangre azul a los administradores de sus haciendas.

Los Delandre, por su parte, poseían un historial antiquísimo del que se enorgullecían tanto como los Brent de su rancio abolengo, pero la familia no había trascendido nunca de su condición de propietarios rurales. Aunque antaño habían sabido sacarle partido al negocio de la protección con tantas guerras como había en el extranjero, su fortuna había menguado bajo el sol abrasador del libre comercio y los «boyantes» tiempos de paz. Se habían mantenido «ligados a la tierra», como les gustaba decir a los representantes más ancianos de la familia. Como resultado, habían echado raíces en ella, tanto en el sentido metafórico como en el literal. Lo cierto era que, tras decantarse por el negocio de las hortalizas, habían prosperado al igual que las plantas, floreciendo y medrando cuando el clima les era propicio y sufriendo cuando la temporada venía mal dada. Su agostada mansión, Dander's Croft, parecía un fiel reflejo de la familia que la habitaba, víctima de un deterioro que se prolongaba generación tras generación, un declive que de manera esporádica interrumpía algún nuevo brote en forma de marinero o de soldado, cogollos incipientes pero débiles que no llegaban a germinar porque esos hombres solo conseguían remontar los primeros escalafones de sus respectivas carreras profesionales antes de ver su desarrollo interrumpido, truncado de súbito por alguna acción indecorosa cometida en el desempeño de sus deberes o por ese mal tan devastador que suele aquejar a las personas de pobre linaje o de juventud censurable: el ascenso a un puesto de responsabilidad que no estaban preparados para ocupar.

Y así, la familia se hundía de manera paulatina. Sus varones, desencantados y huraños, bebían hasta caer en la tumba, en tanto las mujeres se marchitaban entre las cuatro paredes de la casa, se casaban con quienes estaban por debajo de ellas en la escala social, o incluso algo peor. Todos desaparecieron con el paso del tiempo, hasta que solo quedaron dos moradores en Dander's Croft: Wykham Delandre y su hermana Margaret. Ambos parecían haber heredado, en sus formas masculina y femenina respectivamente, las inclinaciones más nefastas de su estirpe, pues compartían un principio común, aunque se manifestara de diversas maneras, caracterizado por la voluptuosidad, el exceso de ímpetu y la sombría pasión.

La historia de los Brent discurría por cauces parecidos, aunque el origen de su decadencia adoptaba una forma aristocrática en lugar de plebeya. También ellos habían enviado a sus vástagos a la guerra, pero en otro tipo de menesteres en los que a menudo se habían distinguido con honores, pues eran gallardos sin falta y acometieron valientes hazañas antes de que la egoísta displicencia que los caracterizaba les minara las fuerzas.

El cabeza de familia actual (si se podía hablar de familia cuando pertenecía al linaje directo) era Geoffrey Bent. Representaba una especie de casta desdibujada que ponía de manifiesto sus cualidades más brillantes, en algunos casos, y en otros su más completa degradación. No sería injusto compararlo con algunos de esos nobles italianos de la antigüedad que han llegado hasta nosotros conservados por los artistas en retratos que ensalzan su coraje, su falta de escrúpulos, su refinamiento sensual y su crueldad: sibaritas en la práctica y canallas en potencia. Se podía decir de él que era atractivo, poseedor de esa imponente belleza aquilina y morena que las mujeres suelen reconocer como dominante. Se mostraba frío y distante con los hombres, pero ese comportamiento no desanimaba a las mujeres en ningún caso, pues las inescrutables leyes del sexo disponen que ni siquiera la más apocada se amedrente frente a un hombre feroz y altanero. De este modo, de entre todas las mujeres que vivían en los alrededores de Brent's Rock apenas si quedaba alguna, sin importar su condición o estrato social, que no admirase en secreto al apuesto bellaco. La categoría era amplia, pues su castillo se alzaba como una cumbre escarpada en el centro de una llanura y en cien kilómetros a la redonda destacaban sobre el horizonte sus torreones vetustos, los tejados sesgados que cortaban el nivel de bosques y aldeas, y sus mansiones dispersas.

Mientras el libertinaje de Geoffrey Brent se ciñó a los confines de Londres, Viena y París, lejos de los ojos y de los oídos de su tierra natal, todos se abstuvieron de opinar. Es fácil escuchar impasible los ecos lejanos y tratarlos con incredulidad, mofa, desdén o cualquier otra actitud distanciada que se nos ocurra. Sin embargo, cuando los escándalos rondan la puerta de nuestros hogares, las cosas cambian y la independencia y la integridad, sentimientos consustanciales a todos los ciudadanos de cualquier comunidad que conserve un ápice de amor propio, se propagan y exigen que se exprese el reproche. No obstante, todos se mostraban reacios, y las barbaridades cometidas solo recibían la atención estrictamente necesaria. Margaret Delandre se conducía con tan poco temor y disimulo, aceptaba con tanta naturalidad su condición de acompañante probada de Geoffrey Brent, que los vecinos pensaban que seguramente estuvieran casados en secreto y, por consiguiente, les parecía más prudente morderse la lengua para evitar que el tiempo se pusiera de parte de ella y la convirtiera en enemiga declarada de ellos.

Las circunstancias se habían conjurado para impedir que tomara cartas en el asunto la única persona cuyas injerencias podrían haber despejado todas las dudas. Wykham Delandre estaba peleado con su hermana (o quizá fuese ella quien estaba peleada con él), un conflicto que, más que de neutralidad armada, podría calificarse de odio enconado. La disputa se remontaba a antes de que Margaret se instalase en Brent's Rock. Wykham y ella habían estado a punto de llegar a las manos. Lo cierto era que ambas partes se habían cruzado amenazas, y al final Wykham, en un arrebato, le había ordenado a su hermana que abandonara su casa. La mujer se había levantado directamente y se había marchado sin molestarse siquiera en guardar sus efectos personales. Tan solo se detuvo un momento en el umbral para lanzarle a Wykham una feroz amenaza: lamentaría hasta su último suspiro el acto que había perpetrado ese día. Pero ya habían transcurrido unas cuantas semanas y en el vecindario se daba por sentado que Margaret estaba en Londres. Esta creencia se esfumó al aparecer ella de repente montada en el coche de Geoffrey Brent. Antes del anochecer, la noticia de que se alojaba en Brent's Rock era ya de dominio público. A nadie le sorprendía el inesperado regreso de Brent, pues no era la primera vez que obraba de esa manera. Ni siquiera sus propios criados sabían cuándo esperarlo, pues había una puerta privada, cuya llave tan solo poseía él, por la que entraba en ocasiones sin que ninguno de los ocupantes de la casa fuera alertado de su llegada. Ese era su método habitual para reaparecer tras ausencias prolongadas.

La noticia enfureció a Wykham Delandre, quien juró vengarse y, a fin de mantener sus pensamientos en consonancia con su pasión, se dio a la bebida. Nunca había bebido tanto. Todos los intentos de ver a su hermana resultaron infructuosos, pues ella, en su desdén, se negaba a recibirlo. Probó asimismo a entrevistarse con Brent, pero este también le dio largas. Llegó incluso a darle el alto en la carretera, aunque sin éxito, pues Geoffrey no era un hombre que se dejara detener contra su voluntad. Entre ambos se produjeron varios enfrentamientos, aunque se logró evitar la amenaza de alguno que otro más. Al final, a Wykham Delandre no le quedó más remedio que aceptar la situación, si bien con más rencor y afán de venganza que resignación.

Ni Margaret ni Geoffrey eran de temperamento pacífico, por lo que no tardaron en saltar chispas entre los dos. Una cosa llevaba a la otra, y el vino corría a raudales en Brent's Rock. En ocasiones, las peleas adquirían un cariz amargo, y las amenazas de sus protagonistas se cruzaban en unos términos tan explícitos que los criados que las escuchaban no salían de su asombro. Sin embargo, todas esas disputas solían concluir como la mayoría de las disputas domésticas, en reconciliación y un respeto mutuo por las belicosas aptitudes del contrincante, proporcionales a su manifestación. A lo largo y ancho del mundo existen cierto tipo de personas para las que discrepar por discrepar es una cuestión de vital interés, y no hay motivo alguno para suponer que las condiciones domésticas aplacarán sus efectos. Geoffrey y Margaret se ausentaban de Brent's Rock de vez en cuando, y en todas y cada una de esas ocasiones Wykham Delandre se ausentaba a su vez. Puesto que lo habitual era que se enterase demasiado tarde de la partida de los primeros, regresaba de cada nueva e infructuosa excursión más contrariado y frustrado que la vez anterior.

Y un buen día resultó que una de esas ausencias de Brent's Rock se prolongaba más de la cuenta. Tan solo unos días antes se había producido una nueva disputa, más agria que ninguna de las anteriores; sin embargo, también esta se había zanjado y entre la servidumbre circulaba el rumor de que los señores planeaban hacer un viaje al continente. Wykham Delandre partió a su vez unos días más tarde. A su regreso, semanas después, los vecinos observaron que llegaba envuelto en un aura de importancia renovada, un aire al mismo tiempo exultante y ufano imposible de describir en pocas palabras. Se dirigió sin demora a Brent's Rock, donde pidió ver a Geoffrey Brent. Cuando lo informaron de que aún no había regresado, anunció con una torva determinación que los sirvientes no pasaron por alto:

—Volveré. Las nuevas que traigo son sólidas. ¡Puedo esperar!

Dicho lo cual, se marchó.

Se sucedieron las semanas, primero; y luego, los meses. Por fin comenzó a circular el rumor, confirmado más tarde, de que en el valle de Zermatt se había producido un accidente. El carruaje que transportaba a una dama inglesa con su conductor se había caído por un precipicio mientras cruzaba un paso muy peligroso. El caballero del grupo, el señor Geoffrey Brent, se había salvado de milagro tras haber decidido remontar la pendiente a pie para aligerar la carga que debían remolcar los caballos. Proporcionó la información pertinente a las autoridades y se organizó un equipo de rastreo. La barandilla rota, el camino escoriado, las marcas allí donde los animales habían bregado contra la inclinación antes de precipitarse al torrente..., todo apuntaba al mismo y trágico final de la historia. Era temporada de lluvias y el invierno había dejado mucha nieve en las cumbres, por lo que el río era más caudaloso que de costumbre y el hielo taponaba los remansos. En uno de esos remansos, las exhaustivas labores de búsqueda dieron como fruto la localización de los restos del carruaje y el cuerpo sin vida de uno de los caballos. Algo más tarde apareció el cadáver del conductor, depositado por la corriente en los sedimentos arenosos cerca de Täsch, pero el cuerpo de la noble señora seguía desaparecido, al igual que el segundo caballo. Todo apuntaba a que lo que quedara de él a esas alturas debía de estar rodando a merced de la corriente del Ródano, camino del lago Lemán.

Aunque Wykham Delandre intensificó las pesquisas, no se halló ni rastro de la mujer desaparecida. Sin embargo, encontró la entrada de «señor Geoffrey Brent y señora» en el registro de huéspedes de numerosos hoteles. Encargó erigir una lápida en Zermatt, grabada con el nombre de casada de su hermana, y una placa conmemorativa en la iglesia de

Bretten, parroquia a la que estaban vinculados los terrenos de Dander's Croft y Brent's Rock.

Al cabo de un año, cuando la conmoción por lo ocurrido ya se había mitigado, el vecindario en pleno había retomado sus quehaceres habituales. Continuaban las ausencias de Brent, y Delandre se dejaba ver más bebido, taciturno y poseído por la sed de venganza que nunca.

Fue entonces cuando se armó un nuevo revuelo. Brent's Rock se preparaba para acoger a una nueva señora. Así lo había expresado Geoffrey en persona en una carta dirigida al vicario, por la cual anunciaba que meses antes había contraído matrimonio con una noble italiana, en compañía de la cual se dirigía ahora a su casa. En previsión de su llegada, un pequeño ejército de obreros invadió la mansión, donde resonaban sin descanso garlopas y martillos, en tanto impregnaba el ambiente el olor a cola y pintura. Después de reconstruir por completo el ala sur del viejo edificio, el grueso de trabajadores se marchó, y solo dejó tras de sí los materiales necesarios para las obras del antiguo salón, que habrían de acometerse a la llegada de Geoffrey Brent, dado que este había estipulado que no empezara a redecorarse sin su supervisión. Llevaba consigo unos dibujos exactos del salón de la casa del padre de su cónyuge, pues deseaba reproducir para ella el lugar al que estaba acostumbrada. Como había que reconstruir las molduras por entero, un lateral del gran salón se convirtió en almacén de tablones y andamios, a los que se unió un enorme tanque o cajón de madera para mezclar la cal, depositada en sacos al lado.

La nueva señora de Brent's Rock llegó envuelta en el tañido de las campanas de la iglesia y un alborozo generalizado. Era una hermosura de mujer, rebosante de la poesía, la pasión y el fuego del sur, y las escasas palabras en inglés que había aprendido las pronunciaba con un acento tan marcado, pero no por ello menos dulce y bonito, que conquistó el corazón de las gentes tanto por la musicalidad de su voz como por la arrebatadora belleza de sus ojos oscuros.

Geoffrey Brent se mostraba más feliz que nunca, aunque sus facciones acusaban una turbia preocupación insólita para quienes lo conocían de antaño, y en ocasiones daba la impresión de sobresaltarse por ruidos que nadie más percibía.

De ese modo se sucedieron los meses, hasta que arreció el rumor de que Brent's Rock por fin iba a tener heredero. Geoffrey era muy cariñoso con su mujer, y el nuevo vínculo establecido entre ambos parecía haberlo suavizado. Expresaba más interés que nunca por sus arrendatarios y sus preocupaciones, y abundaban las obras benéficas en las que participaban tanto él como su adorable esposa. Parecía haber depositado todas sus esperanzas en la criatura que iba a nacer, y conforme miraba al futuro, se diría que los nubarrones que le ensombrecían el rostro comenzaron a disiparse hasta desaparecer por completo.

Mientras tanto, Wykham Delandre seguía alimentando las llamas de su venganza. En lo más profundo de su corazón se había instalado un afán de revancha que solo aguardaba el momento indicado para cristalizar y adquirir una forma concreta. Su noción inicial se centraba por el momento en la esposa de Brent, pues sabía que el mayor de los castigos sería atacar a sus seres queridos, y el futuro próximo parecía portar en su vientre la ocasión que él tanto anhelaba. De este modo, una noche en particular lo encontró sentado en la sala de estar de su casa (antaño una estancia encantadora, a su manera, que los estragos del tiempo habían reducido a poco menos que una ruina carente de dignidad e interés alguno), donde se había quedado medio traspuesto después de beber sin medida durante horas. Le pareció oír un ruido, como si alguien llamase a la puerta, y levantó la cabeza. Encolerizado, invitó a pasar a quienquiera que fuese, pero no obtuvo respuesta y reanudó sus libaciones mientras mascullaba una blasfemia. No tardó en perder la noción del tiempo, se sumió en un profundo estupor y se despertó de súbito para ver que había alguien delante de él; alguien o algo, como una réplica maltrecha y espectral de su hermana. Una suerte de pavor lo atenazó durante unos instantes. La mujer que se alzaba ante él tenía los rasgos distorsionados y unos ojos llameantes que apenas podían calificarse de humanos; bien mirado, lo único en ella que recordaba a su hermana tal y como realmente había sido en vida eran sus ensortijados cabellos dorados, veteados ahora de canas. La aparición sometió a su hermano a un escrutinio prolongado y glacial, y así, mientras la observaba y empezaba a ser consciente de su presencia, también él descubrió que el odio que le había profesado, anidado hasta ese momento en lo más profundo de su ser, afloraba a la superficie y le corroía el corazón. Toda la pasión contenida a lo largo del último año encontró la voz de improviso al preguntarle:

—¿Qué haces aquí? Estás muerta y enterrada.

—Estoy aquí, Wykham Delandre, no porque te tenga cariño, sino porque odio a otro aún más que a ti —replicó el espectro, con fuego en la mirada.

—¿A él? —preguntó Wykham con un susurro tan feroz que incluso la mujer experimentó un sobresalto momentáneo antes de recuperar la calma.

—A él, sí. Pero no te confundas: la venganza es solo mía. Tú eres un mero vehículo para conseguirla.

—¿Llegasteis a casaros? —preguntó Wykham de pronto.

Las facciones retorcidas de la mujer se ensancharon en un macabro remedo de sonrisa. Una parodia monstruosa, pues los rasgos mutilados y las cicatrices suturadas adoptaban formas y colores extraños, en tanto la presión de los músculos forzados contra los costurones ajados se manifestaba en forma de repulsivas líneas blancuzcas.

—¡Eso te gustaría saber! ¡Te halagaría el orgullo tener la certidumbre de que tu hermana estaba legítimamente desposada! No, esa fue mi manera de vengarme de ti y no cambiaría ni un ápice mi decisión. Si he acudido a ti esta noche es solo para informarte de que sigo con vida, para que seas testigo si me reciben con cualquier tipo de violencia allí adonde voy.

—¿Y adónde vas? —inquirió su hermano.

—Eso es asunto mío, y no tengo la menor intención de contártelo.

Wykham se incorporó, pero el alcohol había clavado las garras en él y conspiró para que perdiera el equilibrio y se desplomara. Aun desmadejado en el suelo, proclamó su voluntad de partir tras su hermana antes de añadir, en un arrebato de genio destemplado, que la luminosidad de sus cabellos y su belleza le servirían de guía cuando le siguiera el rastro entre las tinieblas. Ante esto, ella se giró de nuevo hacia él y replicó que no sería el único que lamentaría haberles prestado tanta atención a esas características suyas.

—Como él —siseó—, pues el cabello perdura aunque la belleza se esfume. No debía de pensar en mi hermosura cuando saboteó el eje de la rueda y nos envió al torrente desde lo alto del precipicio. Seguro que sus apuestas facciones habrían quedado tan desfiguradas como las mías si la corriente lo hubiera arrastrado a él, como hizo conmigo, entre las rocas del Visp antes de abandonarlo para perecer congelado por el hielo que se acumulaba en aquel remanso del río. ¡Que tenga cuidado, no obstante! Porque ha llegado su hora.

Dicho lo cual, la aparición abrió la puerta con rabia y se perdió de vista en la noche.

Esa misma noche, la señora Brent, sumida en un duermevela, se despertó de repente y le preguntó a su marido:

—Geoffrey, ¿era el chasquido de una cerradura eso que ha sonado bajo nuestra ventana?

Pero Geoffrey, aunque ella pensaba que también se había sobresaltado con el ruido, daba la impresión de estar durmiendo a pierna suelta entre sonoros ronquidos. La señora Brent volvió a quedarse traspuesta, pero no tardó en despertarse de nuevo y descubrir que el hombre se había levantado y estaba medio vestido. Su rostro lucía una palidez cadavérica, y cuando la luz de la lámpara que llevaba en la mano bañó sus facciones, la expresión de sus ojos la aterrorizó.

—Geoffrey, ¿qué ocurre? ¿Qué haces?

—Silencio, pequeña —replicó su marido con una acritud impropia de él—. Duérmete. Estoy inquieto y me gustaría rematar una faena inconclusa.

—Tráete el trabajo aquí, esposo mío. Me siento sola y asustada cuando te vas.

Él se limitó a responderle con un beso y cerró la puerta al salir. La mujer se quedó despierta un momento, hasta que la naturaleza se impuso y sucumbió al sueño.

Volvió a dar un respingo, ya desvelada del todo, con el vago recuerdo de un grito apagado que no parecía proceder de muy lejos. Se levantó de un salto y corrió hasta quedarse escuchando en la puerta, pero no se oía nada. Preocupada por su marido, exclamó:

—¡Geoffrey! ¡Geoffrey!

La puerta del gran salón se abrió instantes después y Geoffrey apareció en el umbral, sin su lámpara.

—¡Silencio! —la reconvino con un susurro cargado de autoridad y acritud—. ¡Silencio! ¡Vuelve a la cama! Estoy trabajando y no quiero que me molesten. ¡Acuéstate antes de que despiertes a toda la casa!

Con el corazón presa de un puño helado, pues su esposo nunca se había dirigido a ella en un tono tan desabrido, la mujer regresó a la cama y se acostó temblorosa, demasiado asustada para llorar, atenta al menor sonido. Tras un prolongado silencio, le pareció oír los golpes amortiguados de algún instrumento de hierro y el estruendo de una piedra pesada al caer, todo ello seguido de una maldición entre dientes. Luego, un objeto que se arrastraba y más roces de piedra contra piedra. Durante todo ese tiempo permaneció atenazada por el pavor, con el corazón martilleando espantosamente en su pecho. Un rechinar misterioso llegó a sus oídos, y a continuación, de nuevo el silencio. Enseguida volvió a abatirse la puerta, despacio, empujada por Geoffrey. Ella se hizo la dormida, pero con los ojos entreabiertos apenas vio que su marido se lavaba las manos teñidas de algo parecido a la cal.

Ya por la mañana, Geoffrey se abstuvo de mencionar lo que había ocurrido la noche anterior, y ella estaba demasiado sobrecogida como para hacerle ninguna pregunta.

A partir de ese día, pareció como si sobre Geoffrey Brent se cerniera una sombra. Dejó de comer y de dormir como acostumbraba, al tiempo que retomaba su antigua manía de girarse repentinamente como si alguien hablase a su espalda. El viejo salón ejercía una fuerte fascinación sobre él y lo visitaba varias veces al día; sin embargo, reaccionaba irritado si entraba alguien más, aunque fuera su esposa. Cuando el capataz de la cuadrilla acudió a la mansión para interesarse por la reanudación de las obras, le informaron de que Geoffrey había salido a dar un paseo a caballo; el hombre decidió esperarlo en el salón, y cuando Geoffrey volvió, el mayordomo se apresuró a contarle dónde se encontraba. Con una blasfemia sobrecogedora, apartó al sirviente de un empujón y corrió al encuentro del capataz. Este se encontró con él casi en la puerta, donde Geoffrey lo arrolló para irrumpir en la estancia.

—Señor, le ruego que me disculpe —dijo el hombre—. Precisamente ahora me disponía a salir para hacer unas averiguaciones. Encargué que nos dejaran aquí doce sacos de cal, pero veo que solo han traído diez.

—¡Al diablo con la decena y con la docena también! —fue la arisca y enigmática reacción del señor de la casa.

El capataz, sorprendido, intentó cambiar el rumbo de la conversación.

—Ya veo que mis hombres han sido muy descuidados, señor. Pero no se preocupe, seguro que el encargado pagará los desperfectos de su bolsillo.

—¿A qué se refiere usted?

—A esa piedra de la chimenea, señor. Algún mentecato ha debido de apoyar en ella la barra de un andamio y se ha partido justo en el centro, pese a ser tan gorda que es que cabría pensar que podía aguantar mucho más peso.

—Dígales a sus hombres —replicó Geoffrey, tras un silencio momentáneo, ya con la voz más contenida y mejores modales— que las obras del salón quedan interrumpidas. Me gustaría dejarlo tal y como está en estos momentos.

—Como usted prefiera, señor. Enviaré a unos cuantos chicos para que recojan los tablones y las bolsas de cal y adecenten un poquito este sitio.

—¡No! ¡No! Que no toquen nada. Ya lo avisaré yo cuando requiera que continúe el trabajo.

El capataz se despidió de él y fue a ver a su encargado, a quien se limitó a decirle:

—Voy a preparar la factura, señor. Las obras se han terminado. Me da en la nariz que bajo ese techo no abunda el dinero.

Delandre intentó parar a Brent en el camino en un par de ocasiones, y al fin, viendo que era incapaz de lograr su objetivo, gritó mientras galopaba tras el carruaje:

—¿Qué ha sido de mi hermana, tu esposa?

Pero Geoffrey se limitó a azuzar a los caballos para que apretaran el paso, y el otro, que por la palidez de su rostro y el momentáneo desvanecimiento de su señora comprendió que había logrado lo que se proponía, se alejó con una risotada tras mirarlo con gesto sombrío.

Esa noche, cuando Geoffrey se acercó a la enorme chimenea del salón, se sobresaltó de inmediato y soltó un grito ahogado. Se armó de valor no sin esfuerzo y salió en busca de una lámpara. A su regreso, se agachó sobre la losa agrietada para ver si la luz de la luna que entraba por la vidriera tintada podía haber provocado alguna ilusión óptica. Acto seguido, con un gemido angustiado, se postró de rodillas.

Pues allí, por la grieta de la piedra rajada, asomaban un montón de cabellos dorados entreverados de gris.

Le llamó la atención un ruido a su espalda, y al girarse vio que su esposa estaba en la puerta. Presa de la desesperación del momento, cedió al impulso de ocultar el hallazgo, para lo que prendió un fósforo con la lámpara, se agachó y quemó el pelo que se insinuaba entre la hendidura de la losa. A continuación, se incorporó con toda la calma que fue capaz de reunir y fingió sorprenderse al descubrir a su mujer detrás de él.

Se pasó toda la semana angustiado, pues las circunstancias se confabulaban para impedirle pasar mucho tiempo seguido a solas en el salón. Con cada nueva visita, los cabellos de la grieta reaparecían y le obligaban a tomar precauciones extremas a fin de evitar que los encontrase alguien más. Intentó encontrar un receptáculo para el cuerpo de la mujer asesinada fuera de la casa, pero alguien lo interrumpía siempre, y en cierta ocasión, cuando salía por la puerta privada, su esposa lo interceptó y comenzó a interrogarlo al respecto, sorprendida por no haber visto antes la llave que, a regañadientes, él le mostraba en esos momentos. Geoffrey le profesaba un cariño tan sincero como apasionado, por lo que la menor posibilidad de que ella desenterrara sus horribles secretos, o que dudase siquiera de él, le producía una profunda congoja. Sin embargo, al cabo de un par de días, no pudo por menos de llegar a la conclusión de que su amada, cuando menos, sospechaba algo.

Esa misma noche, la mujer entró en el salón tras su paseo a caballo y lo encontró allí sentado, junto a la chimenea clausurada, musitando con gesto ceñudo. Se dirigió a él sin perder ni un momento.

—Geoffrey, me ha abordado ese hombre, Delandre, para contarme un suceso espantoso. Según él, su hermana regresó a esta casa hace una semana, reducida a una pálida sombra de su antiguo ser, reconocible tan solo por la misma melena dorada de siempre, para anunciar una aviesa intención. Me ha preguntado por su paradero, y... Ay, Geoffrey, está muerta. ¡Muerta! Entonces, ¿cómo podría haber vuelto? ¡Ay! ¡Tengo mucho miedo y no sé a quién acudir!

Por toda respuesta, Geoffrey estalló en un torrente de blasfemias que la hicieron estremecer. Maldijo a Delandre, a su hermana y a toda su estirpe, prodigándole una invectiva tras otra en especial a los cabellos dorados de la difunta.

—¡Ay, calla! ¡Silencio! —le imploró ella antes de enmudecer a su vez, pues su marido la asustaba cuando lo poseía ese genio maléfico.

Geoffrey, transido de ira, se levantó para alejarse de la chimenea, pero se detuvo de golpe al ver una expresión de horror renovado en los ojos de su señora. Siguió la dirección de su mirada y también a él le sobrevino un escalofrío, pues allí, sobre la losa rajada, yacía una mecha dorada rematada en punta que se deslizaba entre la rendija.

—¡Fíjate, mira eso! —lo increpó su mujer con un alarido—. ¡Tiene que ser un espectro! ¡Aléjate de ahí, por favor!

Dicho esto, tomó a su esposo de la muñeca, poseída por un arrebato de sinrazón, y lo sacó de la estancia.

Un delirio febril clavó sus garras en ella esa noche. El médico del distrito la auscultó de inmediato, y se envió un cable a Londres para pedir más ayuda. Geoffrey estaba desesperado, tan angustiado por el peligro que corría su joven esposa que a punto estuvo de olvidar el crimen que había cometido y sus consecuencias. El doctor tuvo que ausentarse por la tarde para visitar a otros pacientes, pero dejó a Geoffrey al cuidado de su mujer. Se despidió con las siguientes palabras:

—Recuerde que debe velar por ella hasta que yo vuelva por la mañana, o hasta que otro médico decida hacerse cargo de su caso. Ante todo, procure que no experimente emociones intensas y asegúrese de que esté bien abrigada. De momento, no podemos hacer otra cosa.

Entrada la noche, cuando el servicio ya se había retirado, la esposa de Geoffrey se levantó de la cama y llamó a su marido.

—¡Ven! ¡Ven al viejo salón! ¡Ya sé de dónde sale ese oro! ¡Quiero verlo crecer!

A Geoffrey le habría gustado pararla, pero, por una parte, temía por su vida y por su cordura, y le preocupaba también que, en su paroxismo, pudiera airear a los cuatro vientos su espantosa sospecha. De este modo, al ver que sería inútil intentar detenerla, le echó una manta recia por los hombros y la acompañó al antiguo salón. Cuando entraron, ella se giró y cerró la puerta con llave.

—No queremos extraños entre nosotros tres esta noche —susurró con una débil sonrisa.

—¡Nosotros tres! Pero si estamos solos tú y yo —replicó Geoffrey con un escalofrío, sin atreverse a añadir nada más.

—Siéntate aquí —dijo su esposa mientras apagaba la luz—. Siéntate aquí, cerca de la chimenea, y mira cómo crece ese oro. ¡La luna de plata tiene celos de él! Mira, se arrastra por el suelo hacia el oro... ¡Nuestro oro!

Cada vez más horrorizado, Geoffrey comprobó que, en las últimas horas, el cabello dorado se había extendido por toda la piedra quebrada. Quiso ocultarlo colocando un pie encima de la grieta, pero su mujer colocó una silla a su lado, se inclinó y apoyó la cabeza en su hombro.

—No te muevas, cariño —le dijo—. Vamos a quedarnos muy quietos y atentos. ¡Descubriremos el secreto del oro creciente!

Geoffrey la rodeó con un brazo, en silencio, y ella se quedó dormida mientras la claridad de la luna se deslizaba por el suelo.

Temeroso de despertarla, también él permaneció sentado, mudo y desdichado conforme se desgranaban las horas.

Ante sus ojos inundados de pavor, el cabello dorado de la losa agrietada crecía y crecía, y en el proceso, el corazón de Geoffrey se quedaba cada vez más helado, hasta que por fin perdió toda la voluntad de moverse y a su mirada despavorida no le quedó más remedio que permanecer clavada en su perdición.

Por la mañana, cuando llegó el médico de Londres, nadie supo dar razón ni de Geoffrey ni de su mujer. Los criados registraron todas las habitaciones, sin éxito. Forzaron la gran puerta del viejo salón como último recurso, y al entrar se toparon con una visión desagradable y macabra.

Pues allí, junto al hogar apagado, Geoffrey Brent y su joven esposa yacían sentados y fríos, pálidos y sin vida. El rostro de ella se mostraba sereno, con los ojos cerrados como si estuviese dormida. El de él, sin embargo, provocó el estremecimiento de todos los presentes, deformado como estaba por una expresión de horror inenarrable. Sus ojos abiertos apuntaban vidriosos abajo, a sus pies, envueltos en unos largos mechones de cabello dorado entreverado de gris que surgían de una piedra resquebrajada de la chimenea.

JUNTO AL FUEGO

Catherine Crowe

Mi historia será muy breve —dijo la señora M.—, pues debo advertiros que, aunque he escuchado muchas historias de fantasmas, como todo el mundo, e incluso conozco a personas que aseguran haberlos visto, a título personal me resisto a creer en ellos. Sin embargo, reconozco que durante mi estancia en el extranjero tuve una experiencia que quizá consideréis de naturaleza espectral, si bien a mí no me lo pareció.

»Estaba recorriendo Alemania junto con mi dama de compañía (esto fue antes de que se popularizase el ferrocarril), y en el trayecto de Leipzig a Dresde nos detuvimos en una posada que en otra época debía de haber servido de residencia para la aristocracia. Un castillo, por así decirlo, con su muralla de piedra y almenas, además de una torre en uno de los laterales, mientras que el otro lo ocupaba un edificio de planta cuadrada y aspecto prosaico, añadido a todas luces en tiempos más actuales. La posada se encontraba en los límites de una pequeña aldea, algunas de cuyas casas parecían ser tan antiguas que no me pareció descabellado que fuesen coetáneas del mismo castillo. Aunque había muchos viajeros, el dueño dijo que podía alojarnos, y cuando le pedí que me enseñara mis aposentos, me condujo a los torreones y me mostró una habitación razonablemente acogedora. Solo había dos cuartos en cada planta, por lo que le pregunté si sería posible que mi doncella ocupara el segundo. El hombre dijo que sí, siempre que no apareciera ningún otro viajero. No se dio el caso, por lo que ella se instaló allí.

»Cené en la mesa de huéspedes y me fui pronto a la cama, dado que pretendía hacer una excursión al día siguiente. Como estaba muy cansada por el viaje, me dormí de inmediato.

»No sabría decir a ciencia cierta cuánto tiempo había pasado, pero me imagino que debía de llevar varias horas dormida cuando me desperté de súbito, casi sobresaltada. Al pie de la cama me topé con la anciana de aspecto más nauseabundo y horripilante que hubiera visto en mi vida. Iba ataviada con ropajes antiguos. Daba la impresión de cernirse sobre mí, pero no se desplazaba a pie, sino planeando, con el brazo izquierdo extendido en mi dirección.

»—¡Que Dios misericordioso se apiade de mí! —exclamé atónita, en un impulso inicial, y la visión se desvaneció conforme yo pronunciaba esas palabras.

»No sabría decir qué vi, pero confieso que me había llevado un buen susto y tardé un buen rato en conciliar el sueño de nuevo.

»Por la mañana —prosiguió la señora M.—, mi dama de compañía llamó a la puerta y le pedí que pasara, pero estaba cerrada y no me quedó más remedio que levantarme para franquearle el paso, aunque pensaba que se me había olvidado echar la llave antes de acostarme. Una vez en pie, inspeccioné todos los rincones de la habitación sin encontrar ni rastro de la intrusión de la noche pasada. No había ninguna trampilla, ni paneles móviles, ni puertas visibles, salvo la que yo misma debía de haber cerrado con llave. Decidí no comentar lo ocurrido, no obstante, pues ya me había convencido de que me imaginaba despierta cuando en realidad seguía soñando, sobre todo porque no había dejado ninguna luz encendida en la habitación, por lo que la posibilidad de que yo hubiera visto a una mujer desafiaba toda lógica.

»Salí temprano y pasé fuera la mayor parte de la jornada. Al volver descubrí que habían llegado otros viajeros y les habían dado la habitación contigua a la mía a una señora alemana y su hija, que estaban sentadas a la mesa de huéspedes. Por consiguiente, encargué que preparasen una cama más en mi habitación para mi dama de compañía. Antes de acostarme llevé a cabo una inspección minuciosa para cerciorarme de que no hubiera nadie escondido.

»En plena noche, supongo que más o menos a la misma hora en que me habían perturbado la anterior, un grito sobrecogedor nos despertó a mi doncella y a mí.

»—*Ach! Meine Mutter! Meine Mutter!* —oí que exclamaba la chica alemana en el cuarto de al lado.

»Madre e hija cruzaron unas palabras y luego volví a quedarme dormida, preguntándome, lo confieso, si habrían recibido la visita de cierta anciana espantosa. Salí de dudas a la mañana siguiente, pues bajaron a desayunar tremendamente agitadas y le contaron a todo el mundo cuál era la causa: describieron a la mujer tal y como yo la había visto y salieron de la posada con cajas destempladas, declarando que no pensaban pasar allí ni una hora más.

—¿Qué dijo el anfitrión? —preguntamos.

—Nada, que debían de haberlo soñado. Y supongo que tenía razón.

—Tu historia —dije yo— me recuerda a una carta de lo más interesante que recibí poco después de la publicación de *El lado nocturno de la naturaleza*. La remitía un pastor que firmaba con su nombre y decía ser el capellán de un noble. Relataba que en la casa que vivía, o al menos en una en la que había vivido, una mujer había subido las escaleras una noche para sorprenderse al encontrar en una habitación, cuya puerta estaba abierta, a una mujer con un vestido antiguo frente a una cómoda, examinando al parecer los cajones. Se quedó petrificada, preguntándose quién sería la desconocida, cuando la figura se giró hacia ella y, horrorizada, vio que no tenía ojos. Otros miembros de la familia aseguraban haber sido testigos de la misma aparición. Creo que había más detalles, pero he extraviado esa misiva, por desgracia, junto con varias más, en la confusión de mi cambio de residencia.

—Interpreto la ausencia de ojos como símbolo de una ceguera moral, pues en el mundo de los espíritus no hay falsas apariencias que engañen a nadie. Nos mostramos tal y como somos.

—En tal caso —intervino la señora W. C.—, la aparición (si es que de una aparición se trataba...) que dos de mis sirvientas han visto recientemente debía de estar en un estado de suma degradación.

»Hay un camino, y a su lado un sendero, justo detrás del muro de mi jardín. No hace mucho, dos criadas mías recorrían dicho sendero al atardecer cuando se toparon con un objeto de gran tamaño, muy oscuro, que acudía a su encuentro. Al principio les pareció un animal, y cuando ya lo tenían muy cerca, una de ellas alargó la mano para acariciarlo. Sin éxito, pues no hizo contacto con nada. El objeto siguió su camino entre ella y el muro del jardín pese a no haber espacio, pues el sendero solo era lo bastante ancho para dos personas, y al mirar atrás vieron que descendía por la colina que había tras ellas. Por ese mismo sendero subían tres hombres, que se apartaron a la carretera de un salto al acercarse la cosa.

»—¡Santo cielo! ¿Qué es eso? —gritaron las mujeres.

»—No lo sé —replicó uno de los hombres—. En la vida había visto cosa igual.

»Las mujeres llegaron a casa en un estado de tremenda agitación, y desde entonces circula el rumor de que ese lugar lo frecuenta el fantasma de un hombre que perdió la vida en una disputa cerca de allí.

—Yo he viajado mucho —dijo nuestro siguiente orador, el caballero de la C. G.—, y en verdad que no he visitado ningún país donde los relatos de estas apariciones espirituales no se revistieran de un halo de veracidad. A mí, que he oído multitud de historias por el estilo, ninguna se me antoja más creíble en estos momentos que la que me contó en París no hace mucho el conde de P., sobrino del célebre conde de P., cuyo nombre aparece vinculado a los misteriosos incidentes relacionados con la muerte del zar Pablo.

»El conde de P., fuente original de la siguiente historia, estaba destinado en la embajada de Rusia y me contó una noche, cuando la conversación giraba en torno a los inconvenientes de viajar por el este de Europa, que en cierta ocasión, cuando se encontraba en Polonia, las siete de una tarde de otoño lo encontraron en un camino forestal donde no existía la menor posibilidad de cobijarse en establecimiento público alguno, pues la región estaba deshabitada en unos cuantos kilómetros a la redonda. Se había desatado una fuerte tormenta, y el camino, abrupto en el mejor de los casos, se había vuelto impracticable a causa del mal tiempo. A ello había que sumar que sus caballos estaban rendidos. Tras consultar con sus hombres cuál sería la mejor manera de obrar, le dijeron que retroceder era tan poco recomendable como seguir avanzando, pero que si se desviaban un poco de la carretera principal no deberían tardar mucho en llegar a un castillo donde tal vez pudieran resguardarse esa noche. El conde accedió encantado, y poco después llegaron a las puertas de lo que parecía ser un edificio de espléndidas dimensiones. Su guía apretó el paso y tocó la campana, y mientras esperaba la invitación a franquear esa entrada, nuestro narrador se interesó por la identidad del propietario del castillo, a lo que sus hombres respondieron que el dueño era el conde de X.

»Hubieron de esperar un buen rato antes de que se atendiera su llamada, pero al cabo apareció en la mirilla el rostro de un anciano que portaba una lámpara. Al ver el equipaje, cruzó la puerta y se acercó al carruaje con la lámpara en alto para ver quién había dentro. El conde de P. le enseñó su tarjeta antes de explicarle cuál era el problema.

»—Aquí no vive nadie, milord —dijo el hombre—, salvo mi familia y yo. El castillo no está ocupado.

»—Malas noticias —replicó el conde—, pero, en cualquier caso, puedes ofrecerme lo que más necesito esta noche: un techo bajo el que guarecerme.

»—¡Con mucho gusto! —dijo el hombre—. Si su señoría está dispuesto a aceptar el humilde alojamiento que podamos improvisar.

»De modo que me apeé y pasé al interior mientras el anciano levantaba la barra cruzada de las grandes puertas para que pasaran mis carruajes y acompañantes. Nos encontrábamos en un patio inmenso, con el castillo de frente y los establos y las dependencias de la servidumbre a los lados. Llevábamos con nosotros un furgón con forraje para los caballos y provisiones para nosotros, por lo que lo único que nos hacía falta eran camas y una buena chimenea, y ya que la única que estaba encendida se encontraba en las dependencias del viejo, fue allí adonde este nos condujo primero. Sus aposentos, que ocupaban el ala izquierda del edificio, consistían en una serie de pequeñas habitaciones contiguas, antaño ocupadas seguramente por la servidumbre de más alto rango. El mobiliario era cómodo, y su familia y él daban la impresión de estar muy bien instalados. Además de su esposa había tres hijos con sus respectivas mujeres y niños, amén de dos sobrinas, y en una parte de las dependencias, donde vi una luz, me contaron que allí se alojaban los trabajadores y las sirvientas, pues era una hacienda muy valiosa, rodeada por un bosque espléndido, y los hijos hacían las veces de guardas rurales.

»—¿Hay muchos animales? —pregunté.

»—Muchos, y de todo tipo —me respondieron.

»—En tal caso, me imagino que la familia vivirá aquí durante la temporada de caza.

»—Nunca —replicaron—. Ningún miembro de la familia reside en este lugar.

»—¡Qué curioso! ¿Por qué? Parece un sitio estupendo.

»—Y lo es —contestó la mujer del custodio—, pero el castillo está encantado.

»Lo anunció con una mezcla de solemnidad y llaneza que me hizo reír, ante lo cual todos se me quedaron mirando con sincera estupefacción.

»—Os pido perdón —me disculpé—, pero tal vez sepáis que, en las grandes ciudades, como la mía, los fantasmas no existen.

»—¡Cómo es posible! ¡No tienen fantasmas!

»—Al menos, yo no conozco ninguno, ni creo en ese tipo de cosas.

»Se miraron los unos a los otros, sorprendidos pero en silencio, como si a nadie le apeteciera disuadirme.

»—No insinuaréis —añadí— que ese es el motivo de que la familia no viva aquí y el castillo esté abandonado.

»—En efecto —replicaron—, ese es el motivo de que nadie resida aquí desde hace muchos años.

»—Pero, en tal caso, ¿por qué os habéis quedado vosotros?

»—Nunca hemos tenido ningún problema en esta parte del edificio —dijo la mujer—. Se oyen ruidos, pero ya nos hemos acostumbrado.

»—Bueno, pues si hay algún fantasma, me gustaría verlo.

»—¡Dios no lo quiera! —exclamó la mujer, y se santiguó—. Ya nos ocuparemos de que eso no ocurra. Su señoría dormirá cerca de aquí, donde estará perfectamente a salvo.

»—Oh, no —repliqué—. Hablo en serio. Si hay un fantasma, me gustaría verlo, y os agradecería mucho que me alojarais en las dependencias que suela frecuentar.

»Se opusieron con vehemencia y me imploraron que me olvidara de semejante idea. Alegaron, además, que si a su señoría le pasaba algo, cómo iban a responder de algo así. Ante mi empeño, sin embargo, las mujeres fueron a llamar a los miembros de la familia que estaban encendiendo las chimeneas y preparando las camas en la misma planta que ellos ocupaban. Al llegar, se mostraron tan reacios como las mujeres a satisfacer mis deseos. No obstante, insistí.

»—¿Acaso os da miedo entrar en esas habitaciones encantadas? —pregunté.

»—No —respondieron—. Somos los custodios del castillo y debemos limpiar las dependencias y mantenerlas aireadas para evitar que los muebles se deterioren. Milord siempre dice que se los va a llevar, pero ahí siguen. Pese a todo, no dormiríamos en ellas ni por todo el oro del mundo.

»—Entonces, ¿son los pisos superiores los que están encantados?

»—Sí, sobre todo la habitación alargada. Nadie sería capaz de pasar allí ni una noche —respondió el custodio—. El último que lo intentó está ahora en Varsovia, ingresado en un manicomio.

»—¿Qué le pasó?

»—Lo ignoro —contestó el hombre—. Nunca acertó a contarlo.

»—¿Quién era?

»—Un abogado. Milord hacía negocios con él. Un día le habló de este sitio, diciendo que era una lástima que no gozara de libertad para demolerlo y vender los materiales, pues es propiedad de la familia y va aparejado con el título. El abogado lamentó no ser él el dueño, porque ningún fantasma lo ahuyentaría de aquí. Milord replicó que era fácil decir esas cosas cuando no se tenía conocimiento de causa, y que cabía suponer que su familia no había abandonado un lugar tan espléndido sin un buen motivo. Pero el abogado insistió en que debía de tratarse de algún tipo de truco, que unos falsificadores de monedas o saqueadores se habían instalado en el castillo y se habían confabulado para espantar a quienes, de otro modo, podrían quedárselo para ellos. Milord dijo que, si lograba demostrar sus teorías, le estaría sinceramente agradecido; más aún, que le desembolsaría una generosa cantidad de dinero..., ignoro la cifra exacta. El abogado aceptó el reto y milord me avisó por carta de que vendría a inspeccionar la propiedad. Tendría carta blanca para actuar a su antojo.

»Y vino, en verdad, acompañado de su hijo, un joven excelente que era soldado de profesión. Me hicieron un aluvión de preguntas, recorrieron todo el castillo y lo examinaron de arriba abajo. Al oírlos era evidente que, en su opinión, todo eso de los fantasmas eran bobadas, y que mi familia y yo debíamos de estar compinchados con los falsificadores o salteadores de caminos a quienes me he referido. Pero no me importó, pues mi señor sabía que el castillo ya estaba encantado mucho antes de que yo naciera.

»Les preparé sus habitaciones en esta planta, la misma que ahora mismo acondiciono para su señoría, y se fueron a dormir con las llaves de las dependencias superiores para evitar cualquier posible interferencia por mi parte. Pero una mañana, muy temprano, nos despertaron unos golpes en la puerta de nuestro dormitorio, y al abrirla vimos al señor Thaddeus..., el hijo del abogado..., a medio vestir y más pálido que un espectro. Nos contó que su padre se encontraba muy mal y nos suplicó que fuéramos a verlo. Para nuestra sorpresa, nos condujo arriba, a la cámara encantada, donde encontramos al pobre caballero sin habla. Pensamos que habían madrugado para subir allí y que le había dado un síncope. Sin embargo, no era eso lo que había ocurrido. El señor Thaddeus nos contó que, cuando nos habíamos acostado todos, los dos habían decidido pasar la noche allí arriba. Sé que creían que los únicos fantasmas éramos nosotros, y por eso no nos avisaron de sus intenciones. Se tendieron en sendos divanes y se arroparon con sus capas de pieles, resueltos a pasarse en vela toda la noche, cosa que consiguieron hasta que el joven empezó a acusar el cansancio. Aunque luchó contra el sueño, no pudo vencerlo, y lo último que recuerda era a su padre temblando, diciéndole: «¡Thaddeus! ¡Thaddeus, por el amor de Dios, no te duermas!». Pero el muchacho no pudo aguantar más tiempo despierto y ya no supo nada más hasta que, al alba, encontró a su padre sentado en una esquina de la habitación, enmudecido y con un aspecto cadavérico. Y así seguía cuando subimos. Su hijo pensaba que debía de aquejarlo algún mal, pero cuando nos enteramos de que habían pasado la noche en las cámaras encantadas, no nos cupo la menor duda de lo que había ocurrido: había visto algo espantoso que le había arrebatado el sentido.

»—Perdió el sentido —dije yo—, aterrorizado al ver que su hijo se quedaba dormido y lo dejaba allí solo. Sospecho que no era una persona con los nervios templados. En cualquier caso, esa historia despierta más aún mi curiosidad. ¿Serías tan amable de llevarme arriba y enseñarme esos aposentos?

»—Con mucho gusto —replicó el hombre antes de tomar un manojo de llaves y un candil. Después le pidió a uno de sus hijos que buscase a otro para seguirlo los dos y encabezó la comitiva por la gran escalera que conducía al conjunto de dependencias de la primera planta. Las habitaciones eran grandes y espaciosas. El hombre observó que el mobiliario era muy bonito, aunque antiguo. Pero, al estar todo cubierto con grandes fundas de lona, no pude juzgarlo por mí mismo.

»—¿Cuál es la habitación alargada? —pregunté, y entonces me guio hasta un cuarto largo y estrecho que se podría haber calificado perfectamente de galería. Había divanes a los lados y algo parecido a un estrado hacia el fondo, además de varios cuadros de grandes dimensiones colgados en las paredes.

»Llevaba conmigo una hembra de bulldog de muy buena raza que lord F. me había regalado en Inglaterra. La perra me había seguido por las escaleras; me seguía a todas partes, en realidad. La observé atento mientras se dedicaba a olisquearlo todo, pero no había el menor indicio de que allí hubiese nada fuera de lo ordinario. Más allá de esa galería, tan solo había una pequeña sala octogonal con una puerta que comunicaba con otra escalera. Una vez lo hubo examinado todo a conciencia, regresé a la habitación alargada y le dije al hombre que, puesto que ese era el lugar que más frecuentaba el fantasma, le estaría muy agradecido si me permitiera pasar allí la noche. Me sentía capacitado para asegurarle que el conde de X. no opondría ninguna objeción.

»—No se trata de eso, sino del peligro al que se expondría su señoría —replicó el hombre, con lo que me exhortó a desistir de mis peligrosos experimentos.

»Claudicó tras convencerse de que mi decisión ya estaba tomada, no sin antes imponerme la condición de firmar un documento mediante el cual daba fe de que, pese a todas sus advertencias, me había obstinado en dormir en la habitación alargada.

»Confieso que, cuanto más empeño ponían esas gentes tan aprensivas en impedirme dormir allí, más crecía mi intriga, pero ello no se debía a que creyera en fantasmas. Había llegado a la conclusión de que las conjeturas del abogado no iban desencaminadas, aunque le había faltado el valor necesario para investigar lo que viese u oyera. De ese modo, los criminales habían conseguido atemorizarlo hasta hacerle perder la razón. Era consciente del refugio tan estupendo que se habían procurado esas personas, y hasta qué punto les interesaba perpetuar la idea de que el castillo era inhabitable. Yo, por mi parte, me atrevería a decir que tengo los nervios de acero..., me he visto en más de una situación que los ha puesto de sobras a prueba..., y dudaba que los pudiera alterar fantasma alguno, suponiendo que los hubiera, ni los artificios que pretendieran emular su semblanza. En cuanto al peligro, no me causaba aprensión; la gente sabía quién era, y las consecuencias de cualquier desgracia que me acaeciera trascenderían sin demora. De modo que encendieron el fuego en las dos chimeneas de la galería, y puesto que disponían de madera seca en abundancia, las llamas comenzaron a danzar enseguida. Había decidido no salir de la habitación una vez instalado en ella, pues temía que, si mis sospechas eran correctas, les diera tiempo a preparar sus engaños. De modo que le pedí a mi gente que me subiera la cena, y di cuenta de ella allí mismo.

»Mi guía (el cual afirmaba que siempre había oído que el castillo estaba encantado, aunque se atrevería a afirmar que no había más fantasma que las personas de abajo, quienes ocupaban una generosa parte del edificio) se ofreció a pasar la noche conmigo, pero decliné toda compañía y preferí confiar en mis sentidos y los de mi perra. Mi ayuda de cámara, en cambio, trató de disuadirme de mi empeño por todos los medios. Incluso llegó a asegurarme que en Francia había residido con una familia cuyo castillo estaba encantado, por lo que había tenido que abandonar el lugar.

»A las diez ya había dado cuenta de la cena y todo estaba dispuesto para mi estancia allí esa noche. La cama, pese a haberse improvisado, era muy cómoda, cubierta de numerosos cojines mullidos y colchas recias, y estaba colocada enfrente del fuego. Se me proporcionó una lámpara y leña en abundancia. Contaba con mi sable del regimiento y un estuche con excelentes pistolas, las cuales me aseguré de limpiar y cargar en presencia del custodio mientras le aseguraba que estaba decidido a disparar al fantasma, por lo que, si no se creía capaz de aguantar una bala, haría bien en no visitarme.

»El anciano sacudió la cabeza con parsimonia, pero no dijo nada. Una vez hube dispuesto que el guía, quien ya había puesto en mi conocimiento que no pensaba acostarse, subiera de inmediato si oía disparos, les di las buenas noches a mis criados y cerré las puertas con llave antes de apuntalarlas con una pesada otomana, por lo que pudiera pasar. No había cortinas ni tapices tras los que se pudiera ocultar ninguna trampilla, y las paredes de la habitación estaban revestidas de paneles de madera pintados de blanco y dorado. Me dediqué a golpearlos con los nudillos sin que ni los golpes ni Dido, la perra, me indicaran que había nada sospechoso tras ellos. Luego me desvestí y me acosté con la espada y las pistolas a mi lado y Dido al pie de la cama, como tenía por costumbre.

»Reconozco que me poseía una placentera trepidación. La situación era un acicate para mi curiosidad y mi pasión por la aventura. El encuentro prometía ser de lo más instructivo, tanto si mi visitante era un fantasma como si se trataba de un ladrón o de un falsificador de monedas. Eran las diez y media cuando me acosté, con las expectativas demasiado altas como para permitirme conciliar el sueño. Tras intentar amodorrarme leyendo una novela francesa, me vi obligado a soltarla. No lograba concentrarme en la trama. Además, mi objetivo principal consistía en que nada ni nadie me pillara desprevenido. Pensaba de manera inevitable en que el custodio y su familia conocían alguna entrada secreta para acceder a la habitación. Resuelto a descubrirlos con las manos en la masa, me acomodé con todos los sentidos alerta en una postura que me permitía ver hasta el último rincón de la estancia. Cuando mi reloj de viaje dio las doce, la hora de los espectros por antonomasia, presentí que había llegado el momento de la verdad. Pero no, ningún sonido, ninguna interrupción de ningún tipo perturbaba el silencio y la soledad de la noche. Cuando dieron las doce y media, primero, y después la una, me convencí de que mis expectativas se iban a ver defraudadas. El fantasma, quienquiera que fuese, no debía de estar tan loco como para enfrentarse a Dido y a un juego de pistolas cargadas. Sin embargo, nada más llegar a esa conclusión, me sobrevino un escalofrío inexplicable y vi que Dido, tan fatigada tras la jornada de viaje que hasta ese momento se había dedicado a dormir plácidamente y hecha un ovillo, comenzaba a agitarse hasta que, muy despacio, se puso de pie. Al principio pensé que solo quería darse la vuelta, pero, en vez de tumbarse de nuevo, el animal se quedó con las orejas erguidas y la cabeza orientada hacia el estrado, y emitió un gruñido gutural.

»El estrado, debo añadir, era en realidad un mero esqueleto, pues habían retirado sus colgaduras. Tan solo quedaba un dosel cubierto de terciopelo carmesí y un sillón de orejas tapizado asimismo de terciopelo, aunque cubierto con una funda como el resto del mobiliario. Yo había inspeccionado con detenimiento esa parte de la sala y había movido la silla para cerciorarme de que no hubiese nada debajo.

»Pues bien, me senté en la cama y miré fijamente en la misma dirección que la perra, pero no pude ver nada al principio, aunque ella sí, al parecer. Sin embargo, transcurridos unos instantes, comencé a percibir algo semejante a una nube que envolvía el sillón, al tiempo que un frío insoportable daba la impresión de penetrar hasta el tuétano de mis huesos, a pesar de que los fuegos ardían aún. No se trataba del helor propio del miedo, pues amartillé las pistolas con aplomo y me abstuve de darle a Dido la orden de investigar, deseoso como estaba de conocer el desenlace de aquella aventura.

»La nube cobró forma paulatinamente hasta asumir la figura de un hombre muy pálido y alto que llegaba desde el techo hasta el suelo del estrado, elevado por dos escalones. «¡A él, Dido! ¡A él!», ordené, y la perra se abalanzó sobre los escalones, tan solo para dar media vuelta al instante y regresar acobardada por completo. Debo reconocer mi sorpresa, puesto que su valor siempre había estado fuera de toda duda. Tendría que haber apretado el gatillo, pero estaba absolutamente seguro de que no veía una forma humana corpórea, pues la había visto materializarse hasta adoptar su aspecto y tamaño actuales a partir de la nube difusa que antes había aparecido en la silla. Apoyé una mano en la perra, que se había colocado a mi lado, y noté que temblaba de pies a cabeza. Me disponía a levantarme a mi vez y acercarme a la figura, aunque confieso que me sentía perplejo, cuando bajó majestuosamente del estrado y dio la impresión de avanzar hacia mí. «¡A él! ¡A él, Dido!», dije e intenté azuzar a la perra por todos los medios para que diera un paso al frente. Lo intentó sin mucho entusiasmo antes de girarse a medio camino y agazaparse junto a mí, gañendo despavorida. La figura siguió acercándose a mí. El frío se tornó glacial. La perra se encogía y temblaba. Y yo debo confesar —dijo el conde de P.—, que ante aquella aparición escondí la cabeza bajo las mantas y no me atreví a asomarla de nuevo hasta que se hubo hecho de día. Desconozco de qué se trataba (al pasar sobre mí noté una sensación de horror inefable, imposible de expresar con palabras) y solo puedo decir

que ni por todo el oro del mundo accedería a pasar otra noche en aquella habitación, y estoy seguro de que, si Dido hablara, me respaldaría.

»Había dispuesto que me despertaran a las siete, y cuando el custodio, que acompañaba a mi ayuda de cámara, me encontró sano y salvo y en plena posesión de mis facultades, debo decir que el hombre parecía enormemente aliviado. Cuando bajé, la familia al completo me recibió como a un héroe. Consideré justo admitir ante ellos que durante la noche había sucedido algo para lo que yo no tenía explicación, y añadir que no le recomendaba a nadie que repitiera el experimento, a no ser que se sintiera en posesión de unos nervios de acero.

Cuando el caballero hubo concluido su extraordinario relato, sugerí que la aparición del castillo guardaba un parecido asombroso con algo que el difunto profesor Gregory mencionaba en sus ensayos sobre el mesmerismo, cuando la aparición que se había manifestado en la Torre de Londres hacía unos años generó tal alarma que una noble dama, esposa de un oficial que allí se alojaba, y un centinela habían perdido la vida. El parecido que guardaban ambas anécdotas impresionaba a todos los que habían leído ese texto tan interesante.

EL CARRUAJE
FANTASMA

Amelia B. Edwards

os hechos que me dispongo a contarles están avalados por la verdad, pues me sucedieron a mí, y mi recuerdo de ellos es tan nítido como si hubieran tenido lugar ayer mismo. Han pasado veinte años de aquella noche. No obstante, en este tiempo solo he compartido esta historia con otra persona. Abordo esta narración con una reticencia que me resulta muy difícil vencer. Lo único que les pido, a cambio, es que se abstengan de contarme sus conclusiones. No necesito que nadie me explique nada. No deseo dar pie a ningún debate. Mi opinión al respecto no va a cambiar y, dado que mis sentidos atestiguan este parecer y lo respaldan, prefiero fiarme de ellos.

Pues bien, esto sucedió hace veinte años, como decía. Faltaba un par de días para que concluyese la temporada del urogallo. Llevaba todo el día fuera, con la escopeta, y aún no me había cobrado ni una sola pieza. El viento soplaba del este, corría el mes de diciembre, el escenario era un extenso páramo ubicado en el confín septentrional de Inglaterra y yo me había perdido. No era un sitio agradable en el que extraviarse, con los primeros copos algodonosos de la ventisca que se acercaba acariciando los brezos y un anochecer plomizo que se cernía por las inmediaciones.

Preocupado, hice visera con la mano para otear las tinieblas crecientes, donde el páramo violáceo se fundía con una cadena de montes bajos a unos quince kilómetros de distancia. No encontré en ninguna dirección ni el menor rastro de humo, ni un sembrado, ni vallas, ni siquiera huellas de ovejas. Lo único que podía hacer era seguir explorando y confiar en que la suerte quisiera colocar algún tipo de refugio en mi camino. De modo que nuevamente me colgué la escopeta del hombro y me obligué a avanzar con paso cansado, pues había salido una hora antes de que despuntara el alba y no probaba bocado desde el desayuno.

La nieve, entretanto, comenzaba a caer con una intensidad ominosa mientras el viento amainaba. A continuación, el frío se volvió más intenso y no tardó en caer la noche. En cuanto a mí, mi optimismo se ensombrecía al mismo ritmo que el cielo, y mi ánimo decayó al pensar en mi joven esposa, que debía de aguardarme asomada a la ventana del salón de nuestra pequeña posada, e imaginarme toda la angustia que le depararía esa noche tan desapacible. Llevábamos cuatro meses casados, y tras pasar el otoño en las Tierras Altas nos alojábamos en una remota aldea ubicada en la linde de los extensos páramos ingleses. Estábamos muy enamorados y, ni que decir tiene, éramos extraordinariamente felices. Esa mañana, al despedirnos, ella me había implorado que regresara antes de la puesta de sol y yo le había prometido que así lo haría. ¡Qué no habría dado por ser capaz de cumplir mi palabra!

A pesar del cansancio, estaba seguro de que, con una buena cena, una hora de descanso y un guía, aún podría ser capaz de volver antes de la medianoche, siempre y cuando hubiera algún refugio en los alrededores.

Mientras tanto, la nieve seguía cayendo y la oscuridad se intensificaba. De vez en cuando me detenía y daba una voz, pero mis gritos solo parecían conseguir que el silencio se tornara más obstinado. Me sobrevino un vago desasosiego y empecé a recordar las historias de viajeros que habían caminado sin cesar bajo una nevada, hasta que, exhaustos, se habían tumbado en el suelo para que la muerte los encontrara durmiendo. ¿Sería posible, me pregunté, mantener la marcha durante toda la noche interminable y cerrada? ¿No llegaría un momento en el que me fallarían las piernas y mi determinación se tambalearía? Un momento en el que también yo habría de sucumbir al sueño de la muerte. ¡La muerte! Me estremecí. ¡Qué tragedia sería morir entonces, cuando la vida se extendía radiante ante mí! Y qué tragedia sería para mi amada, cuyo corazón anhelante... ¡Me negaba a abrigar esos pensamientos! A fin de desterrarlos, levanté de nuevo la voz, con más fuerza y durante más tiempo que antes, y escuché con suma atención. ¿Había obtenido respuesta mi llamada o, por el contrario, aquel grito lejano resonaba solo en mi imaginación? Exclamé «¡Hola!» de nuevo, y de nuevo me respondió el mismo eco antes de que una mota de luz temblorosa surgiera de súbito de la oscuridad, fluctuante, efímera, más brillante y cercana por momentos. Corrí hacia ella tan deprisa como me lo permitían las piernas hasta encontrarme, para mi inmenso regocijo, cara a cara con un anciano que portaba una lámpara.

—¡Gracias a Dios! —fue la exclamación involuntaria que brotó de mis labios.

El hombre, parpadeando y con el ceño fruncido, levantó la lámpara para estudiar mis facciones.

—¿Por qué? —refunfuñó, huraño.

—Bueno..., por usted. Empezaba a temer que me hubiera perdido en la nieve.

—Ah, bueno, la gente se extravía por aquí de vez en cuando, ¿y qué habría de impedirle a usted extraviarse también, si el Señor así lo quisiera?

—Si el Señor quisiera que usted y yo nos perdiéramos juntos, amigo mío, tendríamos que acatar sus designios —repliqué—, pero no me apetece perderme yo solo. ¿A qué distancia está Dwolding?

—A sus buenos treinta kilómetros, más o menos.

—¿Y la aldea más cercana?

—La aldea más cercana es Wyke, que está a dieciocho kilómetros en sentido contrario.

—¿Dónde vive usted, entonces?

—Por ahí —dijo el hombre, levantando la lámpara con un vago ademán.

—Me imagino que se dirigirá usted a su casa.

—Es posible.

—En tal caso, lo acompaño.

El anciano sacudió la cabeza, pensativo, y se frotó la nariz con el asa de la lámpara.

—No serviría de nada —gruñó—. Él no va a dejarlo pasar... No, de ninguna manera.

—Eso ya lo veremos —repuse con aspereza—. Además, ¿quién es «él»?

—El amo.

—¿Y cómo se llama ese amo?

—Eso a usted no le incumbe —fue su desabrida respuesta.

—Bueno, de acuerdo. Usted muéstreme el camino, que yo me ocuparé de que el amo me dé de cenar y me acoja esta noche.

—¡Ja, puede intentarlo! —masculló mi reticente guía, que, sin dejar de menear la cabeza, comenzó a alejarse renqueando como un gnomo por la nieve. Al instante se materializó una silueta de grandes dimensiones en las tinieblas, y un perro enorme salió a nuestro encuentro ladrando con ferocidad.

—¿Esa es la casa? —pregunté.

—Sí, esa es la casa. ¡Silencio, Bey! —El hombre sacó la llave de su bolsillo.

Me pegué a su espalda, dispuesto a no permitir que me negase la entrada, y en el círculo de luz que proyectaba la lámpara vi que la puerta estaba remachada con clavos de hierro, como la de una prisión. Instantes después, abrió la cerradura y me deslicé junto a él para entrar en la casa.

Miré a mi alrededor con curiosidad y descubrí que me encontraba en un gran salón con vigas en el techo que, en apariencia, cumplía diferentes funciones. En un extremo se apilaba un montón de maíz que llegaba hasta el techo, como si fuese un granero. El otro estaba atestado de sacos de harina, aperos de labranza, barriles y un amplio surtido de troncos y ramas, en tanto de las vigas que se extendían sobre nuestras cabezas colgaban ristras de jamones, hojas de tocino y manojos de hierbas secas para su uso durante el invierno. En el centro de la planta se alzaba un misterioso objeto de gran tamaño, cubierto de manera harto llamativa con una manta raída, tan alto como la mitad de la estancia. Al levantar una esquina de la funda vi, para mi sorpresa, un telescopio de tamaño más que considerable montado en una tosca plataforma móvil con cuatro rueditas. Unas bandas metálicas ceñían el cilindro de madera pintada, y el espejo, en la medida que la tenue luz me permitía estimar su tamaño, debía de medir al menos quince pulgadas de diámetro. Aún examinaba el instrumento, preguntándome si sería obra de algún astrónomo autodidacta, cuando resonó con fuerza una campana.

—Lo llaman —dijo mi guía con una sonrisilla maliciosa—. Su cuarto está en esa dirección.

Apuntó a una puerta baja de color negro que había en la pared opuesta del salón. Me dirigí a ella, llamé vigorosamente con los nudillos y entré sin esperar a que me invitasen. Un hombre entrado en años, con el pelo cano y muy alto, se levantó de una mesa cubierta de libros y papeles para preguntarme, con gesto severo:

—¿Quién es usted? ¿Cómo ha llegado hasta aquí? ¿Qué quiere?

—James Murray, abogado. Cruzando el páramo, a pie. Carne, bebida y dormir.

Sus cejas pobladas se fundieron en un ceño portentoso.

—Mi casa no es un local de entretenimiento —repuso, altanero—. Jacob, ¿cómo te atreves a traer aquí a este extraño?

—Yo no lo he traído —rezongó el anciano—. Me ha seguido por el páramo y me ha empujado para colarse dentro. No soy rival para alguien que mide casi dos metros.

—Y dígame usted, caballero, ¿con qué derecho irrumpe de este modo en mi casa?

—Con el mismo con el que me encaramaría a su barca si me estuviese ahogando. El derecho que me otorga el instinto de conservación.

—¿El instinto de conservación?

—Ya hay un palmo de nieve en el suelo —repliqué, escueto—, y antes del alba bastaría para cubrir mi cadáver.

El hombre se acercó a la ventana de una zancada, retiró una recia cortina negra y se asomó al exterior.

—Es verdad —observó—. Puede quedarse, si lo desea, hasta que se haga de día. Jacob, dale algo de cenar.

Dicho lo cual, me indicó que tomara una silla, volvió a sentarse a su vez y se quedó absorto de inmediato en los estudios de los que yo lo había apartado.

Dejé la escopeta en un rincón, acerqué la silla a la chimenea y examiné mi entorno a placer. La habitación, más pequeña y de contenidos menos incongruentes que el salón, albergaba, no obstante, muchas cosas que despertaban mi curiosidad. El suelo carecía de alfombra. Las paredes encaladas estaban garabateadas en parte con extraños diagramas, en parte cubiertas por baldas repletas de instrumentos filosóficos, la utilidad de muchos de los cuales se me escapaba. A un lado de la chimenea se alzaba una estantería cargada de libros antiguos; al otro, un pequeño órgano, fantásticamente decorado con tallas pintadas de demonios y santos medievales. Por entre la puerta entreabierta de una alacena, en el extremo opuesto del cuarto, vi una extensa colección de especímenes geológicos, instrumental quirúrgico, crisoles, redomas y tarros de sustancias químicas, en tanto sobre la repisa que tenía a mi lado, entre un batiburrillo de objetos diminutos, distinguí una maqueta del sistema solar, una pequeña batería galvánica y un microscopio. Todas las sillas estaban ocupadas por algo. Todos los rincones albergaban una pila de libros. Incluso el suelo estaba tapizado de mapas desperdigados, moldes, papeles, croquis y madera de todas las formas y tamaños.

Miré a mi alrededor con una fascinación que iba en aumento con cada nuevo prodigio sobre el que se posaban mis ojos. Era la habitación más extraña que había visto en mi vida, aunque lo más insólito de todo era haber encontrado un cuarto así en una granja aislada en el corazón de aquellos páramos tan agrestes y solitarios. Miré una y otra vez de mi anfitrión a su entorno, y de su entorno a mi anfitrión, preguntándome quién y qué podría ser. Su cabeza era extraordinariamente proporcionada, aunque se diría más propia de un poeta que de un filósofo. Amplia en las sienes, prominente sobre los ojos y rematada por una tupida profusión de cabello perfectamente blanco, exhibía todo el ideal y gran parte de la tosquedad que caracteriza los bustos de Ludwig van Beethoven. Allí estaban los mismos surcos profundos que enmarcaban la boca, los mismos pliegues rigurosos en el entrecejo. La misma expresión concentrada. Mientras lo observaba, la puerta se abrió y Jacob entró con la cena. Su amo cerró entonces el libro, se incorporó y, con unos modales mucho más corteses de los que me había prodigado hasta ese momento, me invitó a sentarme a la mesa.

Me pusieron delante un plato con huevos y jamón, una hogaza de pan tostado y una botella de jerez admirable.

—Solo puedo ofrecerle la hospitalidad más básica, caballero —dijo mi anfitrión—. Espero que su apetito compense las carencias de nuestra despensa.

Yo, que ya me había abalanzado sobre las viandas, repuse entonces, con el entusiasmo de un deportista famélico, que jamás había comido manjares más deliciosos.

El hombre respondió con una leve inclinación antes de sentarse para degustar su cena, que consistía, a grandes rasgos, en una jarra de leche y un tazón de gachas. Comimos en silencio y, cuando hubimos terminado, Jacob retiró la bandeja. Luego volví a acercar la silla a la chimenea. Mi anfitrión me sorprendió al imitarme y decir, tras girarse de improviso hacia mí:

—Caballero, desde hace veintitrés años vivo en un estricto aislamiento. En todo este tiempo he visto muy pocas caras extrañas y no he leído ni un solo periódico. Usted es el primer desconocido que cruza mi umbral en más de cuatro años. ¿Me haría el favor de proporcionarme algo de información sobre ese mundo exterior de cuya compañía me separé hace ya tanto tiempo?

—Interrógueme, por favor —repliqué—. Estoy a su entero servicio.

Agachó la cabeza a modo de agradecimiento, se inclinó hacia delante con los codos apoyados en las rodillas y la barbilla en la palma de las manos, clavó la mirada en el fuego y procedió a interrogarme.

Sus preguntas estaban relacionadas sobre todo con cuestiones científicas, pues estaba casi completamente desactualizado en lo concerniente a los últimos avances y su aplicación a los aspectos más prácticos de la vida. Yo, que no estaba especialmente versado en esos asuntos, contesté en la medida en que me lo permitía la escasa información con la que contaba al respecto, pero la tarea estaba lejos de ser sencilla y me sentí aliviado cuando, tras pasar de las preguntas a la discusión, el hombre comenzó a verter sus propias conclusiones sobre los hechos que yo me había esmerado por exponer ante él. El hombre hablaba y yo lo escuchaba, embelesado. Habló hasta que sospecho que casi olvidó mi presencia, como si se limitase a pensar en voz alta. En la vida había escuchado nada igual, ni lo he vuelto a escuchar desde entonces. El hombre, familiarizado como estaba con todos los sistemas de todas las disciplinas, sutil en su análisis, atrevido en sus generalizaciones, derramaba sus ideas en un torrente ininterrumpido y, todavía inclinado hacia delante en la misma postura contemplativa, con la mirada fija en las llamas, saltaba de un tema a otro, de una especulación a otra, como un soñador inspirado. De la ciencia pragmática a la filosofía mental, de la electricidad que transmitían los cables a la que recorría los nervios, de Watts a Mesmer, de Mesmer a Reichenbach, de Reichenbach a Swedenborg, Spinoza, Condillac, Descartes, Berkeley, Aristóteles, Platón y los magos y místicos de Oriente, transiciones que, pese a ser abrumadoras dados su alcance y su carácter heterogéneo, parecían tan sencillas y armoniosas dichas en sus labios que más bien semejaban secuencias musicales. Una cosa llevaba a la otra, y así, no recuerdo por qué conexión de conjeturas o ejemplos, pasó a tratar ese campo que se extiende más allá de la línea divisoria incluso de la filosofía experimental, cuyos confines el hombre todavía no ha hollado. Me habló del alma y de sus aspiraciones, del espíritu y de sus poderes, de la segunda visión, de profecías, de esos fenómenos que, bajo el nombre de fantasmas, espectros y apariciones sobrenaturales, han sido tan ridiculizados por los escépticos como corroborados por los crédulos de todas las épocas.

—El mundo —dijo— se está volviendo cada vez más desconfiado por todo cuanto acontece más allá del limitado radio de su experiencia, y nuestros hombres de ciencia tampoco se libran de esa tendencia fatídica. Tildan de fábula todo cuanto se resiste a sus experimentos. Repudian por falso todo cuanto es imposible someter a los ensayos de sus laboratorios o sus salas de disecciones. ¿Contra qué superstición han librado una guerra más larga y obstinada que contra la creencia en las apariciones? Y sin embargo, ¿qué superstición ha mantenido durante más tiempo o con más firmeza su presa sobre la mente del hombre? Señáleme algún hecho físico, histórico o arqueológico que se sustente sobre una variedad de testimonios equiparable. Atestiguado por personas de todas las razas, de todas las edades, de todas las latitudes, por los sabios más sobrios de la antigüedad, por los salvajes más incivilizados de la actualidad, por cristianos, paganos, panteístas, materialistas, este fenómeno recibe el mismo trato que los cuentos de hadas por parte de los filósofos de nuestro siglo. Para su balanza, las pruebas circunstanciales no pesan más que una pluma. La comparación de causas y efectos, tan valiosa para la ciencia física, se descarta por insignificante y poco fiable. La evidencia de testigos competentes, tan concluyente ante cualquier tribunal de justicia, vale para ellos menos que cero. Quienes vacilan antes de pronunciarse son acusados de frívolos. Quienes creen son meros soñadores o ingenuos.

Hablaba con amargura, y al finalizar su discurso se sumió en un silencio que se prolongó durante varios minutos. De súbito, levantó la cabeza de las manos y, con la voz y el semblante alterados, añadió:

—Yo, caballero, he reflexionado, investigado y creído, y no tuve reparos en exponer mis convicciones al mundo. También a mí se me tachó de visionario, ridiculizado por mis coetáneos y desterrado de ese campo de la ciencia al que había consagrado con honor los mejores años de mi vida. Estos sucesos tuvieron lugar hace apenas veintitrés años. Desde entonces vivo como usted me ve ahora y el mundo se ha olvidado de mí, del mismo modo que yo me he olvidado del mundo. Ahora conoce mi historia.

—Es una historia muy triste —murmuré, sin saber muy bien qué responder.

—A la par que común. Lo único que he hecho ha sido sufrir por la verdad, al igual que tantos hombres mejores y más sabios antes que yo.

Se puso de pie, como si estuviera deseoso de dar por concluida la conversación, y se acercó a la ventana.

—Ya ha parado de nevar —observó antes de soltar la cortina y regresar junto al fuego.

—¡Que ya ha parado! —exclamé, entusiasmado, mientras me ponía de pie—. Oh, si pudiera..., pero no, es imposible. Aunque supiera orientarme en el páramo, jamás conseguiría caminar treinta kilómetros de noche.

—¡Caminar treinta kilómetros de noche! —repitió mi anfitrión—. Pero ¿en qué está usted pensando?

—En mi esposa —repliqué con impaciencia—. En mi joven esposa, que no sabe que me he perdido y en estos momentos debe de estar desconsolada, atormentada por el terror y la incertidumbre.

—¿Dónde se encuentra?

—En Dwolding, a treinta kilómetros de aquí.

—En Dwolding —repitió, pensativo—. Sí, la distancia es correcta, treinta kilómetros, pero ¿tan ansioso está usted por ahorrarse las próximas seis u ocho horas?

—Tan sumamente ansioso que pagaría diez guineas ahora mismo a cambio de un caballo y un guía.

—Sus deseos pueden verse cumplidos por una tarifa mucho menos onerosa —dijo el hombre con una sonrisa—. El correo nocturno del norte, que cambia de caballos en Dwolding, se detiene a ocho kilómetros de este lugar y debería pasar por cierto cruce de caminos dentro de más o menos una hora y cuarto. Si Jacob cruzase el páramo con usted y lo condujera hasta la carretera vieja, supongo que usted sabría llegar solo hasta el lugar donde se une a la nueva.

—Sin problemas, y con mucho gusto.

Sonrió de nuevo, tocó la campanilla, le dio sus instrucciones al anciano criado y, tras sacar una botella de whisky y una copa de vino del armario en el que guardaba sus sustancias químicas, dijo:

—La nieve es profunda y esta noche será complicado caminar por el páramo. ¿Un vaso de licor antes de partir?

Habría declinado la oferta, pero me puso la copa en las manos y bebí. El líquido se deslizó por mi garganta como una llamarada, dejándome casi sin aliento.

—Es fuerte —dijo—, pero lo ayudará a repeler el frío. Y ahora, no tiene usted tiempo que perder. ¡Buenas noches!

Le di las gracias por su hospitalidad y le habría estrechado la mano, de no ser porque me volvió la espalda dejándome con la palabra en la boca. Crucé el salón un instante después, Jacob cerró la puerta a nuestras espaldas y salimos al extenso páramo blanco.

Aunque el viento había amainado, seguía haciendo un frío espantoso. Ni una sola estrella rutilaba en la umbría bóveda celeste que se extendía sobre nuestras cabezas. Ni un sonido, salvo el rápido crujir de la nieve bajo nuestros pies, perturbaba el opresivo silencio nocturno. Jacob, cuya falta de entusiasmo por la misión que le había tocado en suerte era evidente, arrastraba los pies, sumido en un hosco silencio, lámpara en mano y sombra a sus pies. Yo lo seguía con la escopeta colgada del hombro, tan reticente a entablar conversación como él. Ocupaba mis pensamientos el anfitrión del que acababa de despedirme. Su voz aún resonaba en mis oídos. Su elocuencia todavía cautivaba mi imaginación. Recuerdo hasta la fecha, para mi sorpresa, cómo mi cerebro sobrexcitado retenía frases enteras y en parte, tropeles de brillantes imágenes y fragmentos de espléndido razonamiento contenidos en las mismas palabras con las que los formulaba. Así, reflexionando acerca de lo que había escuchado y pugnando por recordar esporádicos eslabones perdidos, caminaba pisándole los pies a mi guía, distraído y ausente. De súbito, al cabo de lo que parecían ser apenas unos minutos, se detuvo sin avisar y dijo:

—Ahí tiene su carretera. Siga con el muro de piedra a su mano derecha y no tendrá pérdida.

—Entonces, ¿esta es la carretera vieja por la que pasan los carruajes?

—En efecto, la misma.

—¿Y a qué distancia se encuentra el cruce de caminos?

—A unos cinco kilómetros.

Se volvió más comunicativo al ver que sacaba mi bolsa.

—La carretera es bastante transitable —continuó— para quienes viajan a pie, pero para el tráfico del norte resultaba demasiado empinada y angosta. Tenga cuidado con el parapeto roto a la altura de los postes indicadores. No lo han reparado desde el accidente.

—¿Qué accidente?

—Bueno, el correo nocturno se precipitó al fondo del valle..., una caída de unos quince metros..., el tramo más peligroso de todo el condado.

—¡Qué horror! ¿Se perdieron muchas vidas?

—Todas. Cuatro muertos en el acto y dos más a la mañana siguiente.

—¿Cuánto hace de eso?

—Unos nueve años.

—¿Cerca de los postes indicadores, dice usted? Lo tendré en cuenta. Buenas noches.

—Buenas noches, caballero, y gracias. —Jacob se guardó su media corona en el bolsillo, hizo un vago ademán de tocarse el sombrero y, renqueando, comenzó a desandar el camino por el que habíamos llegado hasta allí.

Me quedé observando la luz de su lámpara hasta que se hubo perdido de vista, tras lo cual me dispuse a reanudar la marcha en solitario. La tarea ya no presentaba la menor dificultad, pues, a pesar de la noche cerrada que me envolvía, el perfil del muro de piedra se distinguía con claridad contra el pálido resplandor de la nieve. Qué silencioso parecía ahora todo, con solo mis pasos en los oídos. ¡Qué silencioso y qué solitario! Me sobrevino una sensación de aislamiento tan extraña como desagradable. Apreté el paso. Tarareé el fragmento de una canción. Me planteé unas sumas enormes en la cabeza y las aumenté en valores exponenciales. Hice todo lo posible, en suma, por olvidar las inquietantes especulaciones que había escuchado hacía poco y, hasta cierto punto, lo conseguí.

Entretanto, el aire nocturno daba la impresión de volverse cada vez más helado. Aunque caminaba deprisa, me resultaba imposible entrar en calor. Los pies se me habían convertido en carámbanos. Amenazaba con perder la sensibilidad en las manos, por lo que me aferré a la escopeta en un acto reflejo. Me costaba respirar, incluso, como si en vez de atravesar una plácida carretera norteña estuviera escalando las cumbres más altas de unos Alpes gigantescos. Este último síntoma no tardó en volverse tan angustioso que me vi obligado a parar unos minutos y apoyarme en el muro de piedra. Al hacerlo, me dio por volver la mirada atrás, y allí, para mi infinito alivio, vi un punto de luz a lo lejos, como el fulgor de una lámpara que se aproximase. Deduje al principio que Jacob debía de haber vuelto sobre sus pasos para seguirme, pero al tiempo que se materializaba esa conjetura en mi mente, apareció una segunda luz..., una luz sin la menor duda paralela a la primera que se acercaba a la misma velocidad. No me hizo falta pensarlo dos veces para concluir que esos debían de ser los faroles de algún vehículo privado, aunque se me antojó extraño que cualquier vehículo privado hubiera decidido tomar una carretera supuestamente tan poco transitada y abrupta.

Sin embargo, no cabía la menor duda de que eso era lo que había ocurrido, pues el brillo crecía en tamaño e intensidad por momentos, e incluso me pareció ser ya capaz de distinguir los oscuros contornos del carruaje que enmarcaban las lámparas. Se acercaba a gran velocidad y sin hacer ruido alguno, pese a tener casi un palmo de nieve bajo las ruedas.

Por fin el cuerpo del vehículo se tornó inconfundible detrás de las lámparas. Parecía curiosamente ligero. Me asaltó una repentina sospecha. ¿Y si me había saltado el cruce de caminos en la oscuridad, sin ver el letrero, y que ese era el mismo carruaje a cuyo encuentro me dirigía?

No tuve que repetirme esa pregunta, pues en esos momentos dobló el recodo de la carretera: un guardia y un conductor, un pasajero que viajaba fuera y cuatro caballos grises envueltos en vaho, todo ello arropado por una neblina luminosa que los faroles perforaban como meteoros llameantes.

Di un salto al frente, agité el sombrero y grité. El correo pasó por mi lado a toda velocidad. Por un momento temí que no me hubieran visto ni oído, pero solo por un momento. El conductor frenó su vehículo;

el guardia, embozado hasta los ojos en capas y mantas, además de profundamente dormido, al parecer, bajo toda esa ropa, no respondió a mis voces ni hizo el menor esfuerzo por desmontar; el pasajero del exterior ni siquiera giró la cabeza. Abrí la puerta y me asomé dentro, donde solo había tres viajeros, por lo que subí, cerré la puerta, me instalé en el rincón que estaba vacío y me felicité por mi buena fortuna.

La temperatura del carruaje parecía, si tal cosa es posible, aún más baja que a la intemperie, y un olor húmedo y desagradable lo impregnaba todo. Miré a los compañeros de viaje que me rodeaban. Los tres eran hombres, y todos estaban igual de callados. Aunque no daban la impresión de dormir, se arrumbaban en sus respectivos rincones del vehículo como si estuvieran absortos en sus cavilaciones. Traté de entablar conversación con ellos.

—Menudo frío hace esta noche —dije, dirigiéndome al pasajero que tenía enfrente.

Levantó la cabeza y me miró, pero no hizo el menor comentario.

—Parece que el invierno ha llegado con ganas —añadí.

Si bien las sombras de la esquina que ocupaba eran tan intensas que costaba distinguir sus rasgos con claridad, vi que aún tenía los ojos fijos en mí. Pese a todo, ni una palabra.

En cualquier otra ocasión me habría sentido irritado, y puede incluso que así lo hubiera expresado, pero en esos momentos tenía demasiado mal cuerpo como para indignarme. El frío glacial del aire nocturno me había congelado hasta el tuétano, y el singular olor del interior del carruaje me provocaba unas náuseas incontenibles. Tiritando de la cabeza a los pies, me giré hacia mi vecino de la izquierda y le pregunté si le importaría abrir la ventana.

Tampoco él dijo nada, ni se movió siquiera.

Repetí la pregunta alzando ligeramente la voz, pero el resultado fue el mismo. Entonces perdí la paciencia y tiré de la manilla hacia abajo. Al hacerlo, la correa de cuero se rompió en mi mano, y vi que el cristal estaba cubierto por una gruesa capa de moho, acumulado, al parecer, durante años. Atraída de ese modo mi atención por el estado del carruaje, lo examiné con más detenimiento y vi, a la temblorosa luz de los faroles del exterior, que el deterioro era extremo. Todos sus componentes estaban no solo necesitados de extensas reparaciones, sino también prácticamente corroídos. Las manillas se hacían astillas al contacto. Las correas de cuero estaban comidas de moho, desintegrándose literalmente allí donde deberían unirse a la madera. El suelo amenazaba con desfondarse bajo mis pies. El artefacto al completo, en definitiva, estaba invadido por la humedad y era evidente que debían de haberlo sacado de alguna cochera en la que llevaría años pudriéndose para desempeñar un último par de días de servicio en la carretera.

Me giré hacia el tercer pasajero, al que no me había dirigido aún, y me atreví a hacer una última observación.

—Este carruaje —dije— se encuentra en unas condiciones deplorables. Me imagino que el coche de correos habitual estará en el taller.

El hombre movió la cabeza muy despacio y me miró a la cara sin pronunciar palabra. Mientras viva, no habré de olvidar esos ojos. Se me heló el corazón bajo su escrutinio. Se me hiela el corazón incluso ahora al acordarme de ellos, pues relucían con un lustre antinatural en medio de la palidez cadavérica de su semblante, donde unos labios exangües se replegaban con la agonía de la muerte, dejando al descubierto el resplandor de los dientes.

Las palabras que me disponía a enunciar se marchitaron de golpe en mi garganta, al tiempo que me poseía un horror cerval e inefable. Para entonces mi vista se había acostumbrado a la penumbra del carruaje, cuyo interior se me revelaba ahora con una nitidez aceptable. Me giré hacia el pasajero de enfrente. También él me observaba, con la misma palidez extraordinaria en el rostro y el mismo vidrio pétreo en los ojos. Me pasé la mano por la frente. Me volví hacia el pasajero que estaba sentado a mi lado y vi..., cielos, ¿cómo podría describir lo que vi? Vi que no estaba vivo, ¡que ninguno de los ocupantes de aquel vehículo estaba con vida, aparte de mí! Una claridad fosforescente, la luz de la putrefacción, se insinuaba sobre sus espantosos semblantes; sobre sus cabellos, empapados con los efluvios de la sepultura; sobre su atuendo, manchado de tierra y hecho jirones; sobre sus manos, propias de los cadáveres largo tiempo enterrados. Tan solo sus ojos, aquellos ojos terribles, conservaban un remedo de vida... ¡y todos ellos estaban amenazadoramente clavados en mí!

Un alarido de terror, un grito desesperado e ininteligible de clemencia y socorro brotó de mis labios mientras me arrojaba contra la puerta para forcejear con ella e intentar abrirla, mas todos mis esfuerzos fueron en vano.

En aquel instante, tan nítido y fugaz como un paisaje entrevisto al restallar el relámpago de una tormenta de verano, vi la luna que despuntaba a través de una grieta en los nubarrones..., el abominable letrero que alzaba su dedo admonitorio en la orilla de la carretera..., el parapeto roto..., los caballos que se precipitaban al vacío..., el negro abismo abierto a sus pies. El carruaje se estremeció como un navío a merced de la tormenta y se oyó un crujido ensordecedor, seguido de un intenso dolor, y después... la oscuridad.

Parecían haber pasado años cuando, una mañana, me desperté de un sueño profundo y encontré a mi mujer sentada junto a mí, observándome. Omitiré la escena siguiente para relatar, en pocas palabras, la historia que ella me contó entre lágrimas de agradecimiento. Me había caído por un precipicio, cerca del cruce de la antigua ruta de los carruajes y la carretera nueva, y solo me había salvado de una muerte segura el aterrizar encima de un montón de nieve acumulada al pie de la roca que había debajo. En aquel montón de nieve me encontró una pareja de pastores que me llevaron al refugio más cercano y llamaron a un cirujano para que me socorriera. El médico me halló sumido en un estado delirante, con un brazo roto y una fea fractura en el cráneo. Merced a las cartas que guardaba en mi libro de bolsillo y daban fe de mi nombre y de mi dirección, llamaron a mi esposa para que cuidara de mí y, gracias a mi juventud y mi constitución recia, me recuperé hasta quedar fuera de peligro. Huelga decir que el escenario de mi caída era exactamente el mismo que el de un accidente espantoso que el correo del norte había sufrido nueve años antes.

No le conté nunca a mi esposa los temibles sucesos que acabo de compartir con ustedes. Sí que se los revelé al cirujano que me atendía, pero el hombre se limitó a calificar mis desventuras de mero sueño fruto de mi cerebro febril. Debatimos una y otra vez sobre aquel asunto, hasta descubrir que ya no podíamos seguir tratándolo sin acalorarnos, por lo que desistimos de seguir intentándolo. Que sean otros quienes lleguen a las conclusiones que les apetezcan, pero yo sé a ciencia cierta que, hace veinte años, fui el cuarto pasajero que viajaba a bordo de aquel carruaje fantasma.

LA SOMBRA

Hans Christian Andersen

En los climas muy cálidos, donde el sol resplandece abrasador, la gente llega a parecer de caoba. Y en los países más tórridos hay negros, incluso, llamados así por el color de su piel. Un erudito, procedente de las frías regiones del norte, viajó a uno de esos climas tan cálidos pensando que podría deambular a su antojo, como hacía en su hogar, pero pronto se vio obligado a cambiar de opinión tras descubrir que, como todas las personas sensatas, debía pasarse el día encerrado en casa, con las puertas y ventanas cerradas, como si todos los ocupantes del edificio estuvieran durmiendo o ausentes. Las residencias de la estrecha calle en la que vivía eran tan altas que el sol caía sobre ellas desde por la mañana a la noche, lo que volvía su interior sofocante.

Este sabio de las regiones heladas, tan joven como inteligente, se sentía como si estuviera sentado en un horno; el calor lo dejaba exhausto y debilitado, y enflaqueció hasta tal punto que su sombra encogió y se volvió mucho más pequeña que en su país de origen. El astro rey le arrebataba lo que quedaba de ella, y no la veía hasta el anochecer, tras la puesta de sol. En cuanto se encendían las lámparas de la habitación, era un verdadero placer ver cómo la sombra se estiraba contra la pared, tan alta que llegaba incluso hasta el techo, deseosa de desperezarse para reponer energías. En ocasiones, aquel hombre tan culto salía al balcón para estirarse a su vez, y cuando las estrellas despuntaban en el firmamento, tan límpido y bello, se sentía rejuvenecer.

La gente, a esa hora, comenzaba a poblar los balcones de la calle, pues en los climas cálidos toda ventana tiene un balcón en el que aspirar la fresca brisa nocturna, cosa muy necesaria, incluso para quienes están tan acostumbrados al calor que su piel llega a parecer de caoba, y así, la calle presentaba un aspecto muy animado. Allí se daban cita los zapateros, los sastres y todo tipo de gentes. A sus pies, en la calle, se sacaban mesas y sillas, se encendían cientos de velas, se conversaba, cantaba y reía. La gente paseaba, circulaban los carruajes y las mulas pasaban al trote, con las campanillas de sus arneses tintineando (tilín, tilín) a cada paso que daban. Los difuntos eran trasladados a sus sepulcros al son de himnos solemnes mientras las campanas de la iglesia doblaban. La calle se convertía en una escena de vitalidad de lo más variada.

Tan solo una casa, la que estaba justo enfrente de la que ocupaba el forastero, contrastaba con todo aquello, pues en ella imperaba el silencio. Alguien vivía allí, sin embargo, pues había flores en el balcón, esplendorosas bajo el sol abrasador, algo que solo podía deberse a que alguien las regaba con esmero. Por lo tanto, alguien tenía que vivir en la casa. Las puertas que daban al balcón se quedaban entreabiertas por la noche, y si bien en la habitación delantera todo eran sombras, se oía música procedente del interior de la casa. El sabio forastero se deleitaba con aquellos compases, aunque eso no tenía nada de extraño, pues todo en aquellos países cálidos le gustaba, salvo el calor excesivo.

Su casero, también extranjero, dijo ignorar quién ocupaba la casa de enfrente. Allí no se veía a nadie, y por lo que a la música respectaba, a él le parecía sumamente tediosa.

—Es como si alguien ensayara una pieza que se le resiste, siempre la misma. Me imagino que se cree que algún día la dominará por fin pero yo dudo que lo consiga, por mucho que se empeñe en tocarla.

El forastero se despertó de improviso una noche. Dormía con la puerta del balcón abierta, y el viento, que había levantado la cortina que la cubría, revelaba el resplandor prodigioso del balcón de la casa de enfrente. Las flores parecían llamas de los más bellos colores, y entre las flores se alzaba una doncella esbelta y hermosa. Al hombre le pareció que de ella emanaba una luminosidad deslumbrante, aunque lo cierto era que tan solo acababa de abrir los ojos y aún podía estar somnoliento. Se levantó de la cama de un salto y se escondió discretamente detrás de la cortina, pero la doncella se había ido ya; la luminosidad se había esfumado y las flores ya no parecían llamas, aunque su belleza era la misma de siempre. La puerta estaba entreabierta, y de alguna habitación interior emanaba una música tan dulce y encantadora que evocaba los pensamientos más tiernos y nublaba los sentidos con su poderoso hechizo. ¿Quién podría vivir allí? ¿Cuál sería la auténtica entrada? Pues tanto en la calle como en la acera que discurría por su lado lo único que se veía era una hilera de tiendas, y era imposible que la gente tuviera que pasar siempre por ellas.

El forastero se había sentado en el balcón una noche, con una luz encendida en la habitación, a su espalda. Era comprensible, por lo tanto, que su sombra cayera sobre la pared de la casa de enfrente, y así, instalado como estaba entre las flores del balcón, cuando se rebullía en la silla, la sombra imitaba sus movimientos.

—Creo que mi sombra es la única criatura con vida que se ve allí, al otro lado —reflexionó el sabio en voz alta—. Mírala, sentada con tanta placidez entre las flores. La puerta está solo entreabierta. La sombra debería ser lo bastante lista como para entrar y mirar a su alrededor antes de regresar y contarme qué ha visto. Así podrías hacer algo útil —bromeó—. Ten la bondad de entrar en esa casa, ¿quieres? —Inclinó la cabeza en dirección a la sombra, y esta le devolvió el gesto—. Vete ya, pero no te entretengas.

Dicho lo cual, el forastero se puso de pie, y la sombra se levantó también en la casa de enfrente. El forastero se dio la vuelta, y lo mismo hizo la sombra, y si hubiera habido alguien mirando, la habría visto colarse directamente por la puerta entreabierta del balcón del otro lado, pues el sabio había entrado en su propia habitación antes de echar la cortina. A la mañana siguiente, salió a tomar su café y leer la prensa.

—¿Qué es esto? —exclamó cuando lo bañaron los rayos del sol—. He perdido mi sombra. De modo que se marchó de verdad ayer por la noche y todavía no ha vuelto. Menudo fastidio.

Su contrariedad era sincera, no tanto porque su sombra hubiera desaparecido, sino porque le constaba que existía una historia protagonizada por un hombre sin sombra. En casa, en su tierra natal, todo el mundo conocía esa historia. Cuando regresara y contase sus aventuras, lo acusarían de ser un imitador, y no le apetecía que nadie dijera esas cosas de él. Así pues, tomo la decisión que juzgó más sensata: no mencionar lo sucedido.

Por la noche salió de nuevo al balcón, no sin antes colocar una lámpara encendida a su espalda, pues sabía que toda sombra quiere a su amo por pantalla, pero no podía obligarla a manifestarse. Se encogió todo lo que pudo y se estiró todo lo que pudo, pero ni había sombra, ni apareció sombra alguna.

—Ejem, ejem —dijo, en vano también.

Aquello era de lo más irritante, pero en los países cálidos todo crece muy deprisa. De ese modo, al cabo una semana, vio complacido que una sombra nueva crecía a sus pies cuando caminaba bajo los rayos de sol. Eso significaba que su raíz aún perduraba. Al cabo de tres semanas, las dimensiones de la sombra eran ya respetables, y siguió creciendo durante su viaje de vuelta a las tierras del norte, donde llegó a ser tan grande que podría haber prescindido sin problemas de la mitad de ella. Cuando este sabio llegó a casa por fin, escribió numerosos libros acerca del bien, la verdad y la belleza, libros que aún se pueden encontrar en el mundo. Y así se sucedieron los días y los años, muchos, muchísimos años.

Una noche, cuando estaba sentado en su estudio, oyó que llamaban con suavidad a la puerta.

—Adelante —dijo, pero no entró nadie. Cuando abrió la puerta, se encontró con un hombre. Le pareció tan flaco que temió seriamente por su salud. No obstante, iba bien vestido y parecía un caballero—. ¿Con quién tengo el gusto de hablar?

—Ah, esperaba que usted me reconociera —replicó el elegante desconocido—. He prosperado tanto que ya poseo un cuerpo de carne y hueso, y ropas con las que cubrirlo. Seguro que no se esperaba verme en este estado. ¿No reconoce a su antigua sombra? Ah, se imaginaba que ya no volvería con usted. Las cosas me han ido bien desde que nos despedimos. Me he enriquecido en todos los sentidos, y podría comprar la liberación de mi servidumbre si lo deseara.

Mientras hablaba, entre sus dedos cascabeleaban varios adornos de lujo que colgaban de la gruesa cadena de oro que ceñía su cuello. También rutilaban numerosos anillos de diamantes, todos ellos auténticos.

—No logro salir de mi asombro —dijo el sabio—. ¿Qué significa esto?

—Algo extraordinario —repuso la sombra—, si bien es cierto que usted también es una persona extraordinaria, perfectamente consciente de que he seguido sus pasos desde que era un crío. Cuando estuvo seguro de que ya había viajado lo suficiente como para valerme por mí mismo, seguí mi propio camino, y ahora gozo de las circunstancias más propicias que quepa soñar. Sin embargo, anhelaba verlo por última vez antes de que muriera, y también me apetecía ver de nuevo este sitio, pues el arraigo que se siente por la tierra que lo vio nacer a uno es muy poderoso. Me consta que ahora posee usted otra sombra. ¿Le debo algo? De ser así, tenga la amabilidad de nombrarlo.

—¡No! ¿Realmente eres tú? —preguntó el erudito—. Me parece asombroso. Jamás habría creído posible que la antigua sombra de una persona pudiera adoptar forma humana.

—Dígame qué le debo, por favor —insistió la sombra—, pues no me gusta tener deudas con nadie.

—¿Cómo puedes hablar de ese modo? ¿Qué deuda podría existir entre nosotros? Eres tan libre como cualquiera. Me alegra mucho saber de tu buena fortuna. Siéntate, viejo amigo, y cuéntame un poco qué sucedió, qué viste en la casa del otro lado de la calle, en aquellos climas tan cálidos.

—Se lo contaré, sí —dijo la sombra mientras se sentaba—, pero antes debe usted prometerme que no le revelará a nadie en esta ciudad, dondequiera que nos veamos, que en cierta ocasión fui su sombra. Estoy pensando en casarme, pues tengo dinero de sobra para sostener una familia.

—Estate tranquilo —replicó el sabio—, no le contaré a nadie quién eres en realidad. Esta es mi mano. Te lo prometo, y una palabra es suficiente entre un hombre y otro.

—Entre un hombre y su sombra —dijo esta, sin poder evitarlo.

Era asombroso hasta qué punto había adoptado la apariencia de un hombre. Vestía un traje del paño negro más fino, sus botas se veían lustrosas y remataba el conjunto un sombrero de copa que podía plegarse hasta quedar reducido a la corona y el ala, además de los adornos, la cadena de oro y los anillos de diamantes ya mencionados. La sombra, de hecho, iba muy bien vestida, como correspondía a un hombre hecho y derecho.

—Le contaré ahora lo que desea saber —dijo, plantando con firmeza su pie embutido en una lustrosa bota de cuero sobre el brazo de la nueva sombra del sabio, que yacía a los pies de este como un perrito faldero. Esto lo hizo tal vez por orgullo, tal vez para evitar que la nueva sombra se adhiriese a él, pero la sombra prostrada permaneció silente e inmóvil, deseosa también de escuchar, pues quería saber cómo era posible que una sombra se separase de su amo y se convirtiera en hombre a su vez—. ¿Sabe —comenzó la antigua sombra— que en la casa de enfrente vivía la criatura más gloriosa del mundo? Era pura poesía. Me quedé allí tres semanas, aunque me cundieron como tres milenios, pues leí todo cuanto se haya escrito en prosa y ensayo. Podría asegurar, sin faltar a la verdad, que lo vi todo y todo lo aprendí.

—¡Pura poesía! —exclamó el sabio—. Sí, vive como una ermitaña en las grandes ciudades. La poesía... Una vez la entreví, de manera fugaz, cuando el sueño me lastraba los párpados. Brillaba en aquel balcón ante mí como la radiante aurora boreal, rodeada de flores como llamaradas. Dime, cuando llegaste a su balcón esa noche, cuando traspusiste esa puerta, ¿qué viste?

—Me hallaba en una antesala —dijo la sombra—. Usted seguía sentado al otro lado de la calle, mirando a la habitación. Al principio me pareció que no había ninguna luz encendida, o eso insinuaban las tinieblas, al menos, pero encontré abierta la puerta de una serie de habitaciones, todas ellas intensamente iluminadas. Cualquier rayo de luz me habría matado de haberme acercado demasiado a aquella doncella, pero fui cauto y me tomé mi tiempo, que es lo que todos deberíamos hacer.

—¿Y qué viste?

—Lo vi todo, como le referiré. Sin embargo... No quisiera pecar de orgulloso, pero, como ser libre que soy y con los conocimientos que poseo, por no hablar de mi elevada posición y la riqueza que he acumulado, preferiría que me tratase de usted.

—Le pido perdón —dijo el sabio—. Es una vieja manía y me cuesta desprenderme de ella. Pero está usted en lo cierto. Procuraré recordarlo. Y ahora, por favor, cuénteme todo lo que vio.

—Todo —dijo la sombra—, pues lo vi todo y todo lo sé.

—¿Cómo eran aquellas habitaciones del interior? ¿Era como pasear por un bosque sereno o como un templo sagrado? ¿Era como un cielo estrellado visto desde la montaña más alta?

—Todo era tal y como usted lo describe, pero no llegué a entrar del todo. En realidad, me quedé en la penumbra de la antesala. Empero, se trataba de una posición privilegiada, pues podía ver y oír todo cuanto sucedía en la corte de la poesía.

—Pero ¿qué vio? ¿Recorrían las habitaciones los dioses de antaño? ¿Revivían sus batallas los antiguos héroes? ¿Había niños encantadores jugando, relatando sus sueños tal vez?

—Estuve allí, como digo, y por eso puedo asegurarle que vi todo cuanto había que ver. De haber ido usted, habría perdido su forma humana, mientras que yo la gané y al mismo tiempo me volví consciente de mi yo interior, de mi afinidad innata por la naturaleza de la poesía. Cierto es que no le presté mucha atención cuando lo acompañaba a usted, pero quizá recuerde que siempre me crecía al amanecer y al ocaso, más visible incluso a la luz de la luna que usted, aunque entonces no entendía mi existencia interior. En aquella antesala me fue revelada. Me volví humano. Nací plenamente maduro. Pero usted había abandonado ya los países cálidos.

Como persona, me daba vergüenza andar por ahí descalzo y desnudo, sin ese acabado exterior por el que se reconoce a los hombres, de modo que seguí mi propio camino. Se lo revelo a condición de que no lo ponga por escrito en sus libros. Me escondí bajo las faldas de una vendedora de pasteles, aunque ella no se dio cuenta. Solo al anochecer reuní el valor necesario para salir y corrí por las calles a la luz de la luna. Me estiré cuan alto era contra las paredes, que me producían un cosquilleo agradable en la espalda. Corrí de un lado a otro, asomándome a las ventanas más altas y por encima de los tejados. Miraba en las habitaciones y veía lo que nadie más podía ver, o, mejor dicho, lo que nadie debería ver. Es un mundo cruel y preferiría no ser un hombre, pero los hombres son relevantes en él. Vi las miserias más grandes entre maridos y esposas, entre padres e hijos..., niños dulces e incomparables. He visto lo que ningún ser humano tiene la facultad de saber, aunque todos desearían saberlo: la vil conducta de sus vecinos. ¡Si hubiera escrito un diario, con qué ansia lo querría leer todo el mundo! En vez de eso, escribí directamente a los implicados, y la alarma se extendía por todas las ciudades que visitaba. Me tenían miedo, y al mismo tiempo, con qué pasión me querían. El profesor me nombró profesor. El sastre me regaló ropa. No me falta de nada en ese sentido. El supervisor de la fábrica de monedas las acuñó especialmente para mí. Las mujeres me decían lo apuesto que era, y de ese modo me convertí en la persona que ahora ve ante usted. Pero debo despedirme ya. Esta es mi tarjeta. Vivo en la cara soleada de la calle, y nunca salgo de casa si llueve.

Dicho lo cual, la sombra se fue.

—Todo esto me parece asombroso —murmuró el sabio.

Hubieron de pasar muchos días, meses y años, antes de que la sombra lo visitara de nuevo.

—¿Cómo le van las cosas? —preguntó.

—¡Ah! —replicó el erudito—. Estaba escribiendo sobre el bien, la verdad y la belleza, aunque a nadie le interesa saber nada al respecto. Eso me desespera, pues son cosas que me tomo muy a pecho.

—Todo lo contrario que yo —dijo la sombra—. Me estoy poniendo fuerte y rechoncho, como debería hacer todo el mundo. Usted no entiende a la gente, enfermará por culpa de ella. Debería viajar. Voy a hacer una expedición este verano, por si le apetece apuntarse. Me vendría bien la compañía. ¿Aceptaría convertirse en mi sombra? Sería un honor para mí, y estoy dispuesto a correr con todos los gastos.

—¿Piensa ir muy lejos?

—Eso depende de a quién le pregunte. Fuera como fuese, le vendrá bien salir. Y si acepta convertirse en mi sombra, tendrá todos los gastos pagados.

—Se me antoja de lo más absurdo —observó el sabio.

—Pero así es el mundo —replicó la sombra—, y así será siempre.

Dicho lo cual, se marchó.

A aquel hombre tan culto las cosas le empezaron a ir mal. Lo acosaban la preocupación y la pena, y lo que tenía que opinar sobre el bien, la verdad y la belleza le interesaba tanto a la gente como una almendra a una vaca. Al final, cayó enfermo. «Parece usted una sombra», decían quienes lo veían, y eso le provocaba escalofríos, pues tenía su propia teoría al respecto.

—Debería usted ir a un balneario —le sugirió la sombra cuando volvió a visitarlo—. Es su única oportunidad. Lo llevaré yo, por nuestra antigua amistad. Correré con los gastos del viaje, y usted escribirá un diario de este para entretenernos por el camino. Me gustaría ir a un balneario. No me sale la barba como debería, pues tengo el vello muy débil, y es imprescindible que me la deje crecer. Sea razonable y acepte usted mi propuesta. Viajaremos como íntimos amigos.

Y así lo hicieron, por fin. Ahora la sombra era el amo, y el amo se había convertido en su sombra. Viajaban juntos en coche, a caballo y a pie, hombro con hombro o uno delante y el otro detrás, según la posición relativa del sol. La sombra siempre sabía cuándo ocupar el puesto de honor, pero el sabio no se lo tenía en cuenta, pues era bondadoso además de sumamente cordial y cortés.

Un día, el amo le dijo a la sombra:

—Nos hemos criado juntos, desde que éramos niños, y ahora que somos compañeros de viaje, ¿no deberíamos brindar por nuestra buena camaradería y tutearnos el uno al otro?

—Habla usted con franqueza y buena intención —dijo la sombra, que en realidad ya era el amo—. Le seré igual de directo y sincero. Es usted un hombre muy culto, y como tal, es consciente de lo prodigiosa que puede llegar a ser la naturaleza humana. Hay quienes no soportan el olor del papel de estraza, les revuelve el estómago. A otros les causa repelús el roce de un clavo contra un panel de cristal. Algo parecido me sucede a mí cuando oigo que alguien me trata de tú. Me siento oprimido por esa palabra, como me sentía cuando ocupaba mi antigua posición con usted. Comprobará usted que es una cuestión de sentimiento, no de orgullo. No puedo permitirle que me tutee. Con mucho gusto lo tutearé yo a usted, no obstante; de ese modo, su deseo se habrá cumplido al menos a medias.

Y así, la sombra pasó a tratar de tú a su antiguo amo.

—Esto está yendo demasiado lejos —dijo el sabio—. Que yo tenga que tratarlo de usted mientras que él me tutea...

Sin embargo, se vio obligado a claudicar.

Llegaron por fin a los baños, donde había multitud de extranjeros, y entre ellos, una hermosa princesa cuya única enfermedad consistía en ser demasiado sagaz, lo que inquietaba a quienes la rodeaban. Enseguida se dio cuenta de que el recién llegado no era como los demás. «Dicen que ha venido para que le crezca la barba —pensó—, pero yo conozco el verdadero motivo: no tiene sombra». El asunto despertaba enormemente su curiosidad, y un buen día, estando en el paseo marítimo, entabló conversación con el peculiar caballero. Siendo como era una princesa, nada la obligaba a andarse por las ramas, por lo que dijo sin vacilación:

—Su enfermedad consiste en que no proyecta usted sombra.

—Su alteza real debe de estar haciendo grandes progresos por recuperarse del exceso de sagacidad que la aqueja —replicó él—, pues, en este caso, se equivoca de medio a medio. Lo cierto es que tengo una sombra de lo más singular. ¿No se ha fijado en que hay alguien que me acompaña a todas partes? Del mismo modo que quienes tienen criados compran telas más refinadas para los uniformes de estos que para sus propios ropajes, también yo he vestido a mi sombra como si de un hombre de verdad se tratara. Tal vez se haya fijado, incluso, en que le he dado su propia sombra. Me sale muy caro, pero me gusta rodearme de cosas peculiares.

«¿Cómo es posible? —pensó la princesa—. ¿Me habré curado de verdad? Este debe de ser el mejor balneario del mundo. Hoy en día, las aguas poseen cualidades en verdad prodigiosas. Pero no voy a irme de aquí todavía, justo cuando las cosas empiezan a ponerse interesantes. Este príncipe extranjero..., pues tiene que tratarse de un príncipe..., me gusta de una manera extraordinaria. Tan solo espero que no le crezca la barba, o de lo contrario se irá de inmediato».

Al atardecer, la princesa y la sombra danzaron juntos en el majestuoso salón. Ella era liviana, pero él lo era más aún; no había visto nunca un bailarín como él. Le contó de qué país procedía, y descubrió que su pareja lo conocía y que había estado allí, aunque en ausencia de ella. Se había asomado a las ventanas del palacio de su padre, tanto las de la primera planta como las más altas, y había visto infinidad de cosas, por lo que era capaz de responder a todas las preguntas de la princesa y hacer alusiones que la dejaron maravillada. A ella le parecía el hombre más inteligente del mundo, y su sapiencia le inspiraba un profundo respeto. Se enamoró de él al segundo baile, algo de lo que la sombra se percató de inmediato, pues los ojos de ella no se separaban de él ni un instante. Bailaron de nuevo y la princesa estuvo tentada de declararse, pero se impuso la discreción; pensó en su país, en su reino y todos los súbditos a quienes habría de gobernar algún día. «Es un hombre muy listo —pensaba—, lo cual está bien, y un bailarín admirable, lo cual está mejor todavía. Pero ¿estarán fundados sus conocimientos? Debo ponerlo a prueba, pues esta es una pregunta crucial». Acto seguido le hizo la más difícil de las preguntas, una cuya respuesta incluso ella ignoraba, y la sombra hizo un gesto enigmático.

—No puedes contestar así —protestó la princesa.

—Aprendí algo al respecto en mi infancia —dijo él—, y creo que hasta mi sombra, allí plantada junto a la puerta, sabría qué contestar.

—Tu sombra debe de ser increíble.

—No lo digo como un cumplido, pero me siento inclinado a concederle el beneficio de la duda. Hace muchos años que me sigue a todas partes y ha aprendido tanto de mí que lo considero sumamente probable. Sin embargo, su majestad debe permitirme apuntar que se precia mucho de que lo consideren un hombre. Por eso, a fin de ponerlo de buen humor para que responda correctamente, como a un hombre habrá que tratarlo.

—Lo haré con mucho gusto —dijo la princesa antes de acercarse al sabio, que estaba plantado en la puerta, y hablarle del sol y la luna, del verdor de los bosques y de las gentes próximas y lejanas, conversación en la que el hombre participó con sensatez y cordialidad.

«¡Qué hombre tan extraordinario debe de ser —pensó la princesa— para tener una sombra tan lista! Si lo eligiera, sería una auténtica bendición para mi país y mis súbditos, de modo que eso es lo que haré».

La princesa y la sombra no tardaron en prometerse, a condición de que nadie supiera ni una palabra de su relación hasta que ella hubiera vuelto a su reino.

—No se enterará nadie —dijo la sombra, con razones muy específicas para hablar de esa manera—, ni siquiera mi propia sombra.

Transcurrido un tiempo, la princesa regresó a las tierras que gobernaba y la sombra la acompañó.

—Escúchame, amigo —le dijo la sombra al erudito—. Ahora que soy tan afortunado y poderoso como podría soñar cualquier hombre, seré generoso contigo. Te dejaré vivir en mi palacio, viajarás conmigo en la calesa real y recibirás una asignación anual de cien mil dólares, pero para ello tendrás que consentir que todo el mundo te llame sombra y no le revelarás a nadie que alguna vez fuiste un hombre. Y una vez al año, cuando me siente en el balcón con el sol en lo alto, te tenderás a mis pies como corresponde a las sombras, pues te informo de que voy a casarme con la princesa, y nuestra boda tendrá lugar esta noche.

—De ninguna manera, esto es ridículo —dijo el sabio—. No pienso someterme a semejante majadería. Con ello engañaría a toda una nación... y, además, a la princesa. Por el contrario, pienso desvelarlo todo y anunciar que el hombre soy yo, mientras que tú solo eres una sombra vestida de hombre.

—Nadie te creería. Sé razonable o tendré que llamar a los guardias.

—Acudiré directamente a la princesa.

—Pero yo llegaría antes, y a ti te enviarán a prisión.

Así ocurrió, pues los guardias se apresuraron a obedecerlo, conscientes como eran de que iba a casarse con la hija del rey.

—Estás temblando —dijo la princesa cuando la sombra se presentó ante ella—. ¿Ocurre algo? Espero que no enfermes ahora, porque nos vamos a casar esta noche.

—He vivido la experiencia más horrible que te puedas imaginar —replicó la sombra—. Imagínate, mi sombra se ha vuelto loca. Supongo que su pobre cerebro, tan superficial, era incapaz de resistir tantas emociones. Ahora dice que se ha convertido en una persona real y que yo soy su sombra.

—¡Qué espanto! —exclamó la princesa—. ¿Lo han encerrado?

—Oh, sí, por supuesto. Me temo que no se recuperará nunca.

—¡Pobre sombra! Me compadezco mucho de él. Le haríamos un gran favor liberándolo de tan mezquina existencia. Aunque, pensando en cómo la gente tan a menudo hoy en día se pone de parte de la plebe y en contra de la clase alta, creo que lo más sensato sería ajusticiarlo sin que nadie se entere.

—Lo siento mucho por él —dijo la sombra fingiendo un suspiro—, pues era un siervo leal.

—Admiro la nobleza de tu carácter.

Y la princesa le hizo una reverencia.

La ciudad entera estaba iluminada esa noche, atronaban los cañones y los soldados presentaban armas. Fue una boda realmente espléndida. La princesa y la sombra salieron al balcón para mostrarse ante sus súbditos, que los jalearon una vez más. Aquel hombre tan culto, sin embargo, no supo nada de todos aquellos festejos, pues su ejecución ya se había consumado.

TRISTÁN EL SEPULTURERO

Blasco Ibáñez

I

La luz agonizante de la tarde apenas si lograba disipar las espesas tinieblas que invadían la taberna del tío Corneja, maese carrilludo, panzudo y decidor, que, según la pública opinión, gozaba de la amistad de todos los perdidos de la villa que acudían a su establecimiento con preferencia a otros de la misma especie.

A dicha hora el interior de la tal taberna presentaba un aspecto digno de ser descrito.

Arrimados a la pared, y perdiéndose en la sombra como disformes cuerpos de gigantes, veíanse algunos toneles alineados tras un mugriento mostradorcillo, y en el resto de la estancia, unidas en caprichosos grupos, estaban un sinnúmero de mesas y sillas lesionadas en diferentes partes.

Añadiendo a todo esto un pavimento de baldosas frías, húmedas y resbaladizas, y un techo abovedado tan bajo, que en más de una ocasión le rozaban los penachos que ornaban los chambergos de los parroquianos, podrá formarse el lector una idea de tal establecimiento.

A través de las espesas sombras distinguíanse en el momento en que comenzamos la narración, sentados en derredor de una mesita situada en uno de los extremos de la taberna, dos hombres de mala catadura, tan diferentes en trajes como en aspectos.

A pesar de la semioscuridad que los envolvía, podía adivinarse en uno de ellos a un valentón de aquellos tan comunes en el siglo XVII, con sus mostachos erizados, su espada de colosal cazoleta y el rostro cruzado por honda cicatriz, adquirida, según afirmación propia, en los campos de Flandes, y según ajena, en alguna contienda acaecida en taberna o lupanar.

En cuanto al otro, a pesar de su aspecto repulsivo y acanallado, tenía cierto aire digno y noble que le hacía simpático a los ojos del observador.

Era joven, y su rostro no estaba exento de hermosura, antes al contrario, sus ojos miraban de una manera dulce y melancólica, y su frente era espaciosa y altiva, si bien surcada por algunas arrugas que denotaban grandes pesares e inmensas amarguras.

Vestía una ropilla y calzas negras, aunque con ese colorcillo amarillento que delata el mucho uso y el no menor roce, y sus luengos cabellos los cubría un fieltro de forma algo indefinible y recubierto en más de una parte por reluciente capa de grasa.

El primero de los dos hombres, o sea el de aspecto rufianesco, era un perdonavidas conocido por todos con el nombre de Puñiferro, a causa de su terrible fuerza, y el segundo era Tristán el sepulturero de la villa de... (el nombre no importa), y el cual es el héroe de la presente narración.

En el momento que comenzamos esta, los dos hombres ocupábanse en vaciar un descomunal jarro de vino, sin que la menor palabra saliese de sus labios.

Puñiferro de vez en cuando miraba: a su compañero, como esperando que este le dirigiera la palabra, mas viendo que no lograba su deseo, se entretenía golpeando con los dedos sobre la mesa el acompañamiento de una marcha guerrera.

—¡Por los cuernos del diablo! —gritó de pronto el valentón—, ¿sabes, camarada Tristán, que tienes un vino bastante triste?

El aludido, al escuchar esto, levantó su cabeza, y después de contemplar algunos instantes al rufián, murmuró:

—Mis pensamientos me ponen triste, que no el vino.

—Hablas muy bien. Este vino es superior y hace el elogio del aprecio que nos profesa el buen tío Corneja. ¿Pero en qué piensas? Sepámoslo.

—Pienso en lo que soy y en lo que fui.

—Eres un sepulturero, oficio que es tan honrado como otro cualquiera. ¡Pues ahí es nada que digamos el que todos los vecinos de esta villa tengan que pasar necesariamente por tus manos y deberte el último favor!

—Por lo mismo, todos me miran con repugnancia.

—Porque te temen, lo mismo que a mí. ¿No ves que los dos somos ayudantes de la muerte? Tú entierras y yo mato.

—Y pensar que no hace muchos años yo era...

—¿Qué eras tú? Un hidalgüelo de escueta bolsa, que se pasaba los días componiendo versos a su amada y las noches cantando al pie de sus rejas.

—Era un hombre estimado y respetado por todos cuantos me conocían, y que podía ostentar el linaje noble y honrado de mis antepasados.

—Y ahora eres un sepulturero que cuentas con la amistad de hombres de mi prosapia.

—¡Ah! Entonces vivía...

—Te comprendo. Entonces vivía *ella*; más claro, tu amada; más bien dicho, tu Laura. ¿Crees, acaso, que yo desconozco algunos detalles de tu antigua vida?

—¿Qué es lo que tú sabes?

—Muy poco. Solo ha llegado a mis oídos que tú amabas a una tal Laura; que esta se murió, y que tú, desde aquel día, para estar más cerca de ella, te hiciste sepulturero. Y a propósito: ¿esto último es verdad?

—Y tanto.

—Pues no veo el motivo de semejante disparate. ¿Cómo diablos has de estar cerca de ella, si tu Laura estará ya hecha polvo y perdida entre la tierra del cementerio?

Tristán, al escuchar esto, sonriose compasivamente y murmuró con acento firme, casi al oído de Puñiferro:

—Laura me visita todas las noches.

—¡Ja, ja, ja! ¿Si creerás, amigo Tristán, que hablas con alguna vieja de esas que toman por verdad todo aquello que tiene algo de sobrenatural?

—Lo que te he dicho es cierto.

—No me basta con que tú lo asegures para creerlo.

—Pues acompáñame esta noche al cementerio y te convencerás.

—¿Quién, yo? ¡Bueno fuera! Ponme en este instante una docena de hombres ante mí, y no temblaré un instante; pero no me digas que en una noche de Ánimas como lo es esta te acompañe al cementerio; me espeluzno. Eso queda para ti, que eres amigo de los muertos, pues te deben el favor de enterrarlos; mientras que a mí, algunos de ellos, solo me conocen por la punta de mi espada.

—Pues entonces, déjame que te cuente mi historia, que solo conoces en muy pequeña parte, y en ese caso tal vez te convenzas.

—Eso es diferente. Cuenta cuanto quieras, que aquí estaré yo escuchándote hasta el día del juicio.

—Pues disponte a oír, sin que te pasme mi relato.

—Tengo el corazón algo duro para que me espante nada. Pero ante todo rocíate la garganta y después empieza.

II

El tío Corneja apareció en aquellos instantes en el umbral de una puertecita que comunicaba la taberna con los demás aposentos de la casa, armado de un colosal candil que colgó en la pared, y después de dar las buenas noches a sus dos parroquianos, fue a sentarse detrás del desvencijado mostradorcillo.

La luz, al difundirse por la estancia, bañó con sus rayos los rostros de Tristán y Puñiferro, que en aquellos instantes demostraban claramente el estado de sus ánimos.

El primero, con la mirada vaga y las cejas fruncidas, parecía recorrer con su imaginación el dilatado campo del pasado, mientras que el segundo aguardaba impasible que su amigo comenzase la relación.

Por fin, después de algunos momentos de silencio, Tristán sacudió su cabeza como para salir de aquel ensimismamiento, y comenzó a hablar de esta manera:

—Hace pocos años (como tú has dicho muy bien), era yo un hidalgo de bolsa escueta, aunque de preclaro linaje, y muy bien podía considerarme como el hombre más feliz del mundo.

»Laura, la joven más hermosa de la villa, me amaba tanto como yo a ella (y eso que mi amor bien podía colocarse entre las más celebradas pasiones), y por mí, solamente por mí, desdeñaba a los numerosos adoradores que sin tregua la asediaban con declaraciones, billetes y serenatas.

»Ahora te relataría a grandes rasgos la felicidad de que entonces gozaba, si no fuera porque a ti te es por completo indiferente cuanto podría decirte.

»Aquellas entrevistas amorosas al través de sus rejas y a la luz de blanca luna, aquellos suspiros apasionados, aquellos crujientes besos; todo, todo lo oirías de mi boca si no fuera porque eres un hombre incapaz de comprender otras cosas que no sean pendencias y villanías.

»No te formalices, Puñiferro. ¿A qué tales gestos si sabes que los dos nos conocemos?

»Como te he dicho antes, ninguno de los detalles de aquella época feliz te interesan, ni es fácil que los comprendas, y por lo tanto te hago gracia de ellas.

»¿Te imaginas tú el cielo cayendo en estos instantes sobre nosotros? ¿Comprendes tú el aire convirtiéndose en fuego y los ríos llameando como lava hirviente envolviéndonos en sus ondas? ¿Comprendes tú el punzante frío transformándonos en estatuas de hielo? Pues todas estas impresiones fueron las que yo sucesivamente sentí el día en que supe que Laura, mi adorada Laura, acababa de morir.

»Cuando recuerdo aquel fatal instante, todavía parece que se reproduzcan en mi alma.

»Muerta, ¡Dios mío! Muerta cuando yo soñaba en un porvenir radiante de felicidad, cuando ella solo consistía mi dicha, cuando ella era todo mi encanto y yo solo vivía para ella.

»Al suceder tales cosas, se duda de Dios, de ese Dios que en algunas ocasiones se muestra tan injusto y desalmado. Pero... ¿qué es lo que digo? Los dolorosos recuerdos, al agolparse en mi mente, me hacen proferir palabras de que me arrepiento y de las cuales es autora mi desesperación.

—¡Alto! —dijo al llegar aquí Puñiferro con acento sentencioso—, no te exasperes, la vida es corta y es preciso marcharse al otro mundo con el mayor bagaje de alegrías posible. Bebe hasta que quede vacío el jarro, y después continúa.

Tristán cumplió el consejo del valentón, y luego dijo, un poco más calmado:

—Todavía parece que veo a mi Laura tal como estaba antes que la llevasen a enterrar. Sus ojos, aquellos ojos en el fondo de los cuales tantas veces había visto reproducida mi imagen, estaban velados por las sombras de la muerte, y el color carmesí de sus labios había huido para siempre. Su pálida frente ostentaba una corona de blancas rosas, y su cuerpo estaba envuelto en albas vestiduras. ¡Dios mío!

»¡Cuán hermosa estaba aun después de muerta! Vestida de esta manera es como se me aparece todas las noches.

Al oír esto Puñiferro sonriose incrédulamente y fue a hablar, pero el sepulturero le atajó diciéndole:

—No te rías. ¿Qué motivos tienes para dudar de mis palabras? Sigue escuchando y te convencerás. Laura murió como ya sabes, dejándome en el mayor desconsuelo. A pesar de todo, tuve el valor de acompañar su féretro al cementerio y contemplé impasible, en apariencia, a la luz del vespertino crepúsculo, cómo mi antecesor en el oficio bajaba a la tumba a mi amada. En aquellos instantes, el sucio enterrador pareciome el ser más repugnante del mundo. Aquel hombre cantaba indiferente mientras enterraba mis esperanzas e ilusiones.

»¿Quién me hubiera dicho a mí que pasado algún tiempo tenía que hacer lo mismo y, por lo tanto, ser odioso a los ojos de los demás? Cuando salí del cementerio puede decirse que traspasé la valla divisoria de dos diferentes partes de mi existencia. Desde aquel día busqué el olvido, o más bien dicho, la muerte de mi alma en el juego, los placeres y las pendencias, y al poco tiempo me convertí en el hombre más depravado que escandalizaba la villa con sus actos.

»Entonces fue cuando te conocí a ti y a otros muchos, poco más o menos de tu categoría. Pasó bastante tiempo sin que volviese por el cementerio, en el cual dormía mi Laura el sueño de la muerte. Cuando de vez en cuando asaltaba su recuerdo mi memoria, lo ahogaba en el fondo de las botellas, y seguía impertérrito el camino de la disipación. Pero llegó un día en que el exiguo caudal que tenía de mis padres se agotó y entonces vacilé ante el porvenir. Afortunadamente aquel día pasé por la puerta del cementerio y, al verla entreabierta, penetré en él. Allí y junto a una de las tapias, recubiertos sus brazos por verdes enredaderas, levantábase una cruz de piedra, en la cual se leía el nombre de mi amada. A la vista de aquel rústico sepulcro agolpáronse en mi alma los recuerdos de otras épocas, sentí que una ola de fuego subía hasta mis ojos y regué con mis lágrimas la tierra que envolvía los despojos de mi amada. Al llorar sentí un goce inexplicable, una sensación extraña, debida no sé si al desahogo de mi alma o al encontrarme cerca de mi Laura.

»En aquel momento hubiera yo querido morir para poder descansar eternamente junto al sitio que ocupaba el cuerpo de mi antiguo amor. En aquel lugar me sentía yo feliz.

»El cielo pareció oír mis súplicas, y favoreció mis deseos, aunque no por completo, proporcionándome un medio de permanecer en el cementerio como formando parte integrante de él.

»Aquel maldito viejo que, como antes te he dicho, cantaba al dar sepultura a mi Laura, acababa de morir, y fácil me fue el lograr el vacante empleo de enterrador.

»El pueblo todo se escandalizó al ver que un hidalgo de mi clase abrazaba tan despreciativa profesión, y no faltó quien dijo que más valía acabar en sepulturero que en racimo de horca.

»Pero yo callé ante tantas murmuraciones, y con mi azadón al hombro y el alma llena de una melancolía no exenta de placer, me puse en camino del cementerio ansioso de recostarme junto a la tumba de Laura y contemplar la tierra que cubría sus huesos.

»Todavía recuerdo, hasta en sus menores detalles, el día o más bien dicho, la noche (pues el sol acababa de desaparecer) en que comencé mis funciones.

»En el espacio se disipaban los últimos rayos de luz; sobre el azulado cielo comenzaban a brillar algunas estrellas en derredor del brillante lucero de la tarde, y allá por el Oriente iba apareciendo poco a poco una luna de color sanguinolento y descomunal tamaño.

»Los fúnebres cipreses agitaban sus altas copas a impulsos del viento, produciendo una armonía lúgubre propia de un cementerio, y en todo este comenzaba a reinar esa atmósfera indescriptible que siempre circunda lo sobrenatural.

»La gótica iglesia, a la cual está adosado el cementerio, parecía proteger a este con su inmensa mole, y su elevado campanario comenzaba a proyectar su sombra sobre el suelo sembrado de fosas abiertas, blancas tumbas y negruzcas cruces.

»Al entrar arrojé mi azadón en el suelo y fui a colocarme junto a la tumba de Laura en el mismo instante que en el campanario de la iglesia sonaba dulce y melancólico el toque del *Avemaría.*

»No sé si la hora o el lugar, o los sonidos de la campana, influyeron en mi alma; lo cierto es que en aquel momento vi pasar ante mi memoria mi borrascosa vida, y me arrepentí de mis escándalos, de mis vilezas y de las estocadas que en más de una ocasión había dado a mis compañeros.

—¡Por los cuernos del diablo! —gritó Puñiferro al llegar a este punto—, ¿sabes, compadre Tristán, que eso que cuentas es muy digno de oírse? ¿Tú arrepentido? ¡Ja, ja, ja! Prosigue, hombre, que te escucho con

mucho gusto. Así como así sabes contar las cosas tan por sus pelos y señales, que da placer oírte.

—Tú eres un miserable incapaz de comprender la mayor parte de mi
relato; pero no importa, a pesar de todo, sigue escuchando. No sé cuánto
tiempo permanecí contemplando internamente aquella revista retrospectiva de mi vida; lo que sí puedo decirte es que cuando volví en mí, la
noche había comenzado a reinar, y la luna reflejaba sus rayos en la alta
veleta del campanario.

»Cuando por las noches has cruzado tú algún bosque, ¿no has creído
ver surgir (tal vez a influjos del astro de la noche) de entre los troncos de
los árboles, un confuso tropel de blancas sombras tan indefinibles como
delirios?

»Pues así vi yo brotar sobre la tumba de Laura una sombra no indefinible, sino igual en rostro y figura a mi amada, y de la cual emanaban unos
efluvios que me embriagaban.

»Febril y delirante, tendí los brazos hacia ella; pero solo encontré el
espacio y el convencimiento de lo intangible de aquellas divinas formas
que parecían huir de mis caricias.

»Como las inimitables melodías del ruiseñor, como el dulce susurro
de las aguas, así sonaron en mi oído un sinnúmero de frases que, saliendo de aquella boca, repercutían en mi corazón para perderse en mi
memoria.

»¿Qué me decía? No lo sé. Lo que solamente puedo decirte es que todos los placeres de la tierra no podían darme juntos tanta felicidad como
aquellas palabras que en fantástica cadencia sonaban junto a mi oído,
vagas y sin expresión.

»Y tanta era mi dicha y tanto lo que gocé escuchando aquella voz,
que las horas transcurrieron tan rápidas que cuando apenas creía pasados algunos momentos, vi que el horizonte comenzaba a teñirse con
la blanca luz de la aurora, cuyos rayos disiparon la fantástica figura de
Laura.

»Desde entonces que ninguna noche dejé de ir al cementerio, y
para evitar murmuraciones contesté a todos cuantos me preguntaron,

diciendo que me acostaba en un ataúd vacío bajo el cobertizo que hay sobre la puerta que da a la parte interior.

»Aquella mansión de la muerte es el palacio de mi dicha.

»Allí gozo del amor de mi adorada que se sustrae solamente por mí de los brazos de la muerte, que tan traidoramente me la robó.

»Hace ya dos años que todas las noches acudo puntualmente al cementerio, y allí pasan para mí las horas entregado a un placer sobrenatural e inexplicable, que cada vez rompe más los vínculos que me unen a esta tierra.

—¿Y esta noche por qué te estás aquí en la taberna y no acudes a la cita de tu hermosa difunta? —dijo Puñiferro.

—¡Oh! Esta noche es muy diferente a las otras. Es la de las Ánimas.

—¡Bien! ¿Y qué le importa eso a un hombre que, como tú, pasa tan tranquilo las noches en el cementerio?

—Esta es muy diferente. En noches como esta, cuando el reloj de la iglesia da las nueve, todos los muertos abandonan sus tumbas y se esparraman por el pueblo hasta las doce, hora en que vuelven a tenderse sobre la tierra.

—¿Y has visto tú eso alguna vez?

—Sí, hace dos años acudí, como siempre, al cementerio, sin pensar que era noche de las Ánimas, y vi cómo la tierra se abría por cien lados, y los muertos, envueltos en blancos sudarios, salían de sus tumbas y se alejaban de mí con paso reposado.

—¿Y no te dijeron nada?

—Nada; pero te aseguro que a pesar de que mi continuo trato con ellos me ha curado de espanto, no me quedaron muchas ganas de volver al cementerio en tal noche.

—¡Bah! Compadre Tristán, estás borracho como una cuba y pretendes hacerme creer todas las mentiras que ahora acuden a tu magín.

—¿No crees, acaso, lo que te digo?

—No. Tus nocturnos amoríos con Laura son una cosa que no puedo creer, ni tampoco que hayas visto a los muertos salir del cementerio en noches como esta.

—¿Entonces por qué temes el venirte allí conmigo?

—Eso yo me lo sé.

—Y yo también. Porque tú no tienes ese valor frío que yo poseo; porque tú solo sabes andar a estocadas con los vivos, y no te crees capaz de pasar una noche con los muertos.

—Ni tú tampoco esta noche.

—Acompáñame y verás.

—¡Por Cristo! Eso es tentar al diablo.

—Ya se cumple lo que acabo de decirte. Eres cobarde ante las cosas del otro mundo.

—¡Yo cobarde! ¿Sabes lo que has dicho? ¡Yo cobarde! ¡Eh! Tío Corneja, tabernero del demonio, traednos al instante un jarro de vino; el más grande que tengáis.

Momentos después, el panzudo tabernero dejaba sobre la mesa un jarro más que regular, cuyo contenido redujo a la mitad Puñiferro con un par de tragos.

—Bebe tú ahora, Tristán —añadió el valentón—. Bebe pronto y vámonos al cementerio. Quiero demostrarte que a un hombre como yo no se le llama tan impunemente cobarde.

—¿Estás dispuesto a acompañarme...? —preguntó Tristán con extrañeza.

—Sí, ¡fuego de Dios! Te acompañaré hasta el infierno para que te convenzas de mi valor.

—Pues en marcha —dijo el sepulturero, después de dar cuenta del resto del jarro.

Y a los pocos momentos los dos compadres, apoyándose el uno en el brazo del otro, salieron de la taberna con no muy firme paso, al mismo tiempo que el tío Corneja murmuraba:

—¡Valiente borrachera llevan los mocitos! Que el diablo cargue con ellos y los guíe camino del infierno para descanso mío y de la villa entera. Pero preparémonos a cerrar, que esta noche no es como las otras, y anda cada cosa por esas calles capaz de asustar al mismo miedo. Así como así la taberna está desierta.

Momentos después el tabernero cerraba la puerta de su establecimiento, y el callejón en que esta estaba situado quedaba tan oscuro como solitario y silencioso.

III

A la mañana siguiente aparecieron en el cementerio los cadáveres de Tristán el sepulturero y su compadre Puñiferro.

Ni la más leve herida se notaba en sus cuerpos, y bien se dejaba ver que su muerte no era debida a mano humana.

Todos los habitantes de la villa sintieron interés por dar en la clave de aquel misterio, y no faltaron viejas devotas que fueron de puerta en puerta buscando deseadas noticias.

Pero el único que pudo darlas un poco satisfactorias para los curiosos fue un tal Lechucillo, acólito sagaz y apicarado, que tenía su dormitorio en un cuchitril abierto en los muros del campanario.

El rapavelas declaró que al dar la media noche había visto en el cementerio, a través del tragaluz de su tugurio, un espectáculo que le heló la sangre de espanto.

Todos los muertos, envueltos con sus blancos sudarios y cogidos de los haces de huesecillos que componían sus manos, formaban un gran círculo, agitándose sin parar y dando furiosos saltos que hacían crujir las junturas de sus tibias.

En el centro del círculo vio también el acólito, a pesar de la oscuridad, a Tristán y a Puñiferro que estaban próximos a desvanecerse por el aturdimiento que les causaba aquella danza macabra, si bien el valentón esgrimía furiosamente su tizona contra el escuadrón de sobrenaturales seres, aunque sin resultado alguno.

Esta fue la relación del llamado Lechucillo y que todos acogieron como verdadera, juzgándola como muy digna de ser contada en las noches de invierno.

A Tristán, por una casualidad, lo mismo que al valentón, los enterraron junto a la tumba de Laura.

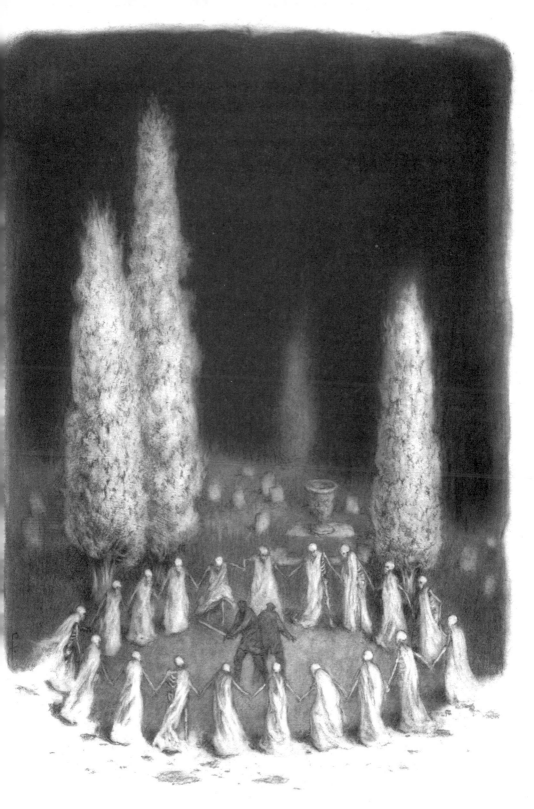

El sepulturero que sucedió en el cargo al infortunado amante no vio nunca que la hermosa muerta saliese de la tierra, a pesar de que en más de una ocasión quedose a dormir en el cementerio.

Bueno será advertir que al nuevo enterrador le gustaba (cosa rara) poco el vino, y, por lo tanto, no era asiduo parroquiano del tío Corneja.

EL PAPEL AMARILLO

Charlotte Perkins Gilman

s algo inusitado que unas personas corrientes y molientes como John y yo consigan un hogar señorial en el que pasar el verano.

Una mansión colonial, una herencia palaciega, me atrevería a decir incluso que una casa encantada donde alcanzar la cúspide del más dichoso romanticismo, aunque eso sería pedirle demasiado al destino.

Pese a todo, me enorgullece declarar que la rodea un halo extraño.

De lo contrario, ¿a qué podría deberse ese precio tan bajo? ¿Y por qué habría de llevar tanto tiempo desocupada?

John se burla de mí, por supuesto, pero es lo que cabría esperar de cualquier matrimonio.

Mi marido es una persona extraordinariamente pragmática. No tiene tiempo para la fe, las supersticiones le inspiran un profundo rechazo, y resopla sin disimulo ante la menor mención de todo aquello que sea invisible, intangible e imposible de plasmar en cifras.

Es médico, y quizá..., jamás osaría reconocer algo así delante de nadie, por supuesto, pero esto es un pliego inerte y me alivia la conciencia..., quizá ese sea uno de los motivos por los que mi recuperación se está eternizando.

Y es que, veréis, él no se cree que esté enferma.

Pero ¿qué puede hacer una?

Si un médico de renombre, además de tu propio marido, les asegura a parientes y amistades por igual que a ti no te pasa nada, que lo que te aqueja es una crisis nerviosa pasajera, una leve tendencia a la histeria, ¿qué puede hacer una?

Mi hermano es médico también, también de renombre, y opina lo mismo.

De modo que me tomo mis fosfatos..., o mis fosfitos, no estoy segura..., y mis tónicos, viajo, doy paseos al aire libre y hago ejercicio, respetando siempre la prohibición de «trabajar» hasta que me haya repuesto.

A título personal, disiento de sus pareceres.

A título personal, creo que cualquier labor placentera, algo que suponga un cambio emocionante, me vendría bien.

Pero ¿qué puede hacer una?

Durante algún tiempo escribí a pesar de sus contraindicaciones, aunque lo cierto es que esa actividad me deja agotada, pues debo ejercerla en secreto, so pena de enfrentarme a una oposición obstinada.

A veces pienso que, en mi estado, con menos oposición y más estímulos y contacto social... Pero John me asegura que lo peor que puedo hacer es pensar en mi estado, y reconozco que siempre me siento peor cuando lo hago.

Por eso voy a cambiar de tema para hablar de la casa.

¡Qué maravilla de sitio! Está muy aislada, lejos de la carretera, a unos cinco kilómetros del pueblo. Me recuerda a esos lugares de Inglaterra que salen en los libros, pues hay arbustos, muros y rejas con cerradura, además de multitud de casitas separadas para los jardineros y otros sirvientes.

¡El jardín es una preciosidad! No había visto nunca nada parecido: grande y con mucha sombra, repleto de senderos bordeados por setos y jalonado de largas pérgolas cubiertas de parras con bancos para sentarse debajo.

También había invernaderos, pero ahora están todos estropeados.

Hubo algún problema legal, creo, algo relacionado con los herederos y sus coherederos. Fuera como fuese, la casa lleva años deshabitada.

Me temo que eso echa por tierra mis presentimientos sobrenaturales, pero no me importa. Hay algo extraño en la casa, lo noto.

Incluso llegué a contárselo a John una noche, con la luna alta en el cielo, pero me dijo que eran corrientes de aire lo que percibía y cerró la ventana.

A veces tengo enfados irracionales con él. Estoy segura de que antes yo no era tan sensible. Sospecho que se debe a mi estado nervioso.

Pero John dice que, si me siento así, corro el riesgo de perder las riendas de mi autocontrol, de modo que me esfuerzo por controlarme. Al menos, en su presencia. Y eso me deja agotada.

Nuestra habitación no me gusta ni un pelo. Yo quería la de abajo, la que se abre a la plaza y tiene la ventana llena de rosas, además de unas cortinas estampadas muy bonitas y antiguas. Pero John dijo que de ninguna manera.

Según él, porque solo tenía una ventana y no había sitio para dos camas, ni estaba cerca de otro cuarto en el que pudiera instalarse él.

Me cuida y me quiere mucho, y no me deja dar ni un paso si no es con instrucciones precisas.

Tengo una receta programada para cada hora del día. John se ocupa de mí y yo me regaño por desagradecida, por no saber apreciarlo como él se merece.

Me dijo que nos habíamos trasladado aquí exclusivamente por mí, para que yo pudiera gozar del descanso perfecto y de todo el aire puro del mundo. «Tu ejercicio depende de las fuerzas que tengas, querida —fueron sus palabras—; y tu alimentación, en parte, del apetito que tengas. Pero el aire se puede respirar en todo momento». De modo que nos instalamos en la habitación de los niños, la más alta de toda la casa.

El cuarto, espacioso y muy aireado, ocupa casi toda la planta, sus ventanas dan a todas las direcciones y recibe sol a raudales. Primero debió de ser la habitación de los niños, sospecho, después una sala de juegos y por último algo parecido a un gimnasio, pues las ventanas tienen barrotes para evitar accidentes y hay anillas y otros objetos montados en las paredes.

La pintura y el papel dan la impresión de haber pasado por las manos de todo un colegio. Está arrancado a tiras…, el papel, digo…, en grandes parches alrededor del cabecero de mi cama, tan arriba como alcanzan mis brazos, además de en otra zona en el lado opuesto, más abajo. No he visto un papel peor en mi vida.

Uno de esos diseños exagerados que comete todos los pecados estilísticos que se puedan imaginar.

Es lo bastante insulso como para engañar a cualquier mirada que se deslice por él, pero también lo suficientemente llamativo como para irritar constantemente a la vista y reclamar inspecciones más detenidas; cuando se examinan por un momento esas curvas tan burdas y desconcertantes, es como si se suicidaran de repente, se precipitan al vacío en ángulos imposibles y se autodestruyen en insólitos estallidos de contradicción. El color es repulsivo, diríase nauseabundo: una especie de amarillo estridente e impío, aunque descolorido por los rayos de sol que con tanta parsimonia se arrastran por él.

Presenta trozos de un naranja chillón, y otros teñidos de un azufre enfermizo.

¡No me extraña que los niños lo odiaran! También yo lo aborrecería si tuviera que pasarme las horas muertas en esa habitación.

John se acerca, tengo que guardar el cuaderno. No le gusta verme escribir ni una palabra.

Hace dos semanas que llegamos y escribir ya no me apetece tanto como aquel primer día.

Ahora estoy sentada junto a la ventana, en esta habitación tan atroz, sin nada que me impida poner por escrito todo lo que me plazca, salvo la falta de fuerzas.

John se pasa el día fuera, e incluso algunas noches, cuando sus casos son graves.

¡Me alegra que el mío no entre en esa categoría!

Sin embargo, estos ataques de nervios son deprimentes hasta extremos espantosos.

John no se imagina lo que sufro en realidad. Sabe que no hay razón alguna para preocuparse y se conforma con eso.

Por supuesto que no son más que nervios, pero me apena ser incapaz de valerme por mí misma.

Debería ayudar a John, proporcionarle descanso y consuelo, pero aquí estoy, reducida a la condición de lastre prematuro.

Nadie se creería el esfuerzo que me cuesta hacer lo poco que hago: vestirme, recibir visitas y poner las cosas en orden.

Es una suerte que Mary se lleve de maravilla con el bebé. ¡Qué niño tan bueno!

Sin embargo, el hecho de no poder estar con él me ataca los nervios.

Supongo que John no ha estado nervioso en su vida. ¡Cómo se ríe de mí a cuenta de ese papel amarillo!

Al principio se propuso redecorar la habitación, pero luego dijo que yo estaba dejando que me afectara en exceso, y no hay nada peor para un paciente nervioso que sucumbir a esa clase de figuraciones.

Según él, después del papel vendría el pesado cabecero de la cama, y a continuación los barrotes de las ventanas, y la reja de lo alto de las escaleras, y así con todo.

—Sabes que este sitio te hace bien, querida —me dijo—. Además, no me apetece renovar toda la casa para tres meses de alquiler.

—Pues vayamos abajo —repuse yo—. Hay muchas habitaciones bonitas.

Entonces me abrazó, me llamó tontita adorable y me aseguró que estaría dispuesto a mudarse al sótano si se lo pidiera, que llegaría incluso a encalarlo para contentarme.

De todos modos, tiene razón sobre eso de las camas, las ventanas y todo lo demás.

Es la habitación más cómoda y aireada que se podría pedir, y, por supuesto, yo no iba a ser tan ridícula como para importunarlo por culpa de un mero capricho.

En realidad, la habitación está empezando a gustarme. Menos ese papel espantoso.

Por una de las ventanas se puede ver el jardín, las misteriosas pérgolas pobladas de sombras, las flores asilvestradas y pasadas de moda, los arbustos y los árboles retorcidos.

Desde otra se disfruta de una vista adorable de la bahía y un pequeño embarcadero particular que pertenece a la hacienda.

Hay un sendero precioso, resguardado del sol, por el que se puede bajar hasta allí desde la casa. Siempre me ha gustado imaginarme personas que pasean por esos numerosos senderos y pérgolas, pero John me ha advertido que no debo ceder ni un ápice a mis fantasías. Según él, con mi portentosa imaginación y mi afición a inventar historias, una debilidad nerviosa como la mía está garantizado que desemboque en todo tipo de fabulaciones disparatadas, por lo que debería recurrir a toda mi fuerza de voluntad y el sentido común para reprimir esos impulsos. Lo intento.

A veces pienso que, si me encontrase lo bastante bien como para escribir un poquito, eso me serviría de válvula de escape para la presión de las ideas que se agolpan en mi cabeza y me sentiría más descansada.

No obstante, cuando lo intento compruebo que me fatigo enseguida.

Me rompe el corazón desempeñar mis tareas sin compañía ni asesoramiento. Cuando me ponga bien de verdad, John dice que les preguntará al primo Henry y a Julia si les apetece venir a pasar una temporada con nosotros. Pero me asegura que, en estos momentos, rodearme de unas personas tan estimulantes como esos dos equivaldría a intentar conciliar el sueño con un puñado de cohetes explotando bajo la almohada.

Ojalá pudiese acelerar mi recuperación.

Sin embargo, no debo pensar en eso. ¡Este papel me observa como si supiera la influencia tan nociva que ejerce sobre mí!

Hay un lugar recurrente en el que el dibujo cuelga como un cuello roto y dos ojos saltones te observan fijamente desde una cabeza vuelta del revés.

Su impertinencia y su pertinacia me sacan de quicio. Esos ojos absurdos, sin párpados, están por todas partes y se arrastran de arriba abajo y de un lado a otro. Hay una parte, en la que no coinciden las tiras, donde los ojos recorren la línea divisoria a intervalos irregulares, unos más altos que otros.

No había visto nunca un objeto inanimado con semejante capacidad de expresión, y todos sabemos lo expresivos que pueden llegar a ser. De pequeña me gustaba quedarme despierta en la cama, rodeada de paredes en blanco y muebles insulsos que me producían una mezcla de terror y entretenimiento comparable a lo que sienten la mayoría de los niños en el interior de una juguetería.

Recuerdo el guiño tan simpático de las manillas de nuestro viejo escritorio, tan grande, y había una silla que siempre me pareció poseedora de las cualidades que se le podrían atribuir a una buena amiga.

Me tranquilizaba pensar que, si a los demás objetos les diese por adoptar una apariencia feroz, siempre podría ponerme a salvo subiendo de un salto a esa silla.

El mobiliario de esta habitación tiene el inconveniente de formar un baturrillo carente de armonía, pues tuvimos que traerlo todo de abajo. Me imagino que, cuando los niños lo usaban como cuarto de juegos, antes tendrían que vaciarlo. ¡Y no me extraña! No había visto nunca semejantes destrozos.

El empapelado, como ya he dicho antes, está arrancado a tiras en algunos lugares, y eso que se pega a las paredes como una lapa. Eran perseverantes, además de unos vándalos.

También el suelo presenta arañazos, surcos y tablas astilladas, la escayola misma se ve desconchada, y esta cama tan grande y pesada que es lo único que encontramos en el cuarto da la impresión de haber sobrevivido a más de una guerra.

Pero todo eso no me molesta. Tan solo el papel.

Ahí viene la hermana de John. Qué buena es, ¡y cómo me cuida! No debería pillarme escribiendo.

Es el ama de casa perfecta, rebosante de entusiasmo, y no aspira a encontrar otro oficio más elevado. Me cuesta creer que, en su opinión, la escritura tenga la culpa de mi enfermedad.

Ya seguiré escribiendo cuando se vaya y yo pueda verla a lo lejos desde estas ventanas.

Hay una desde la que se ve la carretera, sinuosa y arbolada, y otra que da a la campiña. El paisaje es precioso, repleto de grandes olmos y pastos aterciopelados.

El papel de estas paredes tiene una especie de dibujo secundario, de otro color, que me resulta especialmente irritante, pues solo se muestra bajo algunos tonos de luz, y ni siquiera entonces con claridad.

Pero en aquellas partes donde no está borroso y el sol incide de la forma adecuada..., se intuye una figura informe, extraña y provocadora, que da la impresión de acechar parapetada tras el absurdo y conspicuo diseño central.

¡Ya sube la hermana por las escaleras!

Bueno, se acabó el 4 de Julio. Los invitados se han ido y yo estoy agotada. A John le pareció que me vendría bien tener algo de compañía, así que mi madre, Nellie y los niños han pasado aquí una semana.

No he movido ni un dedo, por supuesto. Ahora Jennie se ocupa de todo.

Sin embargo, estoy igual de cansada.

John dice que, como no empiece a recuperarme enseguida, me pedirá cita con Weir Mitchell en otoño.

Aunque a mí no me hace ni pizca de gracia ir a verlo. Una amiga estuvo una vez en sus manos y, según ella, es igualito que John y mi hermano. ¡O peor!

Además, desplazarse hasta allí sería todo un calvario.

Me cuesta horrores animarme a hacer cualquier cosa, y cada día que pasa me vuelvo un poco más sensiblera y miedica.

Lloro por nada. Me paso casi todo el día entero llorando.

No delante de John, claro, ni de nadie. Tan solo cuando me quedo a solas.

Y me paso sola la mayor parte del tiempo. John atiende unos casos muy graves que lo retienen en la ciudad a menudo, y Jennie es muy buena conmigo y me deja tranquila cuando se lo pido.

De modo que me dedico a pasear por el jardín o por esa arboleda tan bonita, me siento en el porche, a la sombra de las rosas, y me quedo tendida allí muchas horas.

Estoy empezando a tomarle cariño a la habitación, a pesar del empapelado. O quizá precisamente a causa de él.

¡Ocupa la mayor parte de mis pensamientos!

Me tumbo aquí, en esta cama tan grande e inamovible..., está atornillada, sospecho..., y sigo esos dibujos con la mirada hasta que me aburro. Es mejor que la gimnasia, os lo aseguro. Empiezo por abajo, pongamos por caso, por esa esquina de ahí que permanece aún intacta, y decido por enésima vez seguir esos dibujos absurdos hasta llegar a algún tipo de conclusión.

Sé algo de los principios básicos del diseño, y me consta que la distribución de esta cosa no respeta las leyes de la radiación, la alternancia, la repetición, la simetría ni ninguna otra de la que yo haya oído hablar nunca.

Se repite, como es evidente, de lámina en lámina, pero nada más.

Si se observan de un modo determinado, cada rollo resalta sobre los demás y sus curvas y florituras..., una especie de «románico degenerado» con *delirium tremens*..., se extienden de arriba abajo en fatuas columnas aisladas.

Pero, por otra parte, también se entrecruzan en diagonal, y sus contornos se desparraman en inmensas ondas sesgadas de horror óptico, como un manojo de algas marinas enmarañadas.

Al mismo tiempo, el conjunto también se extiende en horizontal..., o eso parece, al menos..., y me agoto a mí misma esforzándome por distinguir el orden que sigue en esa dirección.

Han utilizado un rollo horizontal a modo de friso, lo que contribuye de forma espectacular a la confusión.

Hay una esquina del cuarto donde está intacto casi por completo, y allí, cuando los rayos de sol dejan de cruzarse e inciden directamente sobre él, me parece distinguir algo parecido a la radiación, unas líneas grotescas e interminables que se generan en torno a un centro común y se proyectan en vertiginosas estructuras de simetría aberrante.

Me quedo rendida mirándolas. Creo que voy a echarme la siesta.

No sé si debería escribir esto.

No quiero.

No me siento capaz.

Y sé que a John le parecería ridículo. Pero de alguna manera tengo que expresar lo que siento y lo que pienso... ¡Cómo me alivia!

Sin embargo, el esfuerzo va a ser mucho mayor que cualquier alivio.

Las horas se me escapan abrumada por una pereza terrible, y cada vez me paso más tiempo tumbada que en pie.

John dice que no debo perder todas mis fuerzas, y para evitarlo me administra aceite de hígado de bacalao y todo tipo de tónicos y cosas así, por no hablar de la cerveza, el vino y algún que otro bocado de carne.

¡Mi querido John! Me ama con locura y verme convaleciente le hace perder los estribos. El otro día intenté tener una conversación franca y razonable con él, y explicarle cómo me gustaría que me dejase ir a visitar al primo Henry y a Julia.

Pero replicó que yo no estaba en condiciones de viajar, ni de soportar la estancia allí aunque consiguiera llegar. Reconozco que no supe defender bien mi postura, pues aún no había terminado de hablar cuando ya me había echado a llorar.

Hilvanar mis pensamientos comienza a suponerme un esfuerzo tremendo. Todo por culpa de esta crisis nerviosa, supongo.

Mi querido John me tomó en brazos, me llevó arriba para tumbarme en la cama y se quedó a mi lado, leyendo en voz alta hasta que se me cerraron los párpados.

Me dijo que era su amada, su consuelo y todo cuanto tenía, y que debía cuidarme por él, y ponerme buena.

Me dijo que yo era la única que podía ayudarme a superar esta crisis, que debía hacer un esfuerzo de voluntad y autocontrol y no dejarme someter por mis absurdas fabulaciones.

Lo único que me consuela es pensar que el bebé es feliz y está bien, y que no tiene que ocupar esta habitación con ese papel tan horrible.

Si no la estuviéramos usando nosotros, le habría tocado a esa bendita criatura. ¡Qué suerte ha tenido! Jamás consentiría que un hijo mío, una cosita tan impresionable, durmiera en un entorno como este.

No se me había ocurrido antes, pero fue un acierto que John decidiera instalarme aquí. Al fin y al cabo, yo soy mucho más fuerte que cualquier bebé.

Esto, por supuesto, ya no lo menciono nunca delante de ellos..., no soy tan ingenua..., pero tampoco lo pierdo nunca de vista.

En ese papel hay cosas que no sabe nadie, que no sabrá nunca nadie. Salvo yo.

Tras ese dibujo exterior, las formas difusas se tornan más claras con cada día que pasa.

Siempre la misma, solo que muy numerosa.

Es como si hubiese una mujer encorvada detrás del dibujo, acechante. No me gusta ni un pelo. Me pregunto..., empiezo a pensar... ¡Ojalá John me sacase de aquí!

Me cuesta mucho hablar de mi caso con John, porque sabe mucho y me quiere más todavía.

Pero anoche lo intenté.

Había salido la luna. La luna, como el sol, brilla en todas direcciones.

Se arrastra con tanto sigilo que a veces me da rabia verla, y siempre se cuela por una ventana o por otra.

John se había quedado dormido y yo no quería despertarlo, así que me quedé muy quieta, contemplando la luna sobre ese papel ondulante hasta que noté un repelús.

La tenue figura del fondo parecía sacudir el dibujo, como si quisiera salir.

Me levanté sin hacer ruido y me acerqué para tocarlo, para ver si era verdad que el papel se movía, y cuando volví a la cama John ya estaba despierto.

—¿Qué ocurre, pequeña? No andes así por ahí..., te dará frío.

Me pareció que era un momento tan bueno como cualquier otro para hablar, así que le conté que no estaba recuperándome en absoluto, y que desearía que me sacara de allí.

—¡Cariño! Nuestro contrato vence dentro de tres semanas. No veo cómo nos podríamos ir antes.

»Aún no han terminado las reparaciones en casa y en estos momentos me resultaría imposible abandonar la ciudad. Lo haría si corrieras peligro, por supuesto, pero sí que te estás poniendo mejor, cariño, tanto si tú te das cuenta como si no. El médico soy yo, querida, por eso lo sé. Estás ganando peso y recuperando el color, vuelves a tener apetito... Me siento mucho más tranquilo viéndote así.

—No peso ni un ápice más —repliqué—, ni lo mismo que antes. Y quizá tenga más apetito por las noches, cuando tú estás aquí, pero lo pierdo todas las mañanas cuando te vas.

—¡Pobre amor mío! —Me estrechó entre sus brazos—. ¡Te dejo que estés todo lo mala que quieras! Pero aprovechemos mejor estas horas tan intempestivas intentando conciliar el sueño. Ya hablaremos de esto por la mañana.

—Entonces, ¿no quieres irte? —pregunté con voz fúnebre.

—Pero ¿cómo quieres que me vaya, cariño? Tres semanas más, eso es todo. Después haremos un bonito viaje de unos cuantos días mientras Jennie arregla la casa. ¡De verdad, mi amor, que ya estás mucho mejor!

—En el plano físico, quizá... —empecé a contestar, pero me interrumpí en seco cuando se sentó con la espalda recta en la cama y me miró con un gesto de reprobación tan severo que ya no fui capaz de articular otra palabra.

—Cariño, te lo suplico por mi bien y el de nuestro hijo, además de por el tuyo. No permitas ni por un instante que se te metan en la cabeza esas ideas. Para un temperamento como el tuyo no hay nada más fascinante ni peligroso. Son imaginaciones absurdas y erróneas. ¿No puedes fiarte de mi palabra de médico?

De modo que, por supuesto, no volví a sugerir nada por el estilo y no tardamos en acostarnos de nuevo. John se pensaba que yo me había dormido primero, pero no era así; me pasé horas en vela, intentando dilucidar si aquellos dibujos, el principal y el secundario, realmente se movían juntos o por separado.

Los dibujos como este, a la luz del día, adolecen de una falta de secuencialidad, desafían hasta tal punto todas las leyes, que a cualquier mente cabal le provocarían un rechazo irrefrenable.

El color ya es lo bastante repulsivo de por sí, además de engañoso e irritante, pero el dibujo... El dibujo es una tortura.

Puedes pensar que lo has dominado, pero cuando persistes en tu escrutinio, hace un doble salto mortal y ahí lo tienes. Te abofetea, te tira al suelo, te pisotea. Es como una pesadilla.

El dibujo exterior, un arabesco florido, tiene pinta de hongo. Si podéis imaginaros una hilera de renacuajos encadenados, una sucesión interminable de ellos, brotando y expandiéndose en remolinos sin fin... Sería algo muy parecido.

A veces es exactamente así.

Este papel posee una peculiaridad muy característica, un detalle que se le escapa a todo el mundo menos a mí, al parecer, y es el hecho de que fluctúa conforme cambia la luz.

Cuando el sol entra por la ventana del este..., siempre estoy atenta a esa primera saeta, recta y alargada..., la transformación es tan repentina que me cuesta creer lo que ven mis ojos.

Por eso no puedo parar de observarlo.

A la luz de la luna..., la luna que, cuando sale, brilla toda la noche..., nadie diría que se trata del mismo papel.

Por la noche, a cualquier luz..., del ocaso, de las velas, de las lámparas y, lo peor de todo, de la luna..., se convierte en barrotes. El dibujo exterior, quiero decir, y la mujer que acecha tras ellos se muestra a las claras.

Tardé mucho en darme cuenta de qué era eso que se insinuaba ahí detrás, ese dibujo secundario tan tenue, pero ya no me cabe la menor duda de que se trata de una mujer.

La luz diurna la diluye y aquieta. Me imagino que es el dibujo lo que la inmoviliza de esa manera. Es desconcertante. También yo me paso las horas inmóvil.

Me paso tanto tiempo acostada... John dice que me vendrá bien, que aproveche para dormir todo lo que pueda.

Lo cierto es que fue él el que me animó a adoptar la costumbre de echarme durante una hora después de cada comida.

Una costumbre nefasta, estoy convencida de ello, porque, veréis, no consigo dormir.

Y eso fomenta el engaño, pues no le he contado a nadie que me paso todo ese tiempo despierta. ¡De ninguna manera!

Lo cierto es que John empieza a darme un poco de miedo.

En ocasiones se comporta de una forma muy rara, e incluso Jennie luce una expresión enigmática.

A veces me da por pensar, aunque no sea más que una hipótesis, que quizá el papel tenga la culpa de todo.

Me he fijado en John sin que él se dé cuenta, entrando en la habitación de repente con los pretextos más inocentes, y lo he pillado más de una vez contemplando el papel. Y a Jennie también. A ella he llegado a verla con una mano apoyada en la pared.

Ignoraba que yo estuviera en el cuarto, y cuando le pregunté en voz muy baja, controlándome al máximo, qué estaba haciendo con el papel, se giró en redondo como si la hubiera descubierto robando y, con gesto de enfado, me pidió que no le diera esos sustos.

Luego dijo que el papel ensuciaba todo lo que tocaba, que había encontrado manchas amarillas en toda mi ropa y en la de John, y me animó a ser más cuidadosa.

¿No suena eso de lo más inocente? Pero yo sé que Jennie estaba estudiando el papel, y estoy decidida a que ser la única que desentrañe sus secretos.

Mi vida ahora es mucho más emocionante que antes. Porque, veréis, tengo algo a lo que aspirar, un anhelo. Una misión. He recuperado el apetito, realmente, y también la tranquilidad.

¡Cómo se alegra John de mi mejoría! El otro día se rio un poquito y me dijo que le daba la impresión de encontrarme mucho mejor a pesar del papel de las paredes.

Le resté importancia con una sonrisa. No tenía la menor intención de confesarle que era precisamente gracias a ese papel. Se habría burlado de mí. Quizá hubiera querido incluso alejarme de aquí.

No quiero irme ahora, no sin haber desentrañado el secreto. Todavía dispongo de una semana. Creo que debería ser suficiente.

¡Me siento cada vez mejor! No duermo mucho por las noches, pues observar el desarrollo de los acontecimientos es demasiado interesante, pero recupero horas de sueño durante el día.

El día me deja cansada y perpleja.

No paran de salirle brotes nuevos al hongo, cubierto de nuevos tonos de amarillo. Aunque intento llevar la cuenta de manera meticulosa, me resulta imposible.

El amarillo de ese papel es de lo más extraño. Me hace pensar en todas las cosas amarillas que he visto a lo largo de mi vida. Pero no en cosas bonitas, como los botones de oro, sino en cosas amarillas viejas y ajadas.

Hay algo más, sin embargo: ¡el olor! Aunque lo noté en cuanto nos trasladamos a la habitación, con el aire y el sol no era tan desagradable. Después de una semana de niebla y lluvia, tanto si las ventanas están abiertas como si no, el olor es omnipresente.

Invade toda la casa.

Lo percibo flotando en el comedor, acechando en el recibidor, escondido en los pasillos, esperándome en las escaleras.

Me impregna el cabello.

Incluso cuando salgo a montar, si giro la cabeza de repente para pillarlo por sorpresa..., ¡ahí está el olor!

Es de lo más peculiar. Me he pasado horas intentando analizarlo, descifrar su naturaleza.

No es penetrante, al principio, y sí muy sutil. El olor más sutil y persistente con el que me haya encontrado en mi vida.

Con este tiempo tan húmedo se vuelve espantoso. Me despierto por las noches y me descubro arropada por él.

Antes me molestaba. Llegué a contemplar seriamente la posibilidad de prenderle fuego a la casa, todo con tal de llegar al origen de esa pestilencia.

Pero ya me he acostumbrado. Lo único que puedo pensar es que se parece al color del papel. Es un olor amarillo.

Hay una marca muy rara en esta pared, hacia abajo, cerca del rodapié. Una rozadura que recorre toda la habitación. Se cuela por detrás de todos los muebles, a excepción hecha de la cama; un trazo muy largo, regular y recto, como una mancha que alguien hubiese frotado y restregado mil veces.

Me pregunto quién lo habrá dejado ahí, cómo y con qué propósito. Da vueltas y más vueltas..., vueltas y más vueltas... ¡Me mareo con solo mirarlo!

Por fin he hecho un auténtico hallazgo.

Después de tanto fijarme por las noches, cuando cambia de esa manera, por fin me he dado cuenta de algo.

El dibujo principal se mueve..., ¡y no me extraña! ¡Lo sacude la mujer que hay detrás!

A veces pienso que hay muchas mujeres detrás, y a veces solamente una que se mueve a gatas, muy deprisa, y todo se estremece con su deambular.

Se queda inmóvil en los puntos más brillantes, mientras que en los umbríos se agarra a los barrotes y los menea con fuerza.

Se pasa todo el tiempo intentando escapar, pero nadie podría zafarse de ese dibujo estrangulador. Creo que por eso tiene tantas cabezas.

Cuando se asoman, el dibujo las estrangula, las cuelga del revés y las deja con los ojos en blanco.

Si esas cabezas estuvieran cubiertas, o separadas de sus cuerpos al menos, no me parecerían tan inquietantes.

¡Creo que esa mujer sale de la pared durante el día!

Y os contaré por qué, pero es un secreto: ¡la he visto!

¡Puedo verla desde todas y cada una de las ventanas!

Es la misma mujer, lo sé, pues siempre está arrastrándose, y la mayoría de las mujeres no suelen arrastrarse a plena luz del día.

La veo en esa carretera tan larga que discurre bajo los árboles, gateando, y si se acerca algún carruaje, ella se oculta entre las zarzas cargadas de moras.

No la culpo. ¡Debe de ser muy humillante que te pillen arrastrándote a cielo descubierto!

Yo siempre cierro la puerta con llave cuando me arrastro y aún es de día. No puedo hacerlo de noche, pues sé que John sospecharía de mí de inmediato.

Se ha vuelto tan raro que no quiero irritarlo. ¡Ojalá se cambiara de habitación! Además, no quiero que nadie vea a esa mujer por la noche, aparte de mí.

A menudo me pregunto si podría verla por todas las ventanas a la vez.

Pero, por mucho que corra, solo me puedo asomar a ellas de una en una.

Y aunque siempre la veo, me parece que se arrastra más deprisa de lo que yo podría correr.

A veces la observo a lo lejos, arrastrándose por los prados, tan deprisa como la sombra de una nube empujada por un fuerte viento.

¡Ojalá el dibujo principal pudiera separarse del secundario! Me he propuesto intentarlo muy poco a poco.

He descubierto otra curiosidad, pero esta vez me la voy a guardar para mí. No me fío mucho de la gente.

Solo me quedan dos días para arrancar el papel, y creo que John está empezando a sospechar algo. No me gusta cómo me mira.

Además, lo he oído hablando con Jennie, haciéndole todo tipo de preguntas profesionales acerca de mí. Ella le presentó un informe de lo más positivo.

Le dijo que yo dormía mucho durante el día.

John sabe que no duermo bien por las noches, aunque procuro no hacer nada de ruido.

A mí también me hizo un montón de preguntas, y yo aparenté mostrarme servicial y cariñosa.

¡Como si no pudiera ver lo que se propone!

Pese a todo, no me extraña que actúe de esa manera, después de llevar tres meses durmiendo bajo ese papel.

Solo me interesa a mí, pero estoy segura de que, en secreto, a Jennie y a John también les afecta.

¡Hurra! Este es el último día, pero dispongo de tiempo de sobra. John se irá a la ciudad esta tarde y pasará allí toda la noche.

Jennie quería acostarse conmigo. ¡Qué astuta! Pero le he asegurado que dormiré mejor sola, sin duda.

Una respuesta muy astuta, pues lo cierto es que no he estado a solas ni un solo instante. En cuanto despuntó la luna y esa pobre criatura empezó a arrastrarse y a sacudir el dibujo, me levanté y acudí corriendo en su ayuda.

Yo tiraba y ella forcejeaba, ella forcejeaba y yo tiraba, y antes del amanecer conseguimos arrancar rollos y más rollos de ese papel.

Una tira casi tan alta como mi cabeza y tan larga como para rodear media estancia.

Y luego, cuando salió el sol y ese dibujo espantoso empezó a reírse de mí, juré que no pasaría de hoy.

Nos vamos mañana, y van a bajar mis muebles de nuevo para dejarlo todo tal y como estaba antes.

Jennie se quedó mirando la pared, sorprendida, pero le conté con una sonrisa que lo había hecho empujada por el rechazo que me provocaba esa cosa.

Se rio y me dijo que no le importaría hacerlo ella misma, pero que yo no debía cansarme.

¡Cómo se delató con esas palabras!

Mientras yo esté aquí, nadie más tocará ese papel salvo yo. ¡No con vida!

Intentó sacarme de la habitación... ¡Qué obvio era todo! Le dije que, con lo limpio, vacío y tranquilo que estaba todo, me apetecía acostarme otra vez y dormir todo cuanto pudiera, ni siquiera hacía falta que me despertase para cenar. Ya la avisaría yo.

Así que ahora se ha ido, al igual que los criados, al igual que todas mis cosas, y no queda nada salvo esa cama tan grande, atornillada, con el colchón de lona que encontramos encima.

Está previsto que durmamos abajo esta noche, y mañana embarcaremos para volver a casa.

Me gusta mucho la habitación, ahora que vuelve a estar vacía.

¡Esos niños, cómo bregaban aquí!

El armazón de la cama está cubierto de marcas de mordiscos.

Pero debo poner manos a la obra.

He cerrado la puerta y he tirado la llave al camino de acceso.

No quiero salir y tampoco quiero que entre nadie antes de que John haya vuelto.

Quiero que se lleve una buena sorpresa.

Aquí arriba guardo una soga que ni siquiera Jennie fue capaz de encontrar. Si esa mujer sale e intenta escapar, podré maniatarla.

Pero se me había olvidado que no podré llegar muy lejos sin algo a lo que subirme.

Y no hay quien mueva esta cama.

He intentado levantarla y empujar hasta quedarme sin fuerzas, y después me enfadé tanto que le pegué un bocado a una esquina, pero me hice daño en los dientes.

Seguí pelando el papel hasta donde podía llegar con los pies en el suelo. ¡Es asquerosamente viscoso y al dibujo le gusta! ¡Todas esas cabezas estranguladas, esos ojos saltones y esos hongos infectos se carcajean de mí!

Mi enfado está llegando a tal punto que podría hacer algo desesperado. Tirarme por la ventana sería un ejercicio admirable, pero los barrotes son demasiado recios como para intentarlo siquiera.

Además, yo no haría eso. Por supuesto que no. Sé perfectamente que semejante acción sería indecorosa y se podría malinterpretar.

Ya ni siquiera me atrevo a asomarme a las ventanas..., hay tantas mujeres de esas ahí fuera, arrastrándose cada vez más deprisa.

Me pregunto si habrán surgido todas del papel, como yo.

Pero ahora estoy bien sujeta por la cuerda que había escondido. A mí nadie va a sacarme allí fuera, a la carretera. Supongo que tendré que volver a ocultarme detrás del dibujo cuando se haga de noche, aunque me cueste.

Con lo agradable que es esta habitación tan grande, por la que me puedo arrastrar a mi antojo.

No quiero salir. No pienso hacerlo, por mucho que Jennie me lo pida.

Porque, una vez fuera, te tienes que arrastrar por el suelo, y todo es de color verde en vez de amarillo.

Pero aquí puedo gatear con suavidad por el suelo, y mi hombro encaja a la perfección en esa rozadura que recorre toda la pared, sirviéndome de guía.

Vaya, John está en la puerta.

¡No te servirá de nada, muchacho, no puedes abrirla!

Con qué brío llama y la aporrea.

Ahora pide a gritos que le traigan un hacha.

¡Sería una lástima destrozar esa puerta tan bonita!

—John, querido —dije, con mi voz más apacible—, la llave está abajo, junto a los escalones de la entrada, bajo una hoja de llantén.

Eso lo dejó callado un instante.

Luego, en voz muy baja, me dijo:

—¡Abre la puerta, cariño!

—No puedo —repliqué—. La llave está abajo, junto a la puerta, debajo de una hoja.

Se lo repetí una vez más, varias veces, muy despacio y con calma. Insistí tanto que tuvo que ir a echar un vistazo, y la encontró, por supuesto, y la usó para entrar. Se quedó clavado en la puerta.

—¡Qué ocurre! —exclamó—. ¡Por todos los santos, qué haces!

Yo seguí arrastrándome, como antes, pero giré la cabeza para mirarlo.

—Por fin he logrado escapar —murmuré—, a pesar de Jane y de ti. Y he arrancado casi todo el papel, para que no podáis volver a encerrarme.

No entiendo por qué se desmayaría ese hombre, pero eso fue lo que hizo. ¡Y justo en mi camino, contra la pared, para que a cada vuelta que daba me tuviera que arrastrar por encima de él!

LO BLANCO Y LO NEGRO

Cuento fantástico

ERCKMANN-CHATRIAN

I

En aquellos tiempos, pasábamos las veladas en la taberna Brauer de la plaza de Vieux-Brisach.

Al dar las ocho, llegaban, uno tras otro, el notario Fréderic Schultz, el burgomaestre Franz Martin, el juez de paz Christopher Ulmett, el concejal Klers, el ingeniero Rothan, el joven organista Théodore Blitz y tantos otros honorables ciudadanos del lugar. Sentados todos alrededor de la misma mesa, degustábamos en familia las espumosas jarras de cerveza.

Théodore Blitz había llegado de Jena con una carta de presentación de Harmosius. Su aparición, con sus ojos negros, su cabello moreno alborotado, su fina y pálida nariz, su cortante manera de hablar y sus ideas místicas, causó cierta turbación en nuestro círculo. Nos desconcertaba cuando se levantaba bruscamente y daba tres o cuatro vueltas por la sala gesticulando y burlándose con una actitud insólita de los paisajes suizos pintados en las paredes, los lagos de color azul índigo, las montañas de color verde manzana y los senderos rojos. Luego se sentaba de nuevo, se bebía la jarra de un trago y entablaba alguna discusión sobre la música de Palestrina, el laúd de los hebreos, la introducción del órgano en nuestras basílicas, el *sefer* o los tiempos sabáticos. Entonces fruncía el ceño, clavando los puntiagudos codos en el borde de la mesa, sumido en profundas meditaciones.

Cierto, nos desconcertaba. Nosotros éramos personas de orden acostumbradas a las ideas metódicas. Con todo, nos habituamos a su carácter. Incluso el ingeniero Rothan, que en ningún momento perdió ni un ápice de su socarrón humor, acabó por tomárselo con calma y dejó de contradecir a cada momento al joven maestro de capilla cuando tenía razón.

Ni que decir tiene que Théodore Blitz era uno de esos organismos nerviosos que se resienten por las variaciones de temperatura más insignificantes. Lo cierto es que ese año fue caluroso en extremo y que luego, hacia el otoño, se desataron grandes tormentas que hicieron temer por la vendimia.

Una noche, como de costumbre, nuestro grupo se hallaba congregado en torno a la mesa, a excepción del viejo juez Ulmett y del maestro de capilla. El señor burgomaestre charlaba del granizo y de las grandes obras hidráulicas. Yo escuchaba el viento que, en el exterior, agitaba los plataneros de Schlossgarten, y las gotas de agua que azotaban los cristales. De vez en cuando se podía oír una teja desprendida que rodaba en los tejados, o una puerta que se cerraba con estruendo, o un postigo que golpeaba contra las paredes. Luego seguía el inmenso clamor del huracán que ululaba, silbaba y gemía a lo lejos, como si unos seres invisibles se buscaran y se llamaran los unos a los otros en las tinieblas, mientras los vivos se escondían y se agazapaban en los rincones para evitar su aciago encuentro.

El reloj de la capilla de San Landolfo dio las nueve. Fue entonces cuando Blitz entró con modales bruscos, sacudiendo su sombrero de fieltro como un poseso y gritando con su penetrante voz:

—Ya está el diablo haciendo de las suyas. ¡Lo blanco y lo negro se confunden! ¡Las nueve veces nueve mil novecientas noventa mil *Ansias* batallan y se hacen trizas! ¡Venga, Arimane, exhíbete..., asuela..., devasta!

¡Los Amschaspand se dan a la fuga! ¡Oromaze mira hacia otro lado! ¡Vaya tiempecito! ¡Vaya tiempecito!

Pronunciaba tales palabras mientras corría por el salón con sus largas y delgadas piernas, riendo de manera convulsiva. Nos quedamos pasmados ante semejante irrupción y, por unos momentos, nadie dijo nada. Al final, el ingeniero Rothan se dejó llevar por su cáustico humor y exclamó:

—¿Qué galimatías está entonando, señor organista? ¿Qué significa eso de los Amschaspand? ¿Y lo de las nueve veces nueve mil novecientas noventa mil *Ansias*? ¡Ja, ja, ja! Realmente gracioso. ¿De dónde diantre ha sacado tan singular lenguaje?

Théodore Blitz se detuvo de golpe, cerró un ojo y mantuvo el otro abierto al máximo. En él resplandecía una diabólica ironía.

Cuando Rothan hubo terminado de hablar, le respondió:

—¡Ah, el ingeniero! ¡El espíritu sublime! ¡El maestro de la llana y del mortero! ¡El enderezador de la mampostería! ¡El ordenador del ángulo recto, del ángulo agudo y del ángulo obtuso! ¡Tiene razón! ¡Tiene usted toda la razón!

Y entonces se agachó con aire burlón:

—Solo existen la materia, el nivel, la regla y el compás. Las revelaciones de Zoroastro, de Moisés, de Pitágoras, de Odín, de Cristo, la armonía, la melodía, el arte y el sentimiento no son más que ensoñaciones indignas de un espíritu ilustrado como el de usted. Solo a usted le pertenece la verdad, la eterna verdad. ¡Je, je, je! ¡Me inclino ante usted, lo alabo, me prosterno ante su gloria, imperecedera como la de Nínive y Babilonia!

Una vez concluido su parlamento, giró un par de veces sobre sus talones y se fue con un estallido de risa tan estrepitoso como el canto de un gallo que saludase a la aurora.

Rothan iba a revolverse contra él, pero, en ese mismo instante, entró el viejo juez Ulmett con la cabeza metida hasta el fondo en su gorro de nutria y los hombros cubiertos con su pelliza de color verde botella ribeteada de zorro, las mangas colgando, la espalda curvada, los párpados entrecerrados, la gran nariz roja y las firmes mejillas chorreantes de lluvia.

Parecía un pollo mojado.

En el exterior llovía a cántaros, los canalones rebosaban, las gárgolas se desbordaban y las acequias crecían como ríos.

—¡Ah, Señor! —exclamó el buen hombre—. Hay que estar loco para salir con semejante tiempo, sobre todo con este cansancio..., las inspecciones..., los atestados..., los interrogatorios. ¡La jarra de cerveza y los viejos amigos me harán cruzar el Rin a nado!

Y a medida que mascullaba estas palabras confusas, se quitaba el gorro de nutria y abría la amplia pelliza para sacar la larga pipa de Ulm, la petaca de tabaco y el mechero, que colocó pulcramente sobre la mesa. Luego colgó la pelliza y el gorro en el riel de una ventana y gritó:

—¡Brauer!

—¿Qué desea, el juez de paz?

—Haría usted bien en cerrar los postigos. Créame, este chaparrón acabará en tormenta.

El tabernero salió al instante y cerró los postigos mientras el viejo juez se sentaba en un rincón y exhalaba un suspiro.

—¿Está al corriente de lo sucedido, burgomaestre? —preguntó con tono triste.

—No. ¿Qué ha ocurrido, querido Christopher?

Antes de responder, el señor Ulmett escudriñó la sala con atención.

—Estamos solos, amigos —dijo—. Os lo puedo revelar. A eso de las tres de la tarde se ha hallado a la desdichada Grédel Dick bajo la esclusa del molinero, en Holderloch.

—¡Bajo la esclusa de Holderloch! —exclamaron los presentes.

—Sí... Con una cuerda alrededor del cuello...

Para comprender cuánto nos afectaron estas palabras, baste saber que Grédel Dick era una de las más bellas jóvenes de Vieux-Brisach, morena alta, de ojos azules y mejillas sonrosadas, hija única del anciano anabaptista Pétrus Dick, quien estaba al cargo de las extensas propiedades de Schlossgarten. Desde hacía algún tiempo se la veía triste y seria, a ella, quien tan risueña se mostraba siempre por las mañanas y, por la tarde, con sus amigas, en la fuente. La habían visto llorar y sus penas se atribuyeron a la incesante persecución a la que sometía Zaphéri Mutz, hijo del maestro de postas, un hombretón robusto, desabrido, nervioso, de nariz aguileña y crespos cabellos negros, que la seguía como si fuera su sombra y los domingos, en el baile, no la soltaba del brazo.

Se había llegado a abordar su boda, pero Mutz padre, su esposa, el yerno Karl Brêmer y la hija, Soffayel, se habían opuesto a tal unión bajo el pretexto de que una *pagana* no podía formar parte de la familia.

Grédel llevaba desaparecida tres días. No se sabía qué le había ocurrido. Es fácil imaginar las mil ideas que nos pasaron por la mente al saber que estaba muerta. Ya nadie se acordaba de la discusión entre Théodore Blitz y el ingeniero Rothan acerca de los seres invisibles. Todos los ojos se dirigían con aire interrogante al señor Christopher Ulmett, quien, con su ancha cabeza inclinada y sus pobladas cejas blancas fruncidas, rellenaba su pipa con aire solemne y pensativo.

—Y Mutz..., Zaphéri Mutz —preguntó el burgomaestre—, ¿qué ha sido de él?

Las mejillas del anciano se tiñeron ligeramente de rosa hasta que, al cabo de unos segundos de reflexión, respondió:

—Zaphéri Mutz... ¡se ha echado al monte!

—¡Ha huido! —exclamó el joven Klers—. ¡Eso significa que se declara culpable!

—Tal parece —dijo el anciano juez con su buen natural—. De lo contrario, no tendría motivo para escapar. Por otro lado, hemos registrado la casa del padre Mutz y hemos encontrado a la familia muy alterada. La madre trastabillaba y se tiraba de los pelos. La hija se había vestido de domingo y bailaba como una loca. Ha sido imposible sacar nada en claro de ellos. En cuanto al padre de Grédel, el pobre hombre se halla en un estado de desesperación indescriptible. No quiere comprometer el honor de su hija, pero está convencido de que Grédel Dick abandonó la granja de manera voluntaria para irse con Zaphéri Muth el martes pasado. Los vecinos han dado fe de ello. En fin, la policía sigue indagando. Ya veremos... Ya veremos...

Se produjo un largo silencio mientras seguía diluviando en el exterior.

—¡Es horrible! —exclamó el burgomaestre de pronto—. ¡Horrible! ¡Y pensar que todos los padres de familia, todos aquellos que educan a sus hijos en el temor de Dios, se exponen a semejantes infortunios!

—Sí —convino el juez Ulmett, quien encendió su pipa—. Así es. Por más que nos repitamos que todo sucede por mandato de Dios nuestro Señor, creo que el espíritu de las tinieblas se mezcla en nuestros asuntos más de lo debido. Por un buen hombre, ¿cuántos bribones no habrá sin fe ni ley? Y por una buena acción, ¿cuántas maldades? Piénsenlo, amigos. Si el diablo se pusiera a contar su rebaño...

No pudo terminar porque, en ese preciso instante, un triple rayo iluminó las rendijas de los postigos e hizo palidecer la luz de la lámpara. Al rayo lo siguió, casi de inmediato, un trueno. Pero fue un trueno seco, quebrado, un trueno capaz de poner los pelos de punta a cualquiera. Dio la impresión de que la tierra había estallado.

En la iglesia de San Landolfo sonó la media. Parecía que las reverberaciones del tañido del bronce sonaran a nuestro lado. Y de lejos, de muy lejos, nos llegó una voz lánguida, lastimosa, que gritaba:

—¡Socorro! ¡Socorro!

—Alguien pide ayuda —balbució el burgomaestre.

—Sí —asintieron los demás, que palidecieron y comenzaron a escuchar con atención.

Al vernos tan asustados, Rothan, con una mueca burlona, exclamó:

—¡Je, je, je! Será el minino de la señorita Roësel, proclamando sus amoríos con el señor Roller, el joven tenor del primero.

Luego, engolando la voz y alzando la mano con un gesto trágico, añadió:

—¡La medianoche sonó en el torreón del castillo!

Este tono guasón provocó la indignación general.

—¡Maldito sea quien se ríe de semejantes cosas! —exclamó el padre Christopher mientras se levantaba de su asiento.

Avanzó hacia la puerta con andares cautelosos y todos lo seguimos, incluso el gordo tabernero que agarraba su gorro de algodón con la mano y murmuraba una plegaria en voz baja como si fuera a comparecer ante

Dios. Rothan fue el único que no se movió del sitio. Me coloqué detrás de ellos, alargando el cuello y observando por encima de sus hombros.

Otro rayo cayó nada más abrirse la puerta acristalada que temblaba. La calle, con los adoquines blancos lavados por la lluvia, las acequias revueltas, sus mil ventanas, sus fachadas decrépitas, sus letreros, surgió bruscamente en la noche y con la misma brusquedad se diluyó en las tinieblas.

Ese abrir y cerrar de ojos me bastó para ver la flecha de san Landolfo y sus innumerables estatuas envueltas por la luz clara del rayo, la copa de las campanas que colgaban de las vigas negras, los badajos y las cuerdas que se sumergían en la nave y, por encima, el nido de cigüeñas medio destruido por la tormenta y, en su interior, unos pequeños picos alzados y la madre asustada que desplegaba las alas mientras el padre revoloteaba alrededor de la aguja centelleante, con el pecho abombado, el cuello encogido y las largas patas echadas hacia atrás, como si desafiara el zigzagueo de los rayos.

Fue una visión perturbadora, una verdadera pintura china, frágil, fina, etérea, algo extraño y terrible sobre el fondo negro de los nubarrones cuarteados de oro.

Todos nos quedamos boquiabiertos en el umbral de la taberna, mientras hacíamos la siguiente pregunta:

—¿Qué ha oído usted, señor Ulmett?

—¿Qué ve usted, señor Klers?

En ese momento, un maullido lúgubre se oyó por encima de nosotros y un regimiento entero de gatos se puso a saltar de canalón a canalón al tiempo que un estallido de risa retumbaba en el interior de la sala.

—¡Bueno, bueno! —gritaba el ingeniero Rothan—. Ya lo están oyendo, ¿andaba yo equivocado?

—No ha sido nada —murmuraba el anciano juez—. Gracias a Dios, no ha sido nada. Entremos, pues la lluvia arrecia.

Y mientras se sentaba, dijo:

—¿Qué tiene de asombroso, señor Rothan, el que la imaginación de un pobre viejo como yo desvaríe cuando el cielo y la tierra se confunden y el amor y el odio se unen para producir crímenes desconocidos por estos lares hasta el día de hoy? ¿Es eso motivo de asombro?

Todos regresamos a nuestros asientos con un sentimiento de despecho contra el ingeniero, el único que había conservado la calma y que nos había visto temblar. Le dimos la espalda y fuimos vaciando nuestras jarras sin decir palabra. Acodado en el marco de un ventanal, silbaba entre dientes una marcha militar marcando el ritmo con los dedos en el cristal sin dignarse a darse por enterado de nuestro mal humor.

Esta situación se prolongó durante un buen rato hasta que Théodore Blitz retomó la conversación entre risas:

—¡El triunfo del señor Rothan! Él, que no cree en seres invisibles, imperturbable, sano como una manzana, con buenas piernas, buena vista y buen oído. ¿Se necesita algo más para convencernos de nuestra locura e ignorancia?

—¡Ja! —replicó Rothan—. Yo no me habría atrevido a expresarlo de este modo, pero define usted tan bien las cosas, señor organista, que no hay manera de desmentirlo, sobre todo en lo que le concierne de manera directa, ya que, para mis viejos amigos Schultz, Ulmett, Klers y demás, la situación es diferente, pero que muy diferente. Todo el mundo puede sufrir una pesadilla, con tal de que no degenere en un hábito y se repita.

En vez de responder a este ataque directo, Blitz, con la cabeza ladeada, parecía prestar atención a un ruido procedente del exterior.

—¡Silencio! —dijo, mientras nos miraba—. ¡Silencio!

Alzó el dedo y su gesto fue tan sobrecogedor que todos aguzamos el oído por si escuchábamos algo, presas de un temor inexpresable.

Al mismo tiempo se oyó un torpe chapoteo en la cuneta desbordada. Una mano trataba de asir el pomo de la puerta. El maestro de capilla, con voz trémula, nos dijo:

—¡Conserven la calma! ¡Escuchen y vean! ¡Que el Señor nos asista!

La puerta se abrió y Zaphéri Mutz apareció.

Aunque yo viviera mil años, el rostro de aquel hombre permanecería en mi recuerdo. Todavía está aquí... Lo estoy viendo... Avanza a trompicones... Está pálido... El pelo le cae sobre las mejillas... Tiene los ojos apagados, vidriosos... La camisa pegada al cuerpo... Empuña un bastón y nos mira sin vernos, como en sueños. Un reguero de lodo serpentea tras él... Se detiene, tose y, como si hablara consigo mismo, en voz baja, dice:

—¡Aquí estoy! ¡Deténganme! ¡Que me corten el cuello! ¡Será un alivio! ¡Cualquier cosa antes que esto!

Una vez dicho esto, retomó su parlamento como si acabara de despertarnos, mirándonos uno a uno con terror:

—¿He hablado? ¿Qué he dicho? ¡Ah! ¡Burgomaestre...! ¡Juez Ulmett!

Había dado un salto para emprender la huida, pero, al hallarse de cara a la noche, no sé qué espanto lo hizo retroceder y permanecer en la sala.

Théodore Blitz nos lanzó una profunda mirada llena de alarma, se levantó y se acercó a Mutz. Con un aire de secretismo, le preguntó entre susurros, mientras señalaba la tenebrosa calle:

—¿Está allí?

—¡Sí! —dijo el asesino con el mismo aire de misterio.

—¿Te está siguiendo?

—¡Me sigue desde Fischbach!

—¿Va detrás de ti?

—¡Sí, detrás de mí...!

—Eso, es eso exactamente —dijo el maestro de capilla, y nos miró de nuevo—. ¡Siempre es así! Bien, Zaphéri, quédate aquí, siéntate al lado de la chimenea. Brauer, llama a la policía.

Al oír nombrar la policía, el desgraciado palideció terriblemente y trató de escapar de nuevo, pero el mismo horror lo frenó y, mientras se desplomaba en una esquina de la mesa, con la cabeza entre las manos, dijo:

—¡Ah! ¡De haberlo sabido! ¡De haberlo sabido!

Nos creímos más muertos que vivos. El tabernero acababa de salir. En la sala, todos conteníamos la respiración. El viejo juez había dejado a un lado la pipa, el burgomaestre me miraba consternado, Rothan ya no silbaba. Théodore Blitz, sentado en el borde de un banco, con las piernas cruzadas, contemplaba la lluvia que emborronaba las tinieblas.

Permanecimos en este estado cerca de un cuarto de hora, temiendo en todo momento que el asesino se decidiera al final a huir. Pero no se movió. Sus largos cabellos colgaban entre sus dedos y el agua chorreaba de su ropa, como de un desagüe, sobre el suelo.

Por fin oímos un repicar de armas en el exterior y los gendarmes Werner y Keltz comparecieron en el umbral. El segundo miró de soslayo al asesino, se quitó el alto sombrero y dijo:

—Buenas noches, señor juez de paz.

Luego entró y, con toda tranquilidad, esposó en una muñeca a Zaphéri, quien seguía ocultando el rostro.

—Venga, sígueme, muchacho —le ordenó—. Werner, cierra la marcha.

Un tercer gendarme, gordo y bajo, surgió de las sombras y la patrulla partió.

El desdichado no había opuesto la menor resistencia.

Pálidos, nos miramos los unos a los otros.

—Que tengan una buena noche, señores —dijo el organista al irse.

Cada uno de nosotros, perdido en sus reflexiones personales, se levantó para regresar en silencio al hogar.

En lo que a mí respecta, antes de llegar a mi puerta, había girado ya veinte veces la cabeza creyendo oír al *otro,* aquel que había seguido a Zaphéri Mutz. Lo oía como si me estuviera pisando los talones.

Cuando por fin, gracias a Dios, me encontré en mi habitación, antes de acostarme y apagar la luz, tuve la precaución de mirar bajo la cama para cerciorarme de que tal personaje no se había escondido allí. Me parece que incluso recité una oración rogando que no me estrangulara durante el sueño. ¿Qué quieren que les diga? No siempre puede uno tomarse las cosas con filosofía.

II

Hasta ese momento había tomado a Théodore Blitz por una especie de loco místico. Su pretensión de comunicarse con seres invisibles mediante una música compuesta por sonidos de la naturaleza, como el murmullo de las hojas, el susurro de los vientos, el zumbido de los insectos, me parecía bastante ridícula, y no era yo el único que opinaba así.

Por mucho que insistiera en que si el sonido solemne del órgano despierta en nosotros el sentimiento religioso, si las marchas guerreras nos arrastran a la batalla y las melodías campestres a la contemplación es porque esas distintas músicas son invocaciones a los genios de la tierra que se aparecen de repente ante nosotros y actúan sobre nuestros cuerpos y nos hacen partícipes de su esencia. Todo eso me parecía difícil de comprender y no me cabía la menor duda de que algo fallaba en el cerebro del organista.

Pero a partir de entonces, la opinión que tenía de él cambió. Me dije a mí mismo que, al fin y al cabo, el hombre no es un ser puramente material, que estamos compuestos de cuerpo y alma, que atribuirlo todo al cuerpo y querer explicarlo todo a partir de él no es un acto racional, que el fluido nervioso, agitado por las ondulaciones del aire, es tan difícil de comprender como la acción directa de poderes ocultos. No, no alcanzamos a comprender cómo unos simples sonidos ejecutados según las reglas del contrapunto que hacen vibrar nuestros oídos nos provocan miles de sensaciones agradables o terribles, elevan nuestra alma a Dios, la hacen comparecer ante la nada o despiertan en nosotros la alegría de vivir, el entusiasmo, el amor, el miedo, la piedad... No, esta explicación ya no me parecía satisfactoria. Las ideas del maestro de capilla me empezaron a parecer más profundas, más imponentes, más justas y más aceptables en todos los aspectos.

Por otro lado, ¿cómo explicar a partir de los sonidos que nos provocan esos cosquilleos nerviosos la llegada de Zaphéri Mutz a la taberna? ¿Cómo explicar el espanto del desdichado que se había visto forzado a entregarse? ¿Cómo explicar la prodigiosa perspicacia de Blitz al decirnos «¡Silencio! Escuchen... ¡Que el señor nos asista! Está llegando»?

En resumen, todos mis prejuicios contra el mundo invisible se disiparon poco a poco y unos nuevos acontecimientos vinieron a confirmar mis sospechas.

Unos quince días después de la escena que acabo de narrar, la policía custodió a Zaphéri Mutz hasta una de las prisiones de Stuttgart. Los numerosos rumores que habían circulado acerca de la muerte de Grédel Dick se acallaban poco a poco. La pobre joven dormía en paz tras la colina de las Tres Fuentes, y las conversaciones de la gente se centraban en la inminente vendimia.

Una tarde, a eso de las cinco, salía del gran almacén de la aduana, donde había degustado algunos vinos por encargo de Brauer, quien, en este asunto, se fiaba más de mí que de sí mismo. Con la cabeza algo embotada, me puse a andar sin pensarlo por la gran avenida de los Plataneros, tras la iglesia de San Landolfo.

El Rin desplegaba a mi derecha su manto azul, en el que algunos pescadores lanzaban sus redes. A mi izquierda se alzaban las antiguas fortificaciones de la ciudad. El aire empezaba a refrescar, el oleaje entonaba su himno eterno, la brisa de Schwartz-Wald agitaba el ramaje. Sumido en tal estado, y sin pensar en nada, el sonido de un violín alcanzó de repente mi oído.

Escuché.

La curruca capirotada no posee tanta gracia y delicadeza en la ejecución de su veloz trino, ni tanto entusiasmo en la fuente de su inspiración. Ese sonido no se parecía a nada. No tenía pauta ni compás. Era una cascada de notas delirantes de una afinación admirable, pero desprovistas de orden y método.

Además, en el arrebato de la inspiración, algunos pasajes agudos, incisivos, penetraban hasta los tuétanos.

«Théodore Blitz anda cerca», me dije, mientras separaba las altas ramas de una hilera de saucos al pie del talud. Allí me encontraba a unos treinta pasos del origen de la música, cerca del abrevadero cubierto de lentejas de agua donde unas ranas enormes asomaban las narices chatas. Algo más lejos se hallaban las caballerizas con sus amplios cobertizos y una cabaña en ruinas. En el patio, cercado por un muro bajo y una valla carcomida, se paseaba media docena de gallinas bajo un gran tejado. Por allí correteaban también unos conejos, con el lomo en alto y la cola erecta. Al percatarse de mi presencia, desaparecieron como sombras bajo la puerta del granero.

¿Qué diantres hacía Blitz en ese lugar?

Me pasó por la cabeza la idea de que tal vez experimentase los efectos de su música con la familia Mutz y, llevado por la curiosidad, me deslicé tras el murete del cercado para ver lo que pasaba en la granja.

Las ventanas estaban abiertas de par en par. En la sala baja, profunda, sostenida por vigas negras, al mismo nivel que el patio, vi una larga mesa dispuesta con la máxima suntuosidad de los días de fiesta en los pueblos. Había más de treinta cubiertos preparados, pero lo que me extrañó fue que no vi más de cinco personas alrededor de ese gran servicio: Mutz padre, abstraído, meditabundo, triste, vestido con un traje de terciopelo negro con botones de metal y su ancha y huesuda cabeza entrecana crispada por una idea fija, con los ojos hundidos e inmóviles; su yerno, la cara flaca, anodina, con el cuello de la camisa levantado por encima de las orejas; la madre, desorientada, iba tocada con un gran sombrero de tul; la hija, una morena bastante guapa, lucía un tocado de tafetán negro con lentejuelas de oro y plata y el pecho cubierto por una pañoleta de seda de mil colores; y, por último, Théodore Blitz, con un tricornio calado hasta las orejas, el violín sostenido entre el hombro y el mentón, los ojos centelleantes, la mejilla surcada por una enorme arruga y los codos que iban y venían como los de una cigarra que raspa su estridente sonsonete entre los brezos.

Las sombras de la puesta de sol, el antiguo reloj con la esfera de loza adornada de flores rojas y azules, el extremo de un rastrillo sobre el que caía la cortina de la alcoba de cuadros grises y blancos y, sobre todo, la música cada vez más disonante me produjeron una impresión indefinible. Fui presa de un pánico genuino. ¿Era acaso el efecto del *rudesheim* que durante tanto rato había olido? ¿Eran los tonos lívidos del atardecer? No sabría decirlo. En todo caso, dejé de mirar y me deslicé lentamente, agachado, a lo largo del murete, dispuesto a regresar al camino. Pero entonces, un enorme perro se abalanzó contra mí tensando al máximo la cadena que lo sujetaba. Grité por la sorpresa.

—¡Tirik! — gritó a su vez el maestro de postas.

Y así fue como Théodore me vio y salió de la habitación:

—¡Pero si es el mismo Christian Spéciès! Entre, ya que está aquí, amigo Christian. ¡Llega justo a tiempo!

Y cruzó el patio para asirme por el brazo.

—¡Ah, mi querido amigo! —me dijo con singular acaloramiento—. Se acerca el momento en que lo *negro* y lo *blanco* se enfrentan... Pase... Pase...

Su exaltación me produjo espanto, pero él hizo caso omiso de mis reservas y me arrastró sin que yo pudiera ofrecer resistencia.

—Ya sabrá, querido Christian —prosiguió—, que esta mañana hemos bautizado a un ángel del Señor, el pequeño Nickel-Zaphéri Brêmer. He saludado su llegada a este mundo de delicias con el coro de los *serafines*. Pero, ¡imagine!, tres cuartas partes de nuestros invitados se han dado a la fuga. ¡Je, je, je! Pase, pues. ¡Sea bienvenido!

Me empujaba por los hombros y, a las buenas o a las malas, acabé cruzando el umbral. Todos los miembros de la familia Mutz habían girado la cabeza hacia mí. No pude negarme a tomar asiento, en vista del entusiasmo que me rodeaba.

—¡Con él seremos seis! —exclamó Blitz—. ¡El seis es un buen número!

El viejo maestro de postas me estrechaba la mano con emoción mientras me decía:

—¡Gracias, señor Spéciès, gracias por haber venido! Ya nadie podrá decir que la gente honesta nos rehúye... ¡Que Dios y los hombres nos han abandonado! ¿Se quedará hasta el final?

—Sí —balbució la anciana con una mirada de súplica—, debe quedarse hasta el final. No puede negarnos esto.

Entonces comprendí el motivo de que hubieran puesto una mesa tan grande y que el número de comensales fuera tan reducido: todos los invitados al bautizo, al pensar en Grédel Dick, habían ideado algún pretexto para no acudir.

La idea de semejante abandono me dolió de todo corazón.

—Pues claro —respondí—, claro que me quedo. ¡Con mucho gusto! ¡Con mucho gusto!

Se llenaron los vasos y bebimos un vino áspero y fuerte, un añejo *mar-kobrünner* cuya austera botella me trajo pensamientos melancólicos.

La anciana me puso una larga mano sobre los hombros y murmuró:

—¡Otro traguito, señor Spéciès! ¡Otro traguito!

Y no osé rechazarlo.

En ese momento, Blitz, clavando su arco sobre las vibrantes cuerdas, provocó que un escalofrío glacial me recorriera el cuerpo entero.

Me habría gustado huir, pero el perro aún aullaba desconsolado en el patio y caía la noche y la habitación se iba llenando de sombras. Los rasgos acentuados de Mutz padre, sus ojos perdidos, la crispación dolorosa de sus anchas mandíbulas no me tranquilizaban en absoluto.

Blitz rasgaba las cuerdas y seguía adelante, ansioso, con su invocación. La arruga que surcaba su mejilla izquierda se hacía cada vez más profunda y el sudor perlaba sus sienes.

El maestro de postas rellenó otra vez los vasos y me dijo en un tono seco y apremiante:

—¡A su salud!

—¡A la suya, señor Mutz! —respondí yo, tembloroso.

De repente, el niño se puso a lloriquear, y Blitz, con una diabólica ironía, lo acompañó con notas hirientes mientras gritaba:

—¡Es el himno de la vida! ¡Je, je, je! ¡Cuántas veces lo cantará el pequeño Nickel antes de quedarse calvo! ¡Je, je, je!

Al mismo tiempo, el viejo reloj rechinó en su caja de nogal. Al levantar la vista, sorprendido por aquel ruido, vi salir del artefacto un pequeño autómata, flaco, calvo, con los ojos hundidos y una sonrisa burlona. Sí, se trataba de la Muerte que avanzaba paso a paso segando unas briznas de hierba pintadas en verde sobre la madera. Luego, tras el último golpe, dio media vuelta y se volvió a meter en el agujero del que había salido.

«¡Que el diablo se lleve al organista por haberme conducido hasta este lugar! —me dije—. ¡Vaya un bautizo! Qué familia tan alegre... Je, je, je. —Y me rellené otro vaso para darme ánimos—. Vamos, vamos... La suerte está echada... Nadie escapa a su destino: estaba escrito desde el origen de los tiempos que saldría esta tarde de la aduana y me pasearía por la avenida de San Landolfo para acabar, muy a mi pesar, en este atolladero bebiendo *markobrünner* con aromas de ciprés y verbena y viendo a la Muerte segar hierbas pintadas... ¡Qué gracioso! ¡Realmente gracioso!».

Así discurría el hilo de mis pensamientos, riéndome de la suerte de los hombres que se creen libres, pero a quienes mueven unos hilos atados a las estrellas. Así lo afirman los magos. Habrá que creerlos.

Y allí estaba yo, riéndome en la penumbra, cuando la música calló.

Siguió un gran silencio. Solo se oía el tictac monótono del reloj. Fuera, la luna, más allá del Rin, ascendía lentamente tras el ramaje tembloroso de un chopo. Su pálida luz reverberaba en innumerables ondas. Mientras contemplaba esa escena vi pasar a través de esa luz una barca negra y a un hombre que estaba de pie en ella, asimismo negro, con un manto que flotaba en sus costados y un gran sombrero de ala ancha adornado con banderolas.

Pasó como en sueños y sentí entonces la pesadez de mis párpados.

—¡Bebamos! —gritaba el maestro de capilla.

Los vasos tintinearon.

—¡Qué bella voz, la del Rin! Está entonando el cántico de Barthold Gouterolf —dijo el yerno—. *Ave... ave... stella!*

Nadie le respondió.

A lo lejos, muy lejos, se oían dos remos que golpeaban de manera cadenciosa el agua del río.

—¡Hoy Zaphéri recibirá la gracia! —exclamó de golpe el viejo maestro de postas con una voz enronquecida.

Llevaba un rato dándole vueltas a esa idea. Era lo que lo entristecía. Se me puso la piel de gallina.

«Piensa en su hijo —me dije—, el hijo al que van a colgar».

El frío me recorrió la espalda.

—¡La gracia! —dijo la hija con un estallido de risa fuera de lugar—. ¡Sí...! ¡La gracia!

Théodore me tocó el hombro, se agachó para hablarme al oído y me dijo:

—¡Ya llegan los espíritus! ¡Ya llegan!

—Si va a hablar de eso —gritó el yerno con los dientes castañeando—, si va a hablar de eso, ¡yo me largo!

—¡Lárgate! ¡Lárgate, miedica! —respondió la joven—. ¡Aquí no haces ninguna falta!

—¡Pues me largo! —dijo el yerno, y se levantó.

Acto seguido, descolgó su sombrero de fieltro del muro y salió dando zancadas.

Lo vi pasar a toda prisa ante las ventanas y envidié su suerte.

¿Cómo podría yo irme?

Había algo que avanzaba resiguiendo el muro de enfrente. Miré y, movido por el asombro, abrí los ojos como platos. Reparé en que se trataba de un gallo. Más a lo lejos, entre las empalizadas carcomidas, el río brillaba y su amplio oleaje se desplegaba lentamente sobre las orillas. La luz parecía dar saltitos como una nube de gaviotas de grandes alas blancas. Tenía la cabeza llena de sombras y reflejos azulados.

—¡Escucha, Pétrus! —gritó la vieja al cabo de un instante—. ¡Escucha! ¡Tú tienes la culpa de todo lo que nos pasa!

—¡Yo! —dijo el anciano, con tono seco e irritado—. ¿Mía, la culpa?

—¡Sí! Nunca te compadeciste de nuestro hijo. ¡No le dejabas pasar ni una! ¿Por qué no dejaste que tomara a esa joven?

—Mujer —dijo el viejo—, en vez de acusar a los demás, deberías reconocer que esa sangre recae sobre tu conciencia. Durante veinte años no hiciste más que esconder las faltas de tu hijo. Cuando yo lo castigaba por su malvado corazón, por sus arrebatos de cólera, por sus borracheras, tú lo consolabas y le decías: «Tu padre no te quiere, tu padre es un hombre cruel». Mentías para hacerte querer más. Me robaste la confianza y el respeto que un niño debe a aquellos que lo aman y lo corrigen. Cuando quiso tomar a esa joven, yo ya no podía hacerlo entrar en vereda.

—¡Solo tenías que decir sí! —aulló la vieja.

—Y yo —dijo el viejo—, yo quise decir que no. ¡Porque ni mi madre, ni mi abuela, ni ningún hombre ni mujer de la familia podrían recibir a esa pagana en el cielo!

—¡En el cielo! —se rio la vieja con tono sarcástico—. ¡En el cielo!

Entonces intervino la hija, con voz amarga:

—Desde que tengo memoria, solo recuerdo a papá pegarnos palizas.

—¡Porque os las merecíais! —replicó el anciano—. ¡Me dolían más a mí que a vosotros!

—¡Te dolían más! ¡Je, je, je! ¡Te dolían más!

En ese momento, una mano me tocó el brazo. Me estremecí. Era Blitz. Un rayo de luna, que había rebotado sobre los cristales, lo salpicaba de luz. Su cara pálida y su mano extendida surgían entre las tinieblas. Seguí con la mirada la dirección adonde apuntaba su dedo, ya que me señalaba algo, y contemplé la escena más terrible de la que guardo recuerdo: una sombra inmóvil, azul, se destacaba contra la ventana, sobre el manto blanco del río. Esa sombra tenía forma humana y parecía suspendida entre el cielo y la tierra. Tenía la cabeza caída sobre el pecho, los brazos doblados tras la espalda, las piernas rígidas, los pies en punta.

Miré. Abrí y cerré los ojos llenos de espanto, pero cada detalle de aquel rostro lívido se me había quedado grabado: reconocí a Zaphéri Mutz y, encima de sus hombros encorvados, la cuerda, el gancho y la forma de la horca. Bajo el fúnebre artilugio había, además, una figura blanca, arrodillada, con los cabellos desaliñados. Era Grédel Dick, que rezaba, juntas las manos.

Me dio la impresión de que los demás habían visto esa enigmática aparición a la vez que yo, pues oí un gemido del viejo:

—¡Señor, ten piedad de nosotros!

La vieja, en voz baja, murmuraba:

—¡Zaphéri ha muerto!

Empezó a sollozar.

La hija gritaba:

—¡Zaphéri! ¡Zaphéri!

Entonces, todo desapareció; Théodore Blitz me agarró la mano y me dijo:

—¡Hora de irnos!

Salimos. La noche era hermosa y las hojas se removían con un dulce murmullo.

Mientras corríamos aterrorizados por la gran avenida de los Plataneros, una voz lejana, melancólica, cantaba en el río una antigua balada alemana:

> La tumba es profunda y silenciosa.
> ¡Horrible su hoyo!
> Extiende su manto la sombra.
> Extiende su manto la sombra
> sobre la patria de los muertos.

—¡Ah! —exclamó Blitz—. Si Grédel Dick no hubiera estado presente, habríamos visto al *otro...*, a lo *negro* descolgando a Zaphéri. Pero la joven rezaba por él, pobre alma... Rezaba por él. Lo que es *blanco* permanece *blanco.*

Y la voz lejana, cada vez más débil, acompañaba el rumor de las olas:

> La Muerte no repite el eco
> del trino del ruiseñor...
> Las rosas cruzadas sobre la tumba,
> las rosas cruzadas sobre la tumba
> son las rosas del dolor.

La horrible escena que mis ojos contemplaron, esa voz lejana y melancólica que se apagaba cada vez más y terminó por perderse en el vacío, me ha quedado grabada como una imagen confusa del infinito, de ese infinito que nos consume despiadadamente y que nos engulle sin posibilidad de retorno. Hay quien se ríe de ello, como el ingeniero Rothan; otros tiemblan, como el burgomaestre; otros lanzan gemidos lastimeros y otros, como Théodore Blitz, se inclinan sobre el abismo para ver lo que ocurre en el fondo. Todo da lo mismo. La famosa inscripción del tiempo de Isis dice la verdad: «Soy lo que soy. Nadie ha penetrado el misterio que me envuelve. Nadie lo penetrará jamás».

JANET LA TORCIDA

ROBERT LOUIS STEVENSON

l reverendo Murdoch Soulis había oficiado durante mucho tiempo en la parroquia del páramo de Balweary, en el valle de Dule. Anciano severo y de gesto huraño, temible para sus feligreses, pasó sus últimos años de vida sin familia, criados ni otro tipo de compañía humana en la modesta y solitaria casa parroquial situada al pie de los bosques de Hanging Shaw. A pesar de sus férreas facciones, tenía una mirada salvaje, asustadiza e insegura. Y cuando en sus amonestaciones privadas se explayaba largo y tendido sobre el futuro del impenitente, parecía que su visión atravesara las tormentas del tiempo hasta los terrores de la eternidad. Sus palabras surtían un efecto sobrecogedor sobre muchos de los jóvenes que acudían a él cuando estaban preparándose para celebrar su primera comunión. Tenía un sermón sobre los versículos 1 y 8 de Pedro, «El diablo como un león rugiente», reservado para el primer domingo después de cada 17 de agosto, y solía superarse sobre aquel texto, tanto por la naturaleza espantosa del tema como por el pavor que infundía su conducta en el púlpito. Los niños acababan aterrorizados hasta el punto de sufrir ataques de histeria, y los mayores se mostraban más misteriosos de lo normal y se pasaban el resto de la jornada repitiendo aquellas insinuaciones de las que Hamlet se lamentaba. La misma casa parroquial, ubicada cerca del río Dule entre árboles gruesos, con el Shaw colgando sobre ella en un lado y, en el otro, numerosos páramos fríos que se elevaban hacia el cielo, había comenzado, ya muy al comienzo del ministerio del señor Soulis, a ser evitada en las horas del anochecer por todos quienes se preciaban de ser prudentes, y los hombres respetables que frecuentaban la taberna de la aldea sacudían la cabeza como uno solo ante la sola idea de acercarse de noche a aquellos parajes tan tenebrosos. Había un lugar, para ser exactos, que todo el mundo evitaba con un temor especial. La casa parroquial estaba situada entre la carretera y el río Dule, con un alero que apuntaba hacia cada lado; la parte de atrás de la casa daba a la aldea de Balweary, situada a unos ochocientos metros de distancia; delante del edificio, un jardín yermo bordeado por un macizo de espinos ocupaba el terreno entre el río y la carretera. La casa tenía dos plantas, con dos grandes habitaciones en cada una. La entrada no daba directamente al jardín, sino a un paseo que conducía a la carretera por un lado, en tanto por el otro quedaba encerrado entre los altos sauces y saúcos que bordeaban el arroyo. Era este tramo del camino el que gozaba de tan nefasta reputación entre los parroquianos más jóvenes de Balweary. El reverendo paseaba por allí a menudo al anochecer, a veces gimiendo en voz alta por la fuerza de sus oraciones inarticuladas; y cuando salía de casa y dejaba la puerta cerrada con llave, los colegiales más atrevidos se lanzaban, con el corazón martilleando en el pecho, a jugar a «seguir al jefe» y cruzar aquel lugar legendario.

Este ambiente de terror que rodeaba a ese hombre de Dios, de carácter y ortodoxia intachables, era causa de común asombro y asunto de curiosidad entre los pocos forasteros que se adentraban, por casualidad o por negocios, en aquella comarca desconocida y alejada. Pero eran muchas las personas, incluso dentro de la misma parroquia, que ignoraban los hechos que habían marcado el primer año de ministerio del señor Soulis. Incluso entre los que estaban mejor informados, algunos no querían decir nada, por ser de natural reservados, y otros temían hablar sobre aquel asunto en particular. Tan solo de vez en cuando alguno de los mayores, envalentonado por su tercer trago, rememoraba el origen de la existencia tan misteriosa y solitaria de aquel reverendo.

Cincuenta años antes, cuando el señor Soulis llegó por primera vez a Balweary, aún era un muchacho —y galante, decía la gente— rebosante de conocimientos académicos y propenso a la grandilocuencia, mas, como cabría esperar en cualquier hombre de su edad, carecía de experiencias vitales en lo referente a la religión. Los más jóvenes se quedaban impresionados por su talento y su facilidad de palabra, pero los hombres y las mujeres mayores, más preocupados y serios, se conmovieron hasta el punto de rezar por el recién llegado, al que consideraban un iluso, y por la parroquia, que él seguramente no sabría atender como merecía. Era antes de los días de los moderados, mal rayo los parta, aunque las cosas malas son como las buenas: ambas vienen poco a poco y en pequeñas cantidades. Ya entonces había quienes sostenían que el Señor había abandonado a los profesores de la universidad a sus propios recursos y que los jóvenes que fueron a estudiar con ellos habrían salido ganando sentados en una turbera, como sus antepasados durante la persecución, con una Biblia bajo el brazo y el corazón henchido por el espíritu de sus oraciones. Parecía indudable que el señor Soulis había pasado demasiado tiempo en la universidad, pues era meticuloso y se preocupaba por muchas cosas, salvo por la más importante. Traía un cargamento de libros consigo, más de los que jamás se hubieran visto juntos en aquel presbiterio, y harto trabajo le costó al porteador, porque estuvieron a punto de ahogarse en el pantano del Diablo, situado entre su destino y Kilmackerlie. Eran libros de teología, sin duda, o así los llamaban, pero la gente seria opinaba que nadie necesitaba tantos, sobre todo cuando toda la Palabra de Dios en su conjunto cabría en la punta de una manta escocesa. Además, el reverendo se pasaba la mitad del día y la mitad de la noche sentado, escribiendo nada menos, lo cual era poco decente. Al principio temían que leyera sus sermones, pero después salió a la luz que lo que estaba haciendo era escribir un libro, actividad fuera de lugar en alguien tan joven y con escasa experiencia.

Fuera como fuese, le convenía conseguir una mujer mayor y decente que cuidara de la casa parroquial y se encargara de prepararle sus frugales comidas. Le recomendaron a una vieja de mala reputación —Janet M'Clour se llamaba— y le dejaron obrar por su cuenta hasta que se convenció por sí mismo. Muchos le aconsejaron lo contrario, pues Janet suscitaba muchas sorpresas entre la buena gente de Balweary, ya que tiempo atrás había tenido un hijo con un soldado y se había pasado casi treinta años apartada de la sociedad. Los niños la habían visto hablando sola en Key's Loan al atardecer, un lugar y una hora extraños para cualquier mujer temerosa de Dios. Fue el señor de aquellas tierras, sin embargo, quien le recomendó a Janet desde el principio y, por aquel entonces, el reverendo habría hecho cualquier cosa para complacer al terrateniente. Cuando la gente le comentó que Janet estaba poseída por el demonio, le pareció un rumor sin fundamento; cuando le citaron la Biblia y la bruja de Endor, trató de convencerlos con vehemencia de que aquellos días ya quedaban muy lejos y el demonio se mostraba piadosamente comedido.

Pues bien, cuando se corrió la voz por la aldea de que Janet M'Clour iba a entrar a servir en la casa del párroco, los vecinos se enfadaron mucho con ambos. Algunas de aquellas buenas señoras no tenían nada mejor que hacer que reunirse a la puerta de su casa y acusarla de todo lo que sabían de ella, desde su hijo con el soldado hasta las dos vacas de John Tamson. Janet, por su parte, no era una mujer muy elocuente; la gente solía dejarla a su aire y ella hacía lo mismo, sin intercambiar ni un «buenas tardes» ni un «buenos días», pero cuando se enfadaba tenía una lengua como para dejar sordo al molinero; cuando empezaba, no había ningún viejo chisme que aquel día no hiciera saltar a alguien; no podían decir nada sin que ella les respondiera dos veces. Hasta que, al final, las amas de casa le pusieron las manos encima, le rasgaron la ropa y la arrastraron desde la aldea hasta las aguas del Dule para comprobar si era bruja o no; en definitiva, o nadaba o se ahogaba. La vieja gritó tanto que se la oyó en el Hanging Shaw y luchó como diez. Más de una señora lucía moratones al día siguiente, y durante muchos días después; y justo en el momento más violento del altercado, quién apareció por allí (por sus pecados) sino el nuevo reverendo.

—Mujeres —dijo con voz tonante—, en nombre de Dios les ordeno que la suelten.

Janet corrió hacia él, realmente aterrada, lo abrazó y le rogó en nombre de Dios que la salvara de aquellas chismosas; estas, por su parte, le contaron todo cuanto sabían de ella y quizá más de lo que sabían.

—Mujer, ¿es esto cierto? —preguntó él, dirigiéndose a Janet.

—A Dios pongo por testigo —replicó ella—, y como Dios me hizo que no es verdad ni una sola palabra. Aparte del hijo, he sido una mujer decente toda mi vida.

—¿Renuncias —dijo el señor Soulis—, en nombre de Dios y ante mí, su indigno pastor, renuncias al diablo y a todas sus obras?

Parece ser que, ante aquella pregunta, la mujer esbozó una sonrisa que aterrorizó a quienes la vieron, cuyos dientes comenzaron a castañetear en su boca. Pero solo había una salida, de modo que Janet levantó la mano y renunció al diablo delante de todos.

—Y ahora —ordenó el señor Soulis a las señoras—, vuelvan a sus casas y recen a Dios para que Él las perdone.

Le ofreció el brazo a Janet, aunque esta apenas si llevaba una triste combinación, y la acompañó por la aldea hasta la puerta de su casa como si de una noble dama se tratara. Por el camino, los gritos y las risas de Janet resonaban escandalosos.

Aquella noche, mucha gente seria alargó sus oraciones más de lo normal; pero al amanecer se había propagado tal miedo por todo Balweary que los niños se escondían e incluso los hombres se quedaban en casa, donde, a lo sumo, se atrevían a asomarse a la puerta. Pues allí venía Janet, bajando por la aldea —ella o alguien que se le parecía, nadie lo habría sabido decir con certeza— con el cuello torcido y la cabeza colgándole a un lado, como un cuerpo que ha sido ahorcado, y una sonrisa en el rostro como la de un cadáver sin enterrar. Con el tiempo se fueron acostumbrando e incluso le preguntaban con tono burlón qué le pasaba, pero desde aquel día en adelante no pudo hablar como una mujer cristiana, sino que balbuceaba y sus mandíbulas tabaleaban como un par de tijeras. Desde aquel día el nombre de Dios jamás volvió a pasar por sus labios. A veces intentaba pronunciarlo, pero no le salía. Los más listos no lo comentaban, pero jamás volvieron a llamar a ese engendro por el nombre de Janet M'Clour, pues para ellos la vieja ya estaba en el infierno desde ese día. No obstante, no había nada que detuviera al reverendo, que no hacía otra cosa que sermonear acerca de la crueldad de la gente que le había provocado una apoplejía, y azotaba a los niños que la molestaban. Aquella misma noche la invitó a su casa y allí se quedó viviendo a solas con ella, bajo el Hanging Shaw.

El tiempo pasó y los más indolentes empezaron a darle menos vueltas a aquel turbio asunto. El reverendo estaba bien considerado; siempre se le hacía tarde escribiendo. La gente veía su vela cerca del agua del río Dule pasada incluso la medianoche. Seguía mostrándose tan pagado de sí mismo y tan arrogante como al principio, aunque cualquiera podía darse cuenta de que algo lo consumía. En cuanto a Janet, ella iba y venía; si antes hablaba poco, lo razonable era que ahora hablara menos. No molestaba a nadie, aunque su aspecto fuese espantoso, y nadie pensaba discutir con ella por morar en un trozo de tierra que legítimamente le correspondía al reverendo de Balweary.

A finales de julio se desató un tiempo tan desapacible como no se había visto jamás en aquellos parajes; reinaba una calma sofocante y despiadada. El ganado no podía subir a Black Hill a pastar; los niños se sentían demasiado cansados para jugar. Al mismo tiempo amenazaba tormenta, con ráfagas de aire caliente que retumbaban en los valles y escasos chaparrones que apenas si mojaban la tierra. Todos pensábamos que caería una tormenta por la mañana, pero llegaba esa mañana, y la siguiente, y continuaba el mismo tiempo implacable, tan duro para el hombre como para las bestias. Por si eso fuera poco, nadie sufría tanto como el señor Soulis. No podía ni dormir ni comer, y así se lo comentó a sus superiores. Cuando no estaba escribiendo su libro interminable, deambulaba por el campo como un hombre obsesionado. Cualquier otro, en su lugar, se habría conformado con permanecer refugiado en el frescor de su casa.

Por encima del Hanging Shaw, en el refugio de Black Hill, se encuentra una parcela vallada con una puerta de hierro. Antaño, al parecer, había sido el cementerio de Balweary, consagrado por los papistas antes de que se hiciera la luz bendita sobre el reino. Sea como fuere, era uno de los sitios preferidos del señor Soulis. Allí se sentaba y meditaba sus sermones; era un sitio protegido, en verdad. Pues bien, un día, cuando remontaba la colina de Black Hill por el lado oeste, vio primero dos, luego cuatro y finalmente hasta siete cornejas negras volando en círculos sobre el viejo cementerio. Volaban bajo, pesadamente, chillándose las unas a las otras. Al señor Soulis le pareció claro que algo las había apartado de su rutina cotidiana. Como no se dejaba amedrentar fácilmente, se acercó a las ruinas sin dilación y qué encontró allí sino a un hombre, o la apariencia de un hombre, sentado dentro del cementerio sobre una sepultura. Era de una estatura enorme, negro como el infierno, y sus ojos ofrecían un espectáculo singular. El señor Soulis había oído hablar muchas veces de hombres con la piel de ese color, pero en este había algo extraño que le intimidaba. Pese al calor que hacía, lo invadió una sensación helada que penetraba hasta el tuétano de los huesos, pero, a pesar de todo, se armó de valor y le preguntó al desconocido: «Amigo, ¿es usted forastero?». El negro no contestó ni una palabra, sino que se puso de pie y empezó a caminar torpemente hacia la pared del extremo opuesto, aunque sin apartar la vista del reverendo. Este le sostuvo la mirada hasta que, de pronto, el hombre saltó la tapia y se alejó corriendo entre los árboles. El señor Soulis, sin saber bien por qué, comenzó a perseguirlo, pero se encontraba muy fatigado después del paseo a causa del tiempo, tan sofocante y poco saludable. Por mucho que corrió, no consiguió más que atisbar al desconocido cuando este cruzaba el bosquecillo de abedules, hasta que llegó al pie de la colina. Allí volvió a divisarlo, en esta ocasión saltando ágilmente sobre las aguas del río Dule en dirección a la casa parroquial.

Al señor Soulis no le complacía mucho que aquel vagabundo de aspecto temible se tomara tantas libertades con la casa parroquial de Balweary. Apretó el paso y, mojándose los zapatos, cruzó el arroyo y se acercó por el camino, pero allí no había ni rastro de ningún hombre negro. Salió a la carretera, pero no encontró a nadie. Buscó por todo el jardín, pero no aparecía. Al final, y con un poco de miedo, como era natural, levantó el pasador y entró en la casa. Allí se encontró con Janet M'Clour delante de sus ojos, con el cuello torcido; la mujer no parecía alegrarse de verlo. El reverendo recordó entonces que, la primera vez que la vio, lo había embargado la misma sensación amenazadora y escalofriante.

—Janet —dijo—, ¿has visto a un hombre negro?

—¡Un negro! —replicó ella—. ¡Que Dios nos ampare! Se equivoca usted, reverendo. No hay ningún hombre negro en todo Balweary.

Solo que ella no articulaba las palabras con tanta claridad, por supuesto, sino que balbuceaba como un poni con el freno de la brida en la boca.

—Bueno. Janet, si no hay ningún hombre negro, será que he estado hablando con el inquisidor de la Hermandad.

Dicho lo cual, se sentó como si estuviera ardiendo de fiebre, con los dientes castañeteando en la boca.

—Caramba, reverendo. Debería darle vergüenza —dijo ella mientras le ofrecía un trago del coñac que tenía siempre a mano.

Luego el señor Soulis se retiró a su estudio, rodeado de todos sus libros. Era una habitación larga, baja y oscura, mortíferamente fría en invierno y no especialmente seca ni en la época más calurosa del verano, porque la casa estaba situada cerca del arroyo. Se sentó y pensó en todo lo que le había ocurrido desde su llegada a Balweary, y en su hogar, en los días en que era un chiquillo y correteaba alegremente por las colinas, y en todo momento aquel hombre negro se aparecía una y otra vez en su cabeza, como el estribillo de una canción. Cuanto más pensaba, más lo hacía en el hombre negro. Intentó rezar, pero las palabras se le resistían; dicen que probó incluso a escribir en su libro, pero tampoco lo consiguió. Había momentos en los que le parecía que el hombre negro estaba a su lado y un sudor frío lo cubría como el agua recién sacada del pozo; en otros momentos, volvía en sí como un bebé recién bautizado, sin nada que lo turbara.

Todo esto tuvo como resultado que se acercase a la ventana para mirar con enfado las aguas del río Dule. Los árboles son muy espesos alrededor de la casa, y el agua, negra y profunda; allí estaba Janet, lavando la ropa con las enaguas remangadas. Se encontraba de espaldas, y el reverendo, por su parte, la observaba sin percatarse apenas de lo que veían sus ojos. La mujer se giró de improviso, mostrándole el rostro. El señor Soulis notó la misma sensación de terror que ya lo había invadido dos veces aquel mismo día y se acordó de lo que decía la gente: que Janet llevaba mucho tiempo muerta, y lo que él veía no era sino un fantasma con la piel tan fría como el barro. Dio un paso atrás y la observó con detenimiento. Janet estaba pisoteando la ropa, canturreando para sí misma y, ¡caramba!, que Dios nos ampare, qué cara tan horrenda tenía. A veces cantaba más fuerte, pero no había hombre ni mujer capaz de entender la letra de su canción. A veces bajaba la mirada, con la cabeza torcida, aunque a sus pies no había nada. Una sensación escalofriante recorrió el cuerpo del reverendo; fue un aviso del cielo. El señor Soulis se culpó a sí mismo por pensar tan mal de una pobre mujer, vieja y afligida, sin más amigos que él. Entonó una breve oración por los dos, bebió un poco de agua fresca —pues el corazón brincaba en su pecho— y se acostó con las primeras sombras del atardecer.

Aquella fue una noche que jamás se olvidará en Balweary, la noche del 17 de agosto de 1712. Antes había hecho calor, como he dicho, pero aquella noche era más sofocante que nunca. El sol se puso entre unas nubes muy extrañas; oscureció como un pozo; ni una estrella, ni una gota de aire. Uno no podía verse ni la mano delante de la cara, e incluso los más ancianos apartaron las sábanas y jadeaban tratando de respirar. Con todo lo que tenía en la cabeza, era harto improbable que el señor Soulis lograse conciliar el sueño. Daba vueltas en la cama, limpia y fresca cuando se acostó, aunque ahora le quemaba hasta los huesos. A ratos dormía y a ratos se despertaba; unas veces oía al reloj dar las horas durante la noche, y otras, a un perro aullar en el páramo como si se hubiera muerto alguien; a veces le parecía oír fantasmas chismorreando en su oído y otras veía destellos en la habitación. Pensó, creyó estar enfermo; y enfermo estaba, pero... poco sospechaba cuál era su enfermedad.

Al final, se le despejó la cabeza, se sentó al borde de la cama en camisón y volvió a pensar en aquel negro y en Janet. No sabía bien cómo

—quizá por el frío que sentía en los pies—, pero se le ocurrió de repente que había una cierta conexión entre ellos, y que uno de los dos o ambos eran fantasmas. Justo en aquel momento, en la habitación de Janet, que estaba al lado de la suya, se oyó un ruido de pisadas, como si unos hombres estuvieran luchando, y a continuación, un fuerte golpe. Un remolino de viento se deslizó estruendoso por las cuatro esquinas de la casa; después todo volvió a quedarse tan silencioso como una tumba.

El señor Soulis no temía ni al hombre ni al diablo. Tomó la caja de yesca y encendió una vela mientras cubría los tres pasos que lo separaban de la puerta de Janet. Al encontrarla cerrada, la abrió de un empujón e inspeccionó la habitación con atrevimiento. La estancia era amplia, tanto como la del reverendo, y estaba amueblada con muebles grandes, viejos y sólidos, puesto que no tenía otra cosa. Había una cama de cuatro postes con viejas cortinas, un formidable armario de roble repleto de libros de teología del reverendo que habían acabado en él debido a la falta de espacio y unas cuantas prendas de Janet esparcidas aquí y allá por el suelo. Pero el reverendo Soulis no vio a Janet, ni tampoco había señal alguna de forcejeo. Entró —pocos lo habrían seguido—, miró a su alrededor y escuchó. Pero no oyó nada, ni dentro de la casa ni en toda la parroquia de Balweary; tampoco se veía nada, salvo las grandes sombras que giraban alrededor de la vela. De pronto, su corazón latió con rapidez y el reverendo se quedó paralizado; le alborotó los cabellos un viento helado. ¡Qué visión más deprimente para los ojos de aquel pobre hombre! Vio a Janet colgada de un clavo al lado del viejo armario de roble; la cabeza aún reposaba sobre el hombro, tenía los ojos cerrados, la lengua asomaba por fuera de su boca y los zapatos se encontraban a una altura de dos pies sobre el suelo.

«¡Que Dios nos perdone a todos! —pensó el señor Soulis—. La pobre Janet ha muerto».

Dio un paso hacia el cuerpo, y fue entonces cuando el corazón saltó de nuevo en su pecho. Qué hechizo haría pensar a un hombre que Janet podía estar colgada de un solo clavo y por un solo hilo de estambre de los que sirven para remendar medias.

Era horrible estar solo por la noche con tales prodigios en la oscuridad, pero la fe del reverendo Soulis en el Señor era profunda. Dio la vuelta y salió de aquella habitación cerrando la puerta con llave tras él. Paso a paso, bajó las escaleras con pasos de plomo y puso la vela sobre la mesa que había al pie de los escalones. No podía rezar, no podía pensar, estaba empapado en un sudor frío y no oía nada salvo los martillazos de su corazón. Es posible que permaneciera allí una hora o quizá dos, no se dio cuenta, cuando, de pronto, escuchó una risa, una conmoción extraña arriba. Se oían pasos ir y venir por la habitación donde estaba el cuerpo colgado; entonces la puerta se abrió, aunque él recordaba claramente que la había cerrado con llave. Después sintió pisadas en el rellano y le pareció ver el cadáver asomado a la barandilla, mirando hacia abajo, donde él se encontraba.

Tomó la vela de nuevo, pues no podía prescindir de la luz, y con tanto sigilo como le fue posible, salió directamente de la casa y se alejó hasta la otra punta del sendero. La oscuridad aún era absoluta; la llama de la vela ardía tranquila y transparente como en una habitación cuando la puso sobre la tierra; nada se movía salvo el agua del río Dule, que susurraba y murmuraba en su descenso del valle, y aquellos pasos atroces que bajaban lentamente por las escaleras en el interior de la casa. Él los conocía muy bien: eran de Janet, y con cada paso que se aproximaba, inexorable, el frío que le corroía las entrañas se intensificaba. Encomendó su alma al Creador: «Oh, Señor —dijo—, dame fuerza esta noche para luchar contra los poderes del mal».

Para entonces, los pasos avanzaban por el pasillo hacia la puerta. Podía oír la mano que rozaba la pared con sumo cuidado, como si aquella criatura espantosa estuviese palpando el camino. Los sauces se sacudían y gemían al unísono, y un largo susurro del viento atravesó las colinas; la llama de la vela bailaba. Y apareció el cuerpo de Janet la Torcida, con su vestido de lana y su capucha negra, con la cabeza colgando sobre el hombro y una mueca todavía visible en el rostro —viva, se podría decir; muerta, como bien sabía el reverendo Soulis—, en el umbral de la casa.

Es extraño que el alma del hombre dependa tanto de su cuerpo perecedero, pero el reverendo sabía que así era, y su corazón resistió.

Ella no permaneció allí mucho tiempo; empezó a moverse otra vez y se acercó lentamente hacia el señor Soulis, que se encontraba de pie bajo los sauces. Toda la vida corporal de él, toda la fuerza de su espíritu irradiaba en sus ojos. Pareció que ella iba a hablar, pero le faltaban las palabras y se limitó a hacer un gesto con la mano izquierda. Sopló un golpe de viento como el bufido de un gato, la vela se apagó, los sauces chillaron como si fueran personas y el señor Soulis supo que, vivo o muerto, aquello era el final.

—¡Bruja, arpía, demonio! —exclamó—. En nombre de Dios te ordeno que te vayas a la tumba si estás muerta o al infierno si estás condenada.

Y en aquel instante la mano de Dios, desde el cielo, fulminó al engendro allí mismo. El cuerpo viejo, muerto y profanado de aquella bruja, tanto tiempo apartado de la tumba y manipulado por los demonios, ardió como un fuego de azufre y se desmoronó en cenizas sobre el suelo; a continuación se desataron los truenos, cada vez más violentos, seguidos por el clamor de la lluvia. El reverendo Soulis saltó por encima del seto que bordeaba el jardín y corrió hacia la aldea profiriendo alaridos.

Aquella misma mañana, John Christie vio al Hombre Negro caminando por el Gran Túmulo cuando daban las seis de la mañana; antes de las ocho pasó por la posada de Knockdow; poco después, Sandy M'Llellan lo divisó cruzando apresuradamente los oteros de Kilmackerlie. No hay ninguna duda de que él fue quien ocupó el cuerpo de Janet durante tanto tiempo; pero, por fin, se había marchado. Desde entonces, el diablo jamás ha vuelto a molestarnos en Balweary.

Sin embargo, fue un penoso honor para el reverendo, que permaneció delirando en la cama durante mucho tiempo y, desde aquel día hasta hoy, no ha vuelto a ser el mismo.

SOLO UN SUEÑO

H. RIDER HAGGARD

Huellas..., huellas..., las huellas de un muerto. ¡Qué espantosos me parecen mientras caen ante mí! Recorren el largo pasillo de arriba abajo, y las sigo. Caen esos pasos sobrenaturales, pit pat, y debajo de ellos se materializa esa horrenda impresión. Puedo verla crecer sobre el mármol, húmeda y escalofriante.

Piso encima de ellas, las borro con el pie, las sigo con los zapatos embarrados e intento taparlas. En vano. ¡Veo cómo se forman a pesar incluso del lodo! ¿Quién podría borrar las huellas de un muerto?

Y de ese modo sigo avanzando. Recorro de arriba abajo el paisaje nebuloso del pasado, sigo el sonido de esos pies sin vida que deambulan inquietos, pisoteo esas huellas que no se dejan borrar. Ruge el viento feroz, voz eterna de la miseria humana; caen los pasos muertos, eco eterno de la memoria humana; pisan los pies embarrados, aplastando hasta el olvido aquello que no se puede olvidar.

Y así continúo, hasta el fin.

Vaya pensamientos para ser un hombre que se dispone a casarse, sobre todo cuando, de noche, flotan en su cerebro como nubes ominosas en un cielo de verano. La boda se celebrará mañana. Eso es incuestionable;

la boda, quiero decir. Para subrayar el hecho y despejar todas las dudas, ahí están los regalos, al menos algunos de ellos; son muy bonitos, ordenados en filas solemnes encima de la mesa alargada. Llama la atención que, cuando uno está a punto de participar en un enlace tan satisfactorio, decenas de amigos olvidados o insospechados se conjuran para enviar sus pequeñas muestras de aprecio. Todo fue muy diferente cuando me casé con mi primera esposa, lo recuerdo; aunque, por otra parte, aquel enlace no tuvo nada de satisfactorio. Entre nosotros solo había amor, nada más.

Ahí están, en filas solemnes, como ya he dicho, y me inspiran hermosas ideas sobre la bondad innata de la naturaleza humana, y en especial la naturaleza humana de nuestros primos lejanos. Es posible ponerte poético pensando en una tetera de plata cuando vas a casarse mañana. ¿Cuántas mañanas habré de encontrarme con esa tetera en el futuro? Toda mi vida, lo más probable, y detrás de ella estará la jarra de leche, y la placa eléctrica siseará detrás de ambas. El codiciado azucarero estará delante, repleto, y detrás de todo ello estará mi segunda mujer.

«Cariño —me dirá—, ¿te apetece otra taza de té?». Y yo, seguramente, me tomaré otra taza.

En fin, es muy curioso fijarse en las ideas que se nos meten a veces en la cabeza. A veces, algo agita una varita mágica sobre nuestro ser, y de los recovecos del alma surgen y caminan tenues figuras. Aparecen en momentos inesperados para recordarnos los misterios de nuestra vida, y nuestro corazón tiembla y se estremece como un árbol partido por el rayo. A esa luz sobrecogedora, todas las cosas terrenales nos parecen lejanas, todo lo invisible se acerca, cobra forma y nos impresiona, y perdemos toda la noción de qué es verdadero y qué es falso, incapaces de trazar la línea que divide lo espiritual de la realidad. Y entonces resuenan los pasos y las huellas espectrales se niegan a dejarse borrar.

¡Bellas ideas de nuevo! ¡Y con qué insistencia me asaltan! Ya es la una y debería acostarme. La lluvia cae a cántaros en el exterior. Oigo cómo azota los cristales, en tanto los alaridos del viento se deslizan entre los altos olmos que, empapados de agua, se alzan al fondo del jardín. Sabría distinguir la voz de esos olmos en cualquier parte; la conozco tan bien como la voz de un amigo. Menuda noche; así suelen ser en esta parte de Inglaterra, en octubre. En una noche como esta falleció mi primera esposa, hace tres años de eso. Recuerdo cómo se había sentado en la cama.

«¡Ah! Qué horribles son esos olmos —me dijo—. Ojalá los cortaras, Frank. Lloran como mujeres». Le prometí que lo haría, y justo después de eso se murió, pobrecita. Los viejos olmos se yerguen aún, y me gusta su música. Resulta curioso; me sentía desconsolado, pues la quería mucho, y ella a mí con toda su vitalidad y sus fuerzas, y ahora... Ahora voy a casarme otra vez.

Las últimas palabras de mi mujer fueron: «¡Frank! ¡Frank, no te olvides de mí!». Y aquí estoy, aunque mañana vaya a casarme de nuevo, sin olvidarme de ella. Tampoco olvidaré cómo Annie Guthrie (mi actual prometida) vino a verla en vísperas de su muerte. Sé que Annie siempre había sentido cariño por mí, por así decirlo, y creo que mi querida esposa lo sospechaba. Después de despedirse de Annie por última vez con un beso y de cerrar la puerta tras ella, me dijo de pronto: «Ahí va tu futura esposa, Frank. Tendrías que haberte casado primero con ella en vez de hacerlo conmigo. Es guapa y muy buena, y tiene un sueldo de dos mil al año. Ella no se moriría nunca de una enfermedad nerviosa. —Y con una risita, añadió—: Ay, Frank, cariño. Me pregunto si te acordarás de mí antes de casarte con Annie Guthrie. Esté donde esté, yo sí que pensaré en ti».

Y ahora ha llegado el momento que predijo y bien sabe Dios que he pensado muchísimo en ella, pobrecita mía. ¡Ah! Esos pasos de muerto que resuenan en nuestras vidas, esas huellas de mujer en el suelo de mármol, indelebles. La mayoría de nosotros los hemos visto y las hemos oído en algún momento de nuestras vidas, y las oigo y los veo con toda claridad esta noche. Pobre y difunta esposa. Me pregunto si habrá alguna puerta en la tierra a la que has viajado, una puerta que te permita salir para mirarme a la cara esta noche. Espero que no haya ninguna. El más allá debe de ser un infierno, sin duda, si los muertos son capaces de ver, sentir y acusar el olvido y la infidelidad de sus seres queridos. En fin, me iré a la cama y trataré de descansar. Ya no soy tan joven ni tan fuerte como antes, y los preparativos de esta boda me agotan. Ojalá lo terminase ya todo, o no hubiera empezado nunca.

Pero ¿qué ha sido eso? El viento no, pues aquí no suena nunca de esa manera, ni tampoco la lluvia, pues de momento ha amainado. Tampoco eran los aullidos de un perro, porque no tengo ninguno. Parecía más bien el lamento de una voz femenina, aunque, por otro lado, ¿qué mujer andaría por ahí en una noche como esta, a estas horas? Ya es la una y media.

Otra vez. Un sonido espantoso que me hiela la sangre en las venas y, sin embargo, me resulta también familiar. Una mujer camina alrededor de la casa. Grita. Ahí está ahora, en la ventana, golpeándola y... ¡Por todos los santos! Me llama a mí.

—¡Frank! —chilla—. ¡Frank! ¡Frank!

Me propongo acercarme y abrir los postigos, pero no me da tiempo a llegar antes de que la mujer cambie de ventana y siga llamándome mientras la zarandea. Otra vez esos alaridos escalofriantes:

—¡Frank! ¡Frank!

Ahora la oigo en la puerta y, enloquecido por un terror incontenible, cruzo a la carrera el largo pasillo a oscuras para desatrancarla. Allí no hay nada..., nada salvo la feroz caricia del viento y el goteo de la lluvia en el pórtico, pero puedo oír esa voz ululante que rodea la casa, detrás de la masa de arbustos. Cierro la puerta y escucho con atención. Allí, ha cruzado el pequeño patio y ahora está en la puerta de atrás. Sea quien sea, se diría que conoce la casa. Corro de nuevo por el pasillo y cruzo una puerta batiente, el cuarto de los criados, hasta bajar a trompicones la escalera que da a la cocina, donde las ascuas del fuego se mantienen aún vivas en la rejilla, y proyectan algo de luz y calor en la densa penumbra.

Quienquiera que esté en la puerta golpea ahora la madera con un puño y me sorprende que, pese a la delicadeza de sus golpes, el sonido resuene ensordecedor en los confines de la cocina vacía.

Allí estaba yo, vacilante, temblando de la cabeza a los pies. No me atrevía a abrir la puerta. Nada de lo que diga podría hacer justicia a la sensación de absoluta desolación que me atenazaba. Me sentía como si fuese el único hombre con vida que quedaba en el mundo.

—¡Frank! ¡Frank! —grita una voz con ese timbre tan familiar—. Abre la puerta, por favor. Tengo muchísimo frío. Me queda muy poco tiempo.

Se me paró el corazón, y sin embargo mis manos se vieron impelidas a obedecer. Despacio, muy despacio, quité el pestillo y desatranqué la puerta. Al hacerlo, una poderosa ráfaga de aire me la arrebató de las manos y la abrió de par en par. Los negros nubarrones se habían abierto un poco en lo alto y entre ellos despuntaba una franja de cielo azul, purificado por la lluvia, en el que rutilaban trémulas un par de estrellas. Por un momento, solo pude distinguir ese trozo de cielo, pero divisé de forma gradual el acostumbrado perfil de los árboles que se mecían furiosos contra él, amén de la rígida línea del tejadillo del muro del jardín que se extendía tras ellos. Una hoja empujada por el viento se estrelló en mi cara. El instinto me hizo bajar la mirada a algo que no logré identificar de inmediato. Algo pequeño, húmedo y negro.

—¿Qué eres? —jadeé, pues de alguna manera presentía que no se trataba de una persona y no podía preguntarle «¿Quién eres?».

—¿No me reconoces? —aulló la voz, con ese timbre familiar y lejano—. No puedo entrar y mostrarte mi rostro. No tengo tiempo. Has tardado tanto en abrir la puerta, Frank, y hace tanto frío... ¡Oh, qué frío tan cruel! Pero fíjate, está saliendo la luna y pronto me podrás ver. Me imagino que desearás verme, igual que deseaba yo verte a ti.

Mientras la figura hablaba, o aullaba más bien, un rayo de luna atravesó el aire cargado de humedad y cayó sobre ella. Era bajita y estaba encogida, la figura de una mujer diminuta. También iba vestida de negro y llevaba la cabeza cubierta por un velo del mismo color, amortajada con él, por así decirlo, como si de un siniestro velo nupcial se tratara. Unos gruesos goterones de agua caían de ese velo y ese vestido.

Un pequeño cesto colgaba del brazo izquierdo de la figura, y su mano (una cosita lastimera, sarmentosa y muy flaca) relucía blanca a la luz de la luna. Vi una línea roja que le rodeaba el dedo anular, señal de que alguna vez se lo había ceñido un anillo de compromiso. La otra mano se extendía hacia mí en actitud suplicante.

Todo esto lo vi en un abrir y cerrar de ojos, por así decirlo, y al verlo, el horror me agarró la garganta como si fuera un ser vivo, pues la voz me resultaba familiar, al igual que la figura, aunque hacía ya muchos años que el sepulcro la había acogido. No podía hablar. No podía ni siquiera moverme.

—Oh, ¿no me reconoces todavía? —aulló la voz—. He venido de muy lejos para verte y no puedo parar. Mírame, mira.

Su lastimera mano raquítica empezó a tirar del velo negro que la amortajaba, hasta que por fin se soltó y, como en un sueño, vi lo que ya anticipaba a mi petrificada y difusa manera: el rostro pálido y los rubios cabellos descoloridos de mi difunta esposa. Incapaz de hablar ni de moverme, la observé sin apartar la mirada. No había margen de error: era ella, sí, tal y como la había visto por última vez, blanca como la muerte, con los ojos sumergidos en unas cuencas amoratadas y la barbilla aún sujeta por el barbiquejo de la sepultura. Solo que ahora tenía los ojos abiertos de par en par, la mirada clavada en mí, y un mechón de pelo sedoso se mecía con los vaivenes del viento.

—Me reconoces ahora, ¿verdad, Frank? Me ha costado mucho venir a verte. ¡He pasado muchísimo frío! Pero vas a casarte mañana, Frank, y te prometí..., oh, hace ya tanto tiempo..., que me acordaría de ti cuando fueras a casarte de nuevo, dondequiera que estuviese. He cumplido mi promesa y he salido de mi lugar de descanso para traerte un regalo. ¡Fue cruel perder la vida tan joven! Demasiado joven para morir y dejarte solo, pero tenía que irme. Ten... Acéptalo, date prisa. No puedo quedarme más tiempo. No podía regalarte mi vida, Frank, así que te he traído mi muerte. ¡Tómala!

La figura me puso el cesto en la mano y, al hacerlo, la lluvia se reanudó y comenzó a eclipsar la luz de la luna.

—Debo irme, me tengo que ir —prosiguió esa voz tan familiar y espantosa con un grito de desesperación—. Ay, ¿por qué has tardado tanto en abrir la puerta? Quería hablar contigo antes de que te casaras con Annie, y ahora no volveré a verte nunca... ¡Nunca! ¡Nunca! ¡Te he perdido para siempre! ¡Para siempre!

A medida que las últimas notas ululantes se apagaban, el viento se abatió con la furia y el ímpetu de mil alas, me empujó al interior de la casa y cerró la puerta con gran estrépito ante mí.

Me dirigí a la cocina trastabillando, con el cesto en la mano, y lo dejé encima de la mesa. Unos rescoldos se desmoronaron en la chimenea en ese momento, y una llamarada diminuta relució sobre los platos del aparador, revelando una vela muy fina y la caja de cerillas que había a su lado. Enloquecido por las tinieblas y el miedo, tomé las cerillas, encendí una y la acerqué a la vela. Esta prendió de inmediato, y recorrí la habitación con la mirada. Todo estaba como siempre, tal y como los criados lo habían dejado; sobre la repisa de la chimenea, las agujas del reloj de cuerda desgranaban los minutos con parsimonia. Ante mis ojos dieron las dos y, aturdido, di gracias por su amigable sonido.

Me fijé en la cesta. Era blanca, de trenzas muy finas, con cintas negras y un asa de cuadros negros y blancos. La conocía de sobra. No he visto nunca otra igual. La compré hace años, en Madeira, para regalársela a mi pobre esposa. Un día de tormenta, el viento la arrojó a las aguas del canal de san Jorge. Recuerdo que estaba llena de periódicos y de libros de la biblioteca, por los que tuve que pagar. He visto infinidad de veces esa misma cesta encima de la mesa de esta misma cocina, pues mi querida esposa siempre la usaba para colocar flores en ella, y el camino más corto para llegar a esa parte del jardín en la que crecían sus rosas pasaba por la cocina. Cortaba las flores, entraba y dejaba la cesta encima de la mesa, justo donde se encuentra ahora, y después encargaba la cena.

Todo esto pasó por mi cabeza en cuestión de segundos mientras me quedaba allí plantado, con la vela en la mano, sintiéndome desfallecer y, sin embargo, con la imaginación dolorosamente animada. Empecé a preguntarme si no me habría quedado dormido y estaría sufriendo una pesadilla. Nada de eso. Ojalá se tratara de un simple mal sueño. Un ratón rompió el silencio al corretear por el aparador y bajar al suelo de un salto.

¿Qué había dentro del cesto? Temía asomarme y, sin embargo, una fuerza en mi interior me obligaba. Me acerqué a la mesa y aguardé unos instantes, escuchando los latidos de mi corazón. Luego extendí la mano y, muy despacio, levanté la tapa del cesto.

«No podía regalarte mi vida, Frank, así que te he traído mi muerte». Esas habían sido sus palabras. ¿Qué querría decir? ¿Qué significaba todo aquello? Si no lo averiguo, me volveré loco. Ahí estaba, fuera lo que fuese, envuelto en un paño.

¡No, que los cielos me amparen! ¡Una calavera humana, pequeña y descolorida!

¡Un sueño! ¡Tan solo un sueño junto al calor de las llamas, en definitiva, pero menudo sueño! Voy a casarme mañana.

¿Podré casarme mañana?

EL GATO NEGRO

Edgar Allan Poe

Ni espero ni quiero que se dé crédito a la historia más extraordinaria y, sin embargo, más familiar que voy a referir. Tratándose de un caso en el que mis sentimientos se niegan a aceptar su propio testimonio, yo habría de estar realmente loco si así lo creyera. No obstante, no estoy loco, y, con toda seguridad, no sueño. Pero mañana puedo morir y quisiera aliviar hoy mi apenado espíritu. Deseo mostrar al mundo, clara y concretamente, una serie de simples acontecimientos domésticos que, por sus consecuencias, me han aterrorizado, torturado y anonadado. A pesar de todo, no trataré de esclarecerlos. A mí casi no me han producido otro sentimiento que el de horror. Pero a muchas personas les parecerán menos terribles. Tal vez más tarde haya una inteligencia que reduzca mi fantasía al estado de lugar común. Alguna inteligencia más serena, más lógica y mucho menos excitable que la mía encontrará tan solo en las circunstancias que relato con terror una serie normal de causas y de efectos naturalísimos.

La docilidad y humanidad de mi carácter sorprendieron desde mi infancia. Tan notable era la ternura de mi corazón que había hecho de mí el juguete de mis amigos. Sentía una auténtica pasión por los animales, y mis padres me permitieron poseer una gran variedad de favoritos. Casi todo el tiempo lo pasaba con ellos, y nunca me consideraba tan feliz como cuando les daba de comer o los acariciaba. Con los años aumentó esta particularidad de mi carácter, y cuando fui hombre hice de ella una de mis principales fuentes de goce. Aquellos que han profesado afecto a un perro fiel y sagaz no necesitarán explicaciones de la naturaleza o intensidad de los goces que eso puede producir. En el amor desinteresado de un animal, en el sacrificio de sí mismo, hay algo que llega directamente al corazón del que con frecuencia ha tenido ocasión de comprobar la amistad mezquina y la frágil fidelidad del hombre natural.

Me casé joven. Tuve la suerte de descubrir en mi mujer una disposición semejante a la mía. Y, habiéndose dado cuenta de mi gusto por estos favoritos domésticos, no perdió ocasión alguna de proporcionármelos de la especie más agradable. Tuvimos pájaros, un pez de color de oro, un magnífico perro, conejos, un mono pequeño y... un gato.

Era este último animal muy fuerte y hermoso, completamente negro y de una sagacidad maravillosa. Mi mujer, que era en el fondo algo supersticiosa, hablando de su inteligencia, aludía frecuentemente a la antigua creencia popular que consideraba a todos los gatos negros como brujas disimuladas. No quiere esto decir que hablara siempre *en serio* sobre este particular, y lo consigno sencillamente porque lo recuerdo.

Plutón, se llamaba así el gato, era mi amigo predilecto. Solo yo le daba de comer, y me seguía siempre por la casa. E incluso me costaba trabajo impedirle que me siguiera por las calles.

Nuestra amistad subsistió así algunos años, durante los cuales mi carácter y mi temperamento —me sonroja confesarlo—, por causa del demonio de la intemperancia, sufrieron una alteración radicalmente funesta. De día en día me hice más taciturno, más irritable, más indiferente a los sentimientos ajenos. Empleé con mi mujer un lenguaje brutal corriendo el tiempo, la afligí incluso con violencias personales. Naturalmente, mis pobres favoritos debieron notar el cambio de mi carácter. No solamente no les hacía caso alguno, sino que los maltrataba. Sin embargo, y por lo que se refiere a Plutón, aún despertaba este en mí la consideración suficiente para no pegarle. En cambio, no sentía ningún escrúpulo en maltratar a los conejos y al mono, y hasta al perro, cuando, por casualidad o afecto, se cruzaban en mi camino. Iba secuestrándome mi mal cada vez más, como consecuencia de mis excesos alcohólicos. Y, andando el tiempo, el mismo Plutón, que envejecía, y, naturalmente, se hacía un poco huraño, comenzó a conocer los efectos de mi perverso carácter.

Una noche, al regresar a casa completamente ebrio, de vuelta de uno de mis frecuentes escondrijos del barrio, me pareció que el gato evitaba mi presencia. Lo apresé, pero él, horrorizado por mi violenta actitud, me hizo en la mano, con los dientes, una leve herida. Entonces, se apoderó de mí, repentinamente, un furor demoníaco. En aquel instante dejé de conocerme. Se diría como si, de pronto, mi alma original hubiese abandonado mi cuerpo, y una ruindad superdemoníaca, saturada de ginebra, se filtró en cada una de las fibras de mi ser. Del bolsillo de mi chaleco saqué un cortaplumas, lo abrí, tomé al pobre animal por la garganta y, deliberadamente, le vacié un ojo... Me llena y abruma la vergüenza, estremeciéndome al escribir esta abominable atrocidad.

Cuando, al amanecer, hube recuperado la razón, y cuando se disiparon los vapores de mi crápula nocturna, experimenté un sentimiento mitad horror mitad remordimiento por el crimen que había cometido. Pero, todo lo más, era un sentimiento confuso, y el alma no sufrió sus acometidas, lo confieso. Volví a sumirme en los excesos, y no tardé en ahogar en el vino todo recuerdo de mi acción.

Curó entre tanto el gato lentamente. La órbita del ojo perdido presentaba, es cierto, un aspecto espantoso. Pero después, con el tiempo, no pareció que se diera cuenta de ello. Según su costumbre, iba y venía por la casa; pero, como debí suponer, en cuanto veía que me aproximaba a él, huía aterrorizado. Me quedaba aún lo bastante de mi antiguo corazón para que me afligiera aquella manifiesta antipatía en un ser que tanto me había amado anteriormente. Pero este sentimiento no tardó en ser desalojado por la irritación. Como para mi caída final e irrevocable, brotó entonces el espíritu de perversidad, espíritu del que la filosofía no se cuida ni poco ni mucho. No obstante, tan seguro como que existe mi alma, creo que la perversidad es uno de los primitivos impulsos del corazón humano, una de esas indivisibles primeras facultades o sentimientos que dirigen el carácter del hombre. ¿Quién no se ha sorprendido muchas veces cometiendo una acción necia o vil por la única razón de que sabía que no debía cometerla? ¿No tenemos una constante inclinación, pese a lo excelente de nuestro juicio, a violar lo que es la ley, simplemente porque comprendemos que es la ley?

Digo que este espíritu de perversidad hubo de producir mi ruina completa. El vivo e insondable deseo del alma de atormentarse a sí misma, de violentar su propia naturaleza, de hacer el mal por amor al mal, me impulsaba a continuar y últimamente a llevar a prolongar el suplicio que había infligido al inofensivo animal. Una mañana, a sangre fría, ceñí un nudo corredizo en torno a su cuello y lo ahorqué de la rama de un árbol. Lo ahorqué con mis ojos llenos de lágrimas, con el corazón desbordante del más amargo remordimiento. Lo ahorqué porque sabía que él me había amado y porque reconocía que no me había dado motivo alguno para encolerizarme con él. Lo ahorqué porque sabía que al hacerlo cometía un pecado, un pecado mortal que comprometía a mi alma inmortal, hasta el punto de colocarla, si esto fuera posible, lejos incluso de la misericordia infinita del muy severo y misericordioso Dios.

En la noche siguiente al día en que fue cometida acción tan cruel, me despertó del sueño el grito de: «¡Fuego!». Ardían las cortinas de mi lecho. La casa era una gran hoguera. Mi mujer, un criado y yo logramos escapar, no sin vencer grandes dificultades, del incendio. La destrucción fue total. Quedé arruinado y me entregué desde entonces a la desesperación.

No intento establecer relación alguna entre causa y efecto con respecto a la atrocidad y el desastre. Estoy por encima de tal debilidad. Pero me limito a dar cuenta de una cadena de hechos y no quiero omitir el menor eslabón. Visité las ruinas el día siguiente al del incendio. Excepto una, todas las paredes se habían derrumbado. Esta sola excepción la constituía un delgado tabique interior, situado casi en la mitad de la casa, contra el que se apoyaba la cabecera de mi lecho. Allí el enlucido había resistido en gran parte a la acción del fuego, hecho que atribuí a haber sido renovada recientemente. En torno a aquella pared se congregaba la multitud. Y numerosas personas examinaban una parte del muro con viva atención. Excitaron mi curiosidad las palabras «extraño», «singular» y otras expresiones parecidas. Me acerqué y vi, a modo de un bajorrelieve esculpido sobre la blanca superficie, la figura de un gigantesco gato. La imagen estaba copiada con una exactitud realmente maravillosa. Rodeaba el cuello del animal una cuerda.

Apenas hube visto esta aparición —porque yo no podía considerar aquello más que como una aparición—, mi asombro y mi terror fueron extraordinarios. Por fin, vino en mi ayuda la reflexión. Recordaba que el gato había sido ahorcado en un jardín contiguo a la casa. A los gritos de alarma, el jardín fue invadido inmediatamente por la muchedumbre, y el animal debió de ser descolgado por alguien del árbol y arrojado a mi cuarto por la ventana abierta. Indudablemente se hizo esto con el propósito de despertarme. El derrumbamiento de las restantes paredes había comprimido a la víctima de mi crueldad en el yeso recientemente extendido. La cal del muro, en combinación con las llamas y el amoníaco del cadáver, produjo la imagen tal como yo la veía.

Aunque prontamente satisface así mi razón, ya que no por completo mi conciencia, no dejó, sin embargo, de grabar en mi imaginación una huella profunda el sorprendente caso del que acabo de dar cuenta. Durante algunos meses no pude liberarme del fantasma del gato, y en todo este tiempo nació en mi alma una especie de sentimiento que se parecía, aunque no lo era, al remordimiento. Llegué incluso a lamentar la pérdida del animal y a buscar en torno mío, en los miserables tugurios que a la sazón frecuentaba, otro favorito de la misma especie y de facciones parecidas que pudiera sustituirle.

Una noche, hallándome medio aturdido en un bodegón infame, atrajo repentinamente mi atención un objeto negro que yacía en lo alto de uno de los inmensos barriles de ginebra y ron que componían el mobiliario más importante de la sala. Hacía ya algunos momentos que miraba a lo alto del tonel, y me sorprendió no haber advertido el objeto colocado encima. Me acerqué a él y lo toqué. Era un gato negro, enorme, tan corpulento como Plutón, al que se parecía en todo menos en un pormenor: Plutón no tenía un solo pelo blanco en todo el cuerpo, pero este tenía una señal ancha y blanca, de forma indefinida, que le cubría casi toda la región del pecho.

Apenas puse en él mi mano, se levantó repentinamente, ronroneando con fuerza, se restregó contra mi mano y pareció contento de mi atención. Era, pues, el animal que yo buscaba. Me apresuré a proponer al dueño su adquisición, pero este no tuvo interés alguno por el animal. Ni lo conocía ni lo había visto hasta entonces.

Continué acariciándolo, y cuando me disponía a regresar a mi casa, el animal se mostró dispuesto a seguirme. Se lo permití, e inclinándome de cuando en cuando para acariciarle, caminamos hacia mi casa. Cuando llegó a ella se encontró como si fuera la suya, y se convirtió rápidamente en el mejor amigo de mi mujer.

Por mi parte, no tardó en surgir en mí una antipatía hacia él. Era, pues, precisamente, lo contrario de lo que yo había esperado. No sé cómo ni por qué sucedió esto, pero su evidente ternura me enojaba y casi me fatigaba. Poco a poco, estos sentimientos de disgusto y fastidio fueron aumentando hasta convertirse en la amargura del odio. Yo evitaba su presencia. Una especie de vergüenza mezclada con el recuerdo de mi primera crueldad me impidió que lo maltratara. Durante algunas semanas me abstuve de pegarle o de tratarlo con violencia. Pero, gradual e insensiblemente, llegué a sentir por él un horror indecible. Y a eludir en silencio, como si huyera de la peste, su odiosa presencia.

Lo que despertó enseguida mi odio por el animal fue el descubrimiento que hice a la mañana del siguiente día de haberlo llevado a casa. Como Plutón, también él había sido privado de uno de sus ojos. Sin embargo, esta circunstancia contribuyó a hacerle más grato a mi mujer, quien poseía grandemente, como ya he dicho, la ternura de sentimientos que fue en otro tiempo mi rasgo característico y el frecuente manantial de mis placeres más sencillos y puros.

No obstante, el cariño que el gato me demostraba parecía crecer en razón directa de mi odio hacia él. Con una tenacidad imposible de hacer comprender al lector, seguía constantemente mis pasos. En cuanto me sentaba, se acurrucaba bajo mi silla, o saltaba sobre mis rodillas, cubriéndome con sus caricias espantosas. Si me levantaba para andar, se metía entre mis piernas y casi me derribaba, o bien trepaba por mis ropas, clavando sus largas y agudas garras hasta mi pecho. En tales instantes hubiera querido matarlo de un golpe, pero me lo impedía en parte el recuerdo de mi primer crimen. Y sobre todo, me apresuro a confesarlo, el verdadero terror del animal.

Este miedo no era positivamente el de un mal físico. Y, sin embargo, me sería muy difícil definirlo de otro modo. Casi me ruboriza confesarlo. Aun en esta celda de malhechor, casi me avergüenza confesar que el horror y el pánico que me inspiraba el animal se habían acrecentado a causa de una de las fantasías más perfectas que es posible imaginar. No pocas veces, mi mujer había llamado mi atención con respecto al carácter de la mancha blanca de que he hablado y que constituía la única diferencia perceptible entre el animal extraño y aquel que había matado yo. Recordará, sin duda, el lector que esta señal, aunque grande, tuvo primitivamente una forma indefinida. Pero gradualmente, por fases imperceptibles, había concluido adquiriendo una nitidez rigurosa de contornos.

En ese momento, era la imagen de un objeto que solo con nombrarlo me hace temblar. Era, sobre todo, lo que me hacía mirarle como a un monstruo de horror y repugnancia. Y lo que, si me hubiera atrevido, me hubiese impulsado a librarme de él. Era ahora, en fin, la imagen de una cosa abominable y siniestra: la imagen ¡de la *horca*! ¡Oh, lúgubre y terrible máquina! ¡Máquina de espanto y crimen, de muerte y agonía!

Yo era entonces, verdaderamente, un miserable, más allá de la miseria posible de la humanidad. Y pensar que una bestia brutal, cuyo hermano había yo aniquilado con desprecio; una bestia brutal era capaz de engendrar en mí, hombre formado a imagen del Altísimo, tan insoportable angustia. ¡Ay! Ni de día ni de noche conocía yo la paz del descanso. Ni un solo instante, durante cada jornada, me dejaba el animal. Y de noche, a cada momento, cuando salía de mis sueños llenos de indefinible angustia, era tan solo para sentir el aliento tibio de aquel sobre mi rostro, y su enorme peso, encarnación de una pesadilla que yo no podía separar de mí, parecía eternamente gravitar sobre mi corazón.

Bajo tales tormentos sucumbió lo poco que había de bueno en mí. Infames pensamientos se convirtieron en mis íntimos. Los más sombríos, los más infames de todos los pensamientos eran acariciados por mi mente. La tristeza de mi humor de costumbre se acrecentó hasta hacerme aborrecer todas las cosas y a la humanidad entera. Mi mujer, sin embargo, no se quejaba nunca. ¡Ah! Era siempre mi paño de lágrimas. La más paciente víctima de las repentinas, frecuentes e indomables expansiones de una furia a la que ciegamente me abandoné desde entonces.

Para un quehacer doméstico, me acompañó un día al sótano de un viejo edificio en el que nos obligara a vivir nuestra pobreza. Por los finos peldaños de la escalera me seguía el gato, y habiéndome hecho tropezar, me exasperó hasta la locura. Apoderándome de un hacha y olvidando en mi furor el espanto pueril que había detenido hasta entonces mi mano, dirigí un golpe al animal. Hubiera sido mortal si lo hubiera alcanzado como quería. Pero la mano de mi mujer detuvo el golpe. Una rabia más que diabólica me produjo esta intervención. Liberé mi brazo del obstáculo que lo detenía y le hundí a ella el hacha en el cráneo. Mi mujer cayó muerta instantáneamente, sin exhalar siquiera un gemido.

Realizado el horrible asesinato, inmediata y resueltamente procuré esconder el cuerpo. Me di cuenta de que no podía hacerlo desaparecer de la casa, ni de día ni de noche, sin correr el riesgo de que se enteraran los vecinos. Asaltaron mi mente varios proyectos. Pensé por un instante en trocear el cadáver y arrojar al suelo los pedazos. Resolví después cavar una fosa en el piso de la cueva. Luego pensé arrojarlo al pozo del jardín. Cambié la idea y decidí embalarlo en un cajón, como una mercancía, y encargar a un mandadero que se lo llevase de casa, facturándolo a cualquier parte. Pero, por último, me detuve ante un proyecto que consideré el más factible: me decidí a emparedarlo en el sótano, como se dice que hacían en la Edad Media los monjes con sus víctimas.

La cueva parecía estar construida a propósito para semejante proyecto. Los muros no estaban levantados con el cuidado de costumbre, y no hacía mucho tiempo habían sido cubiertos en toda su extensión por una capa de yeso, al que la humedad no dejó endurecer.

Había, por otra parte, un saliente en uno de los muros, producido por una chimenea artificial o especie de hogar que quedó luego tapado y dispuesto de la misma forma que el resto del sótano. No dudé que me sería fácil quitar los ladrillos de aquel sitio, colocar el cadáver y emparedarlo del mismo modo, de forma que ninguna mirada pudiese descubrir nada sospechoso.

No me engañé en mis cálculos y, ayudado por una palanca, separé sin gran dificultad los ladrillos. Habiendo luego aplicado cuidadosamente el cuerpo contra la pared interior, lo sostuve en esta postura hasta poder restablecer sin gran esfuerzo toda la estructura a su estado primitivo. Con todas las precauciones imaginables, me procuré una argamasa de cal y arena. Preparé una capa que no podía distinguirse de la primitiva y cubrí escrupulosamente con ella el nuevo tabique.

Cuando terminé vi que todo había resultado perfecto. La pared no presentaba la más leve señal de arreglo. Con el mayor cuidado, barrí el suelo y recogí los escombros. Miré triunfalmente en torno mío y me dije: «Por lo menos, aquí, mi trabajo no ha sido infructuoso».

Mi primera idea, entonces, fue buscar al animal que había sido el causante de tan tremenda desgracia porque, al fin, había resuelto matarlo. Si en aquel momento hubiera podido encontrarle, nada hubiese evitado su destino. Pero parecía que el animal, ante la violencia de mi cólera, se había alarmado y procuraba no presentarse ante mí, desafiando desde sus refugios mi mal humor. Imposible describir o imaginar la intensa, la apacible sensación de alivio que trajo a mi corazón la ausencia de la detestada criatura. En toda la noche no se presentó, y esta fue la primera que gocé desde su entrada en la casa. Dormí, a pesar de todo, tranquila y profundamente. Sí, dormí así con el peso de aquel asesinato en mi alma.

Transcurrieron el segundo y el tercer día. Mi verdugo no vino, sin embargo. Como un hombre libre, respiré una vez más. En su terror, el monstruo había abandonado para siempre aquellos lugares. Ya no volvería a verle nunca. Mi dicha era infinita. Me inquietaba muy poco la criminalidad de mi tenebrosa acción. Se incoó una especie de sumario que apuró poco las averiguaciones. También se dispuso un reconocimiento, pero, naturalmente, nada podía descubrirse. Yo daba por asegurada mi felicidad futura.

Al cuarto día después de haberse cometido el asesinato, se presentó inopinadamente en mi casa un grupo de agentes de policía y procedió de nuevo a una rigurosa investigación del local. Sin embargo, confiado en lo impenetrable del escondite, no experimenté ninguna turbación.

Los agentes quisieron que les acompañase en sus pesquisas. Fue explorado hasta el último rincón, por tercera o cuarta vez bajaron por último a la cueva. No me alteré lo más mínimo. Como el de un hombre que reposa en la inocencia, mi corazón latía pacíficamente. Recorrí el sótano de punta a punta, crucé los brazos sobre el pecho y me paseé indiferente de un lado a otro. Plenamente satisfecha, la policía se disponía a abandonar la casa. Era demasiado intenso el júbilo de mi corazón para que pudiera reprimirlo. Sentía la viva necesidad de decir una palabra, una palabra tan solo, a modo de triunfo, y hacer doblemente evidente su convicción con respecto a mi inocencia.

—Señores —dije por último y cuando los agentes subían ya la escalera—, es para mí una gran satisfacción haber desvanecido sus sospechas. Deseo a todos ustedes una buena salud y un poco más de cortesía. Dicho sea de paso, señores, tienen ustedes aquí una casa muy bien construida —apenas sabía lo que hablaba, en mi furioso deseo de decir algo con aire deliberado—. Puedo asegurar que esta es una casa excelentemente construida. Estos muros... ¿Se van ustedes señores? Estos muros están construidos con una gran solidez.

Entonces, por una fanfarronada frenética, golpeé con fuerza, con un bastón que tenía en la mano en ese momento, precisamente sobre la pared del tabique tras el cual yacía la esposa de mi corazón.

¡Ah! Que por lo menos Dios me proteja y me libre de las garras del archidemonio. Apenas se hubo hundido en el silencio el eco de mis

golpes, me respondió una voz desde el fondo de la tumba. Era primero una queja, velada y entrecortada como el sollozo de un niño. Después, enseguida, se convirtió en un grito prolongado, sonoro y continuo, infrahumano. Un alarido, un aullido mitad horror, mitad triunfo, como solamente puede brotar del infierno. Fue una horrible armonía que surgiera al unísono de las gargantas de los condenados en sus torturas y de los demonios que gozaban en la condenación.

Sería una locura expresaros mis pensamientos. Me sentí desfallecer y, tambaleándome, caí contra la pared opuesta. Durante un instante se detuvieron en los escalones los agentes. La sorpresa y el pavor los había dejado atónitos. Un momento después, doce brazos robustos atacaron la pared. Esta cayó a tierra de un golpe. El cadáver, muy desfigurado ya y cubierto de sangre coagulada, apareció rígido ante los ojos de los circunstantes.

Sobre su cabeza, con las rojas fauces dilatadas y llameando el único ojo, se posaba el odioso animal cuya astucia me llevó al asesinato y cuya reveladora voz me entregaba al verdugo. ¡Yo había emparedado al monstruo en la tumba!

EL NAVÍO SILENCIOSO

W. H. HODGSON

ranscurría la segunda guardia de cuartillo. Nos encontrábamos en el Pacífico sur, entre los trópicos. A unos trescientos o cuatrocientos metros del costado de estribor, un navío de gran tamaño surcaba lentamente las aguas en la misma dirección que nosotros. Aunque lo habíamos divisado durante el turno de guardia anterior, ahora el viento había amainado y nos veíamos obligados a navegar a la par.

El primer oficial y yo lo observábamos con curiosidad, pues, pese a todas nuestras señales, no había hecho el menor intento por establecer contacto con nosotros. Ni un solo rostro se había asomado por encima de la baranda para mirar en nuestra dirección, a pesar de que (salvo un par de veces en las que una especie de bruma muy fina se había interpuesto entre ambas embarcaciones) podíamos ver con absoluta claridad al oficial de su guardia paseando por la popa, así como a los tripulantes que remoloneaban en las cubiertas. Lo más extraño de todo era que no se detectaba el menor sonido procedente de ese navío; ni órdenes ocasionales, ni el tañido de sus campanas.

—¡Bestias mohínas! —exclamó el primer oficial, de manera un tanto pintoresca—. ¡Serán un hatajo de holandeses incivilizados, seguro!

Se quedó esperando un par de minutos, vigilándolos en silencio. Lo exasperaba que no reaccionaran a nuestras señales; pese a todo, creo que, como yo, sentía mucha curiosidad por conocer el motivo de ese silencio, el cual le producía una perplejidad que solo contribuía a tornarlo aún más irascible.

Se volvió hacia mí.

—Páseme el altavoz, señor Jepworth —me dijo—. A ver si tienen modales para responder a esto.

Me dirigí a la escalerilla, descolgué el altavoz que colgaba de un garfio y se lo llevé.

Me lo arrebató con presteza, se lo llevó a los labios y anunció un sonoro «¡Ah del barco!» en dirección al buque desconocido. Aguardó unos instantes, pero nada parecía indicar que lo hubieran oído.

—¡Condenados! —lo oí mascullar antes de alzar el instrumento de nuevo. En esta ocasión se dirigió a la otra embarcación por su nombre, claramente visible en la proa—. ¡Ah del Mortzestus!

Esperó una vez más. Una vez más, nada indicaba que nos hubieran visto ni oído.

El primer oficial levantó el altavoz y lo agitó en dirección al extraño navío.

—¡Así se os lleve el demonio! —gritó antes de girarse hacia mí—. Tenga, señor Jepworth, guarde usted esto —gruñó—. Que me aspen si alguna vez he visto una panda igual de apestosos engreídos. ¡De mí se van a burlar!

De todo lo cual cabía inferir que aquella embarcación tan extraña había conseguido acaparar su interés.

Por espacio de más o menos otra hora, seguimos viéndolo a intervalos al otro extremo de nuestros binoculares, pero nada parecía indicar que ellos fuesen más conscientes de nuestra presencia que antes.

Hasta que, ante nuestros ojos, se produjo un súbito estallido de actividad en el barco. Los tres sobrejuanetes se arriaron prácticamente a la vez, seguidos por los juanetes un instante después. Luego vimos que los hombres saltaban a las jarcias y subían a la arboladura para aferrar.

—Que me aspen si no están acortando las velas —dijo el primer oficial—. Pero ¿qué diablos pre...?

Dejó la frase inacabada flotando en el aire, como si se le hubiera ocurrido algo de súbito.

—Deprisa, baje usted —me ordenó sin dejar de observar al segundo navío—, y compruebe el barómetro.

Me apresuré a obedecer sin dilación y regresé al cabo de un minuto para informarle de que el instrumento se mantenía totalmente estable.

En vez de reaccionar a mis palabras, siguió con la mirada fija en aquella embarcación que surcaba las mismas aguas que nosotros.

Habló de repente.

—Mire usted, señor Jepworth, me confieso estupefacto. Esto no tiene sentido. En todos mis años en altamar, no había visto cosa igual.

—Se diría que su capitán no tiene dos dedos de frente —observé—. A lo mejor...

El primer oficial me interrumpió.

—¡Dios! —blasfemó—. Y ahora están arriando las gavias también. Su comandante debe de ser realmente estúpido.

Había hablado en un tono más alto de lo normal, y en el silencio momentáneo que siguió a sus palabras, me sobresaltó oír una voz que decía a mi lado:

—¿De qué estúpido comandante estamos hablando?

Era nuestro capitán, que había subido a la cubierta sin que nadie se percatara de ello.

Antes de que nadie pudiera articular palabra, nos preguntó si el otro barco ya se había dignado responder a nuestras señales.

—No, señor —replicó el primer oficial—. Para el caso que nos hacen, podríamos ser un trozo de madera vieja que flotase a la deriva.

—Han arriado las velas mayores, señor —informé al capitán mientras le ofrecía mis binoculares.

—¡Hum! —murmuró con un dejo de sorpresa en la voz. Se quedó observando durante largo rato antes de devolverme la lente. Oí que mascullaba—: No le encuentro explicación. —Y después me pidió el catalejo.

Estudió el navío durante un rato más. Sin embargo, no descubrió nada que explicara el misterio.

—¡Extraordinario! —exclamó. Luego colocó el telescopio entre los cabos del cabillero y dio unos cuantos pasos de un lado a otro, deambulando por la popa del barco.

El primer oficial y yo seguimos observando el extraño navío, pero fue en vano. En apariencia, al menos, se trataba de un velero de tres palos normal y corriente, y si se exceptuaban el silencio inexplicable y el velamen arriado, habría sido indistinguible de cualquier otra embarcación con la que uno se cruzara en el transcurso de una travesía prolongada.

Antes he dicho que su aspecto no tenía nada de inusitado; sin embargo, creo que ya empezábamos a sospechar que lo envolvía un halo de misterio intangible.

El capitán dejó de caminar de un lado a otro, se acercó al primer oficial y escudriñó con curiosidad aquel navío silencioso que surcaba las aguas por nuestro costado de estribor.

—Y el barómetro se ve tan firme como una roca —observó de repente.

—En efecto —asintió el primer oficial—. En cuanto empezaron a aferrar, le pedí al señor Jepworth que le echara un vistazo.

—¡Pues no lo entiendo! —insistió el capitán, entre irritado y perplejo—. Hace un tiempo espléndido.

En lugar de contestar de inmediato, el primer oficial sacó una tira de tabaco del bolsillo de su cadera y le pegó un bocado. Guardó el resto, escupió y recalcó que, en su opinión, se trataba de una panda de cochinos holandeses.

El capitán reanudó su deambular mientras yo seguía observando aquel otro barco.

Al cabo de unos instantes, uno de nuestros grumetes se acercó a popa y tocó la campana ocho veces. Poco después llegó el segundo de a bordo para relevar al primero.

—¿Ya ha soltado prenda nuestra señorita? —preguntó, refiriéndose a la antipática embarcación que asomaba por el costado.

El primer oficial contuvo la risa. Me quedé sin escuchar su respuesta, no obstante, pues en ese momento, por increíble que parezca, divisé unas criaturas que salían del agua alrededor del silencioso navío. Aunque tenían forma humana, se distinguía el casco de la nave a través de ellas y tenían un aspecto irreal, nebuloso y extraño. Pensé que debía de estar sufriendo alucinaciones, hasta que miré de reojo en rededor y vi al primer oficial observando a su vez por encima de mi hombro, con el cuello estirado hacia delante y los ojos fijos con gran intensidad. Cuando miré de nuevo, aquellos seres habían comenzado a trepar por el casco del otro navío; había miles de ellos. Nos encontrábamos tan cerca que podía ver al oficial que estaba de guardia encendiendo su pipa. Estaba contemplando el horizonte a babor, apoyado en la borda.

Luego vi que el muchacho que gobernaba el timón agitaba los brazos, momento en el que el oficial echó a correr en su dirección. El timonel apuntó con el dedo y el oficial comenzó a girarse a un lado y a otro, mirando en todas direcciones. La penumbra y la distancia conspiraban para impedirme distinguir sus facciones, pero, a juzgar por su reacción, era evidente que ya se había percatado de lo que ocurría. Se quedó paralizado un momento; después, se dirigió a popa corriendo y haciendo aspavientos. Me dio la impresión de que estaba gritando. Su vigía agarró un cabrestante y se encaramó al castillo de proa. Varios hombres salieron en tromba por la portilla de babor. Y así, en un abrir y cerrar de ojos, oímos por primera vez un sonido procedente de aquel navío tan silencioso hasta entonces. Amortiguado, al principio, como si proviniera de muy lejos, pero no tardó en volverse mucho más nítido. Como si una barrera invisible se hubiera desmoronado, enseguida oímos los alaridos de una multitud de hombres aterrorizados. Rodaban sobre las olas con un estampido atronador que nos sobrecogía de miedo.

El primer oficial masculló algo con voz ronca a mi espalda, pero no le hice caso. Todo me parecía irreal.

Transcurrió un minuto..., o quizá una eternidad. Y luego, ante mi atónita mirada, una densa bruma surgió del mar para envolver el casco del extraño navío, del que ya solo se veían los palos. Perforaba aquella niebla una cacofonía babélica de aullidos y gritos desgarradores.

Casi de forma inconsciente, mi mirada vagó entre los palos y los aparejos que se elevaban hacia el firmamento entre aquella insólita masa de bruma marina. Algo me llamó la atención de repente. En medio de la serena penumbra nocturna, detecté movimiento entre los aparejos recogidos; los aferravelas se estaban soltando, y recortándose contra el cielo, cada vez más oscuro, me pareció distinguir unas figuras nebulosas e irreales que porfiaban como endemoniados.

Con un murmullo leve al principio, y después con un aleteo repentino, los tres pantoques de los juanetes se desprendieron de los aferravelas aflojados. Los tres sobrejuanetes los siguieron casi de inmediato. La desconcertante batahola se había prolongado durante todo este tiempo. Ahora, sin embargo, se produjo un silencio tan inesperado como efímero, pues las seis vergas comenzaron a alzarse de manera simultánea en medio de una calma interrumpida tan solo por el roce de los cabos sobre las garruchas y el chirrido ocasional de algún guarnimiento contra su mástil.

Nosotros, por nuestra parte, no hacíamos el menor ruido ni pronunciábamos una sola palabra. No había nada que decir. Yo, al menos, me había quedado sin habla. Las velas continuaban izándose con los tirones firmes y acompasados tan característicos de los marineros. Transcurrió un minuto en un abrir y cerrar de ojos, y después otro. Por último, las balumas se tensaron y dejaron de halar. Las velas habían quedado montadas.

Seguíamos sin oír el sonido de voces humanas procedente de aquel navío espectral. La bruma que he mencionado antes seguía adhiriéndose al casco, un montículo nebuloso que ocultaba por completo el cuerpo de la embarcación y el extremo inferior de los palos, aunque las vergas bajas y las velas desplegadas sobre ellas resultaban completamente visibles.

Reparé entonces en las siluetas fantasmagóricas que porfiaban con los tomadores de las tres velas principales, las cuales susurraban contra los palos. Apenas un instante después, se diría, la vela mayor se desprendió de su mastelero y cayó formando un remolino de volantes sin fuerza, seguida de inmediato por las de trinquete y mesana. De algún lugar perdido en medio de la bruma surgió un grito solitario, estrangulado, que se truncó de inmediato. Pese a todo, me dio la impresión de que su eco resonaba misteriosamente en el mar.

Por primera vez me giré y contemplé al anciano que se erguía a mi izquierda. Su rostro no dejaba traslucir la menor expresión. Tenía la mirada, enigmática y petrificada, clavada en aquel misterio amortajado por jirones de niebla. Me limité a echarle un vistazo fugaz, y enseguida giré la cabeza de nuevo.

Procedente del otro barco se oyó ahora el crujido y el chirrido de las vergas y los engranajes, y vi que estaban poniendo las velas en cruz. La maniobra concluyó con una rapidez asombrosa, aunque soplaba una suave brisa del sudoeste y nosotros habíamos amurado las velas a babor para aprovecharla al máximo. Lo más lógico habría sido que esa maniobra por parte de la otra embarcación la hubiera situado en facha, colocando al viento la proa. Sin embargo, ante mi incrédula mirada, las velas se abombaron de golpe, hinchándose como si las impulsara un fuerte viento de popa, y vi que el extremo posterior de aquel barco comenzaba a elevarse entre la bruma. Su popa seguía ascendiendo, cada vez más visible, y pronto pude distinguir con claridad el espejo pintado de blanco. Casi al mismo tiempo, los mástiles se inclinaron hacia delante en un ángulo de lo más llamativo, por lo pronunciado. A continuación, apareció el techo de la caseta del capitán.

Luego, profundo y horrible, como si lo profirieran unas almas perdidas en el averno, se oyó un alarido ronco y prolongado de humana agonía. Mientras yo me reponía del susto, el segundo de a bordo profirió de repente una maldición que no llegó a terminar. En cierto modo, me sentía tan asombrado como aterrorizado y perplejo. De alguna manera, creo que no esperaba volver a oír el sonido de una voz humana procedente de aquella bruma.

La popa seguía alzándose por encima del manto de niebla, y por un instante fugaz vi el timón negro que giraba recortado contra el firmamento crepuscular. La rueda se movía descontrolada, y una figura sombría y menuda salió despedida de ella sin poder evitarlo, precipitándose al vacío hasta sumergirse en el estruendo y la bruma.

El mar emitió un chapoteo lastimero, seguido de un grito humano en el que se percibía una nota borboteante y atroz. El palo de trinquete se perdió de vista entre las aguas, al tiempo que el mayor se hundía en la niebla. En el palo de mesana, las velas se aflojaron un poco antes de hincharse de nuevo; y así, con todas las velas al viento, aquel navío extraño se sumergió en las tinieblas. Un torrente de llantos llegó a nuestros oídos por un instante espantoso, y después, tan solo el burbujeo de las aguas al cerrarse sobre el conjunto de la embarcación.

Me quedé contemplando la escena sin parpadear, como hipnotizado. Incapaz de entender lo que decían, oí voces procedentes de la cubierta principal, entremezcladas con el eco de las plegarias y las blasfemias que inundaban el aire.

En el mar, a lo lejos, la bruma persistía aún sobre el lugar donde el navío misterioso se había desvanecido. De manera paulatina, no obstante, comenzó a despejarse para revelar los restos del mobiliario pertenecientes al barco, enseres que giraban a merced de las ondas de un remolino menguante. Ante mis ojos surgían ocasionalmente fragmentos del naufragio, escupidos por las aguas con un sonido burbujeante.

Mi mente era un caos. De súbito, la voz ronca del primer oficial consiguió sacarme de mi estupor, y me descubrí prestando atención a lo que decía. El clamor de la cubierta principal se había reducido a un murmullo constante; los hombres conversaban y discutían…, aunque con voz apagada.

El primer oficial, muy agitado, apuntaba con el dedo en dirección a algo que flotaba hacia el sur de los restos flotantes. Solo fui capaz de escuchar la última parte de su frase.

—¡… por allí!

Mis ojos siguieron mecánicamente la dirección que señalaba su dedo. Por un momento se negaron a distinguir nada en concreto, hasta que, de improviso, en el foco borroso de mi visión se materializó una manchita negra que oscilaba en el agua, cada vez más nítida... La cabeza de un hombre, nadando a la desesperada en nuestra dirección.

Ante aquella imagen, el horror de los últimos minutos me abandonó y, pensando tan solo en el rescate, corrí hacia el bote salvavidas de estribor mientras desenvainaba el cuchillo.

La voz del capitán atronó por encima de mi hombro:

—¡Soltad esa lancha, deprisa! ¡Y que alguno de vosotros se monte ya en ella!

Antes de que los demás llegasen al bote, yo ya había retirado la lona y estaba atareado lanzando por la borda la colección de maderos que se suelen guardar en las lanchas de cualquier barco de vela. Trabajaba a ritmo febril, ayudado por media docena de hombres que se afanaban con no menos ahínco, y pronto dejamos el bote despejado y las poleas listas para arriarlo. Lo sacamos por la borda y me metí dentro sin esperar ninguna orden. Cuatro de los hombres me imitaron, en tanto un par de ellos se quedaban a bordo para soltar las poleas.

Instantes después remábamos con vigor en dirección a aquel nadador solitario. Lo subimos al bote en cuanto conseguimos llegar a su lado, y justo a tiempo, pues estaba visiblemente agotado. Uno de los hombres lo sujetó cuando lo sentamos en la bancada. Respiraba con dificultad y tosía entre jadeo y jadeo. Transcurrido un momento, vomitó una gran cantidad de agua salada.

—¡Dios mío! —fueron sus primeras palabras entrecortadas—. ¡Oh, Dios mío!

Era como si no supiese decir nada más.

Mientras tanto, yo les había pedido a los otros que reanudaran la marcha y empezaron a bogar en dirección a los restos del naufragio. Al acercarnos, el hombre a quien acabábamos de rescatar se puso en pie de repente con dificultad, tambaleante, y se apoyó en aquel de mis compañeros que lo sujetaba. Sus ojos desorbitados barrieron el océano de un lado a otro hasta detenerse en los mástiles astillados, las jaulas para gallinas y otros restos de madera flotantes. Se inclinó ligeramente hacia delante y lo escudriñó todo con atención, como si tratara en vano, de descifrar el significado de todo aquello. Sus facciones adoptaron una expresión ausente antes de que se dejara caer sobre la bancada, murmurando para sus adentros.

En cuanto me hube convencido de que no había ningún ser vivo entre aquella masa de restos a la deriva, ordené cambiar el rumbo y emprendimos el regreso a nuestro barco tan deprisa como fuimos capaces. Me sentía impaciente, pues sabía que aquel marinero necesitaba atención lo antes posible.

Lo izamos sin dilación a bordo, donde lo dejamos al cuidado del sobrecargo, que le había preparado uno de los catres en el camarote que daba al salón de oficiales.

En cuanto al resto, esto es lo que me relató el sobrecargo:

—Sucedió así, señor. Le quité la ropa y lo envolví con las mantas que el doctor había ordenado calentar en la estufa de la cocina. Intenté darle un poco de whisky a ese pobre diablo, pues no paraba de temblar al principio, pero le resultaba imposible pasar ni un solo trago. Era como si tuviera las mandíbulas paralizadas, de modo que desistí y lo dejé tranquilo un momento. Al poco, los temblores cesaron y el hombre pareció serenarse. Pese a todo, con la mala cara que tenía, decidí pasar la noche en vela a su lado. Quién sabe si habría podido requerir algún cuidado más adelante.

»Pues bien, en el transcurso de la primera guardia permaneció allí tumbado sin decir ni una sola palabra, sin rebullirse siquiera, murmurando tan solo en voz baja, como para sus adentros. Me pareció que se iba a quedar dormido enseguida, de modo que me quedé sentado, observándolo sin decir nada. De repente, más o menos tres campanas después de la guardia de medianoche, empezó a temblar y estremecerse de nuevo. Le eché más mantas por encima e intenté otra vez que pasara algo de whisky entre los dientes, sin éxito. Y de pronto, su cuerpo se relajó y abrió la boca con un suave chasquido.

»Corrí en busca del capitán, pero cuando regresamos, el desdichado ya estaba muerto.

Lo enterramos por la mañana, tras envolverlo en unos rollos de lona vieja que lastramos dejando unos cuantos trozos de carbón a sus pies.

A fecha de hoy, aún me pregunto qué fue lo que vi, como me pregunto también, en vano, si lo que nos pudiera haber contado aquel hombre nos habría bastado para resolver el misterio de aquel navío silencioso con el que nos encontramos en el corazón del inabarcable océano Pacífico.

LA LEYENDA
DE SLEEPY HOLLOW

WASHINGTON IRVING

Encontrado entre los papeles del difunto Diedrich Knickerbocker

Era una tierra agradable de somnolientos,
de sueños que ondean ante el ojo medio cerrado;
y de los castillos alegres en las nubes que pasan,
siempre enrojeciendo alrededor de un cielo de
verano.

—El castillo de la indolencia

En el seno de una de las espaciosas calas que caracterizan la margen oriental del Hudson, en ese amplio tramo del río que los navegantes holandeses de antaño denominaban Tappan Zee, donde siempre que lo cruzaban arriaban prudentemente las velas e imploraban la protección de san Nicolás, se encuentra un puerto rural o pequeña ciudad comercial denominada Greensburgh por algunos, aunque también se conoce por el nombre más generalizado y exacto de Tarrytown, o Ciudad de la Tardanza. Cuentan que la bautizaron así, hace ya mucho tiempo, las buenas comadres de la localidad adyacente debido a la inveterada afición de sus maridos a demorarse en la taberna de la aldea los días que había mercado. En todo caso, no pondría yo la mano en el fuego por la veracidad de esa anécdota; más bien, me limito a llamar la atención sobre ella en aras de la precisión y la autenticidad. No lejos de esa aldea, quizá a unos tres kilómetros, hay un pequeño valle —u hondonada entre las altas colinas, mejor dicho— que es uno de los lugares más tranquilos del mundo. Lo atraviesa un arroyo cuyo suave murmullo se diría suficiente para arrullar y adormecer a cualquiera, y el único sonido que perturba alguna vez esa serenidad uniforme es el canto ocasional de alguna perdiz o el martilleo de los pájaros carpinteros.

Recuerdo que, cuando todavía era un mocoso, realicé mi primera incursión en el arte de la caza de ardillas en un bosquecillo de altos nogales bajo cuya sombra se guarece una cara del valle. Me había adentrado allí a mediodía, cuando toda la naturaleza se muestra especialmente tranquila, y me sobresaltó el rugido de mi propia escopeta al truncar el silencio sabático que me rodeaba, repetido y prolongado por ecos furiosos. Si alguna vez hubiera deseado conocer un rincón apartado en el que poder aislarme del mundo y sus distracciones, donde pasar soñando plácidamente el resto de una vida tumultuosa, no se me ocurriría ningún lugar más prometedor que aquel valle.

Debido tanto a la lánguida naturaleza del lugar como al peculiar carácter de sus pobladores, descendientes de los primeros colonos holandeses, hace tiempo que este valle tan recogido recibió el nombre de Sleepy Hollow, u Hondonada Somnolienta, y por Chicos de la Hondonada Somnolienta es como se conoce a sus rústicos mozos en toda la comarca. Lo cierto es que sobre esos terrenos parece flotar un halo en verdad apacible y aletargado, una sensación que se respira en el aire. Hay quienes cuentan que el lugar fue embrujado por algún doctor alemán en los primeros días del asentamiento; otros, que un antiguo jefe indio, el profeta o brujo de su tribu, celebraba allí sus *powwows* antes de que maese Hendrick Hudson descubriera el lugar. Lo cierto es que este aún está sometido a algún tipo de influencia hechicera que gobierna la mente de sus buenas gentes, las cuales parece como si anduvieran sonámbulas. Creen en todo tipo de fabulaciones, son proclives a sufrir visiones y trances, ven con frecuencia cosas extrañas y oyen en la brisa música y voces extrañas. Toda la localidad es una cornucopia de fantasías tradicionales, lugares encantados y supersticiones crepusculares; sobre ese valle se divisan más cometas y estrellas fugaces que en cualquier otra parte del país, y el demonio de la pesadilla, con su séquito de criaturas diabólicas, parece haberlo convertido en el escenario predilecto de sus cabriolas.

Sin embargo, el espectro dominante que asuela esta región encantada y da la impresión de capitanear todas las huestes etéreas es la aparición de una figura sin cabeza montada a caballo. Hay quienes aseguran que se trata del fantasma de un soldado hessiano, decapitado por un cañonazo en alguna batalla anónima durante la guerra de la Independencia, al que los habitantes de la zona ven siempre de noche, cabalgando a galope tendido como si lo transportase un vendaval. Sus apariciones no se limitan al valle, sino que en ocasiones se extienden a los aledaños de una iglesia vecina. Lo cierto es que algunos de los historiadores más rigurosos del lugar, tras recabar y cribar con meticuloso rigor todos los hechos dispersos relacionados con el espectro, sostienen que el cadáver de ese soldado debió de recibir sepultura en el camposanto de la parroquia, que el fantasma acude al galope al escenario de la batalla que todavía ruge en su mente, y que la velocidad cegadora a la que a veces surca la Hondonada, como un torbellino nocturno, se debe a que el combate lo ha demorado en exceso y tiene prisa por regresar al cementerio antes de que amanezca.

Tales son los mimbres fundamentales de esta superstición legendaria, la cual ha dado pie a más de una historia disparatada en esa región tan sombría, y alrededor de todas las fogatas, el espectro se conoce por el nombre del Jinete sin Cabeza de Sleepy Hollow.

Cabe señalar que las antedichas inclinaciones visionarias no se ciñen exclusivamente a los habitantes naturales del valle, sino que acostumbran a insinuarse en el subconsciente de todo aquel que reside allí un tiempo. Por despiertas que estuvieran antes de entrar en esa región somnolienta, es inevitable que todas las personas acaben aspirando la influencia sortílega que flota en el aire y comiencen a experimentar una imaginación desbocada, sueñen con los ojos abiertos y vean apariciones.

Menciono este lugar tan idílico con toda la admiración posible, pues en esta clase de valles holandeses remotos, diseminados por los recovecos del gran estado de Nueva York, la población, los buenos modales y las costumbres se mantienen invariables, en tanto el caudaloso torrente de migración y desarrollo que tantos cambios incesantes provoca en otras partes de esta inquieta nación pasa de largo inadvertida. Son como esos pequeños remansos de ondas tranquilas que bordean las corrientes de aguas más bravas, donde podemos ver briznas de hierba y burbujas ancladas plácidamente en el sitio, o girando despacio alrededor de su remedo de puerto, sin perturbar por el furor de la corriente que sigue su curso. Aunque han pasado ya muchos años desde que hollé las sombras somnolientas de Sleepy Hollow, sospecho que me encontraría con las mismas familias letárgicas y los mismos árboles adormilados si volviera a su seno recóndito.

En este apartado rincón de la naturaleza vivía, en un periodo lejano de la historia de América, es decir, hace unos treinta años, un noble personaje que respondía al nombre de Ichabod Crane, el cual llegó, o más bien, por usar sus propias palabras, «se demoró» en Sleepy Hollow con la intención de educar a los niños de la comarca. Era originario de Connecticut, estado que abastece a la Unión de pioneros, no solo del bosque, sino también de la mente, y del que todos los años parten legiones de leñadores fronterizos y maestros rurales. El apellido de Crane, o grulla, le sentaba como un guante. Era alto y extraordinariamente desgarbado, con los hombros enjutos, de brazos y piernas interminables, manos que oscilaban como péndulos a kilómetro y medio de sus mangas y unos pies que podrían usarse de palas, todo ello ensamblado de la forma más deslavazada posible. Tenía la cabeza pequeña y achatada en lo alto, flanqueada por unas orejas enormes, los ojos grandes, vidriosos y verdes, y una narizota tan prominente que semejaba una veleta instalada sobre el eje de su cuello larguirucho para indicar de qué dirección soplaba el viento. Al verlo recorrer con sus zancos el perfil de algún monte en un día desapacible, cualquiera habría podido confundirlo con el jinete del hambre descendiendo sobre la tierra, o con un espantapájaros desterrado de su maizal.

Su escuela era un edificio bajo con una sola habitación espaciosa, toscamente construido con troncos; las ventanas estaban esmeriladas en parte, en parte parcheadas con las hojas de antiguos libros de texto. En horario no lectivo se aseguraba ingeniosamente por medio de una trenza de mimbre enroscada en la manilla de la puerta y estacas encajadas contra los postigos. De este modo, cualquier ladrón podría entrar allí sin la menor dificultad, pero salir se convertiría en una labor engorrosa. El arquitecto debía de haber tomado la idea prestada de las misteriosas trampas para anguilas de Yost Van Houten. La escuela se ubicaba en un lugar solitario pero agradable, al pie de una colina arbolada, con un arroyo que discurría por los alrededores y un abedul formidable que crecía en uno de los extremos del cauce. Los plácidos días de verano se podían oír las voces de sus alumnos, como el murmullo de una colmena, mientras repasaban la lección, interrumpidas de vez en cuando por el tono autoritario de su maestro, ora imperioso, ora amenazador, y en ocasiones, por el restallar punitivo de la vara de abedul con la que instaba a los tardones y remolones a apretar el paso por la florida senda del conocimiento. Aunque no era ningún desalmado, la verdad sea dicha, siempre tenía presente la máxima de oro de que «quien bien te quiere te hará llorar». Ichabod Crane quería mucho a sus estudiantes, sin duda.

Sin embargo, jamás habría dado crédito a quien afirmase que era uno de esos eruditos crueles que disfrutan castigando a sus pupilos. Por el contrario, administraba justicia con más imparcialidad que severidad, descargaba de culpa los hombros de los más débiles y la depositaba sobre los de los fuertes. Al alumno enclenque que se encogía al cimbrearse la vara se le dispensaba un trato indulgente, en tanto las exigencias de la justicia se satisfacían infligiendo una doble ración de castigo al terco golfillo holandés de recias posaderas e ideas equivocadas que, bajo la fusta de abedul, se enfurruñaba, porfiaba, refunfuñaba y se volvía aún más obstinado. A este proceso lo llamaba «hacerles un favor a sus padres», y no dictaba sentencia alguna sin la posterior garantía, tan reconfortante para el pillastre azotado, de que «mientras viviera, lo recordaría y le daría gracias por ello».

Cuando terminaban las clases, se convertía en compañero de juegos de los chicos más grandes, y en las tardes de vacaciones reunía a los más pequeños para llevarlos a casa, donde quería la casualidad que los estuvieran esperando sus bellas hermanas o las hacendosas amas de casa que tenían por madres, célebres por lo bien surtido de sus alacenas. Lo cierto era que le convenía estar bien avenido con sus alumnos. Los ingresos que generaba la escuela eran modestos y apenas si habrían bastado para proveerlo de pan a diario, pues le gustaba zampar y, pese a ser flaco como un palo de escoba, su buche se podía dilatar como el de una anaconda. Por eso, a fin de garantizarse el sustento se alojaba, contraviniendo la costumbre de aquellos pagos, en las granjas de los padres cuya progenie estudiaba con él. Cambiaba de techo una vez por semana, lo que le ayudaba a repartir su presencia de manera equitativa por el vecindario, con todos sus efectos personales pulcramente recogidos en un pañuelo de algodón.

A fin de que su estancia no repercutiera de manera negativa en las arcas de sus rústicos anfitriones, para quienes el coste de la enseñanza representaba una carga onerosa y los maestros de escuela encajaban en la categoría de zánganos, procuraba encontrar la manera de que su presencia resultara tan práctica como amena. Asistía, por lo tanto, a los agricultores en las facetas menos sacrificadas de su oficio: apilando heno, reparando vallas, abrevando a los caballos, recogiendo a las reses del pasto y cortando leña para las fogatas de invierno. Renunciaba, además, a la dignidad dominante y el poder absoluto que ejercía sobre su imperio particular, la escuela, y se trocaba en una persona prodigiosamente gentil y obsequiosa. Se ganaba la aprobación de las madres haciéndoles carantoñas a los chiquillos, sobre todo a los más pequeños, y como el valiente león que de manera tan magnánima abrazó antaño al cordero, no era infrecuente que se sentara con algún niño en la rodilla y lo meciera moviendo el pie durante horas y horas.

Se sumaba a su amplio abanico de vocaciones la dirección del coro de la comunidad, donde recaudaba muchos y muy brillantes chelines al instruir a los jóvenes en las artes de la salmodia. Los domingos era motivo de orgullo para él ocupar su puesto al frente de la galería en la iglesia, con una banda de voces de su elección, para, en su opinión, arrebatarle los laureles al párroco. Lo cierto es que su voz resonaba muy por encima de las del resto de la congregación, y en las apacibles mañanas dominicales se escuchan aún trémolos peculiares que reverberan en dicho templo, en ocasiones hasta a ochocientos metros de distancia, incluso, al otro lado de la presa del molino, ecos nasales a los que se atribuye la categoría de legítimos descendientes de las narices de Ichabod Crane. De ese modo, mientras se las ingeniaba para ir trampeando, aunque fuese «a trancas y barrancas», como se suele decir, el ilustre pedagogo salía delante de manera relativamente airosa y quienes no conocían lo fatigoso que es el trabajo intelectual consideraban que la vida le sonreía de oreja a oreja.

El maestro suele ser una figura relevante en los círculos femeninos de cualquier entorno rural, pues se le atribuyen las virtudes propias de un caballero ocioso dotado de unos gustos y logros inmensamente superiores a los de sus más bastos congéneres, por debajo tan solo, en verdad, del párroco de la localidad. Su aspecto, por lo tanto, es susceptible de proporcionar vivos revuelos en torno a la mesa del té en una granja, más el añadido de bandejas extra de pasteles o fiambres, cuando no, en ocasiones, del lucimiento de juegos de plata. Como es comprensible, nuestro hombre de letras gozaba del favor de todas las damiselas de la comarca. En el patio de la iglesia, entre servicio y servicio dominical, se rodeaba de ellas; les regalaba uvas recogidas en las parras silvestres que trepaban por los árboles de la zona; recitaba para su regocijo los epitafios de todas las lápidas; o paseaba, en compañía de un nutrido séquito, por las orillas de la presa del molino cercano, en tanto los mozos rurales, más timoratos, lo seguían de lejos y envidiaban su simpar elegancia y aplomo.

Su existencia itinerante lo había convertido además en una especie de gaceta móvil que acercaba el cargamento de cotilleos de la zona a todas las casas, por lo que su llegada siempre era recibida con gran alborozo. Las mujeres, cabe añadir, lo estimaban por la inmensa erudición que se le presuponía, dado que había leído de cabo a rabo multitud de libros y se sabía al dedillo *La historia de la brujería en Nueva Inglaterra,* de Cotton Mather, texto en cuyo contenido, por cierto, creía a pies juntillas.

Era, sin duda, un singular exponente de picardía de pueblo e ingenua credulidad. Su afán por lo maravilloso y su facilidad para digerirlo no eran menos extraordinarios, cualidades ambas intensificadas por su estancia en esta región hechizada. No había anécdota demasiado macabra o cruenta para su portentosa capacidad de absorción. Por la tarde, al finalizar las clases, solía deleitarse tumbándose en el mullido manto de tréboles que lindaba con el pequeño arroyo cuyas aguas murmuraban junto a la escuela, actitud en la que releía las escabrosas historias de Mather hasta que las sombras crecientes del ocaso transformaban la página impresa en una mera lámina caliginosa a sus ojos. Y luego, cuando se abría camino por tremedales, ríos y densa espesura hasta la granja que en aquellos momentos hubiera tenido a bien acogerlo, todos los sonidos de la naturaleza, a esa hora bruja, avivaban su imaginación sobrexcitada: los lamentos del chotacabras en la ladera de la montaña; el prodigioso croar de las ranas arbóreas, heraldos de la tormenta; el lúgubre ulular del autillo e incluso el súbito rebullir de las aves sobresaltadas entre los arbustos en los que hacían sus nidos. También las luciérnagas, cuyo fulgor se magnificaba entre las tinieblas, le daban sustos si a alguna especialmente radiante le daba por cruzarse por su camino. Si, por casualidad, uno de esos grandes y torpes ciervos volantes concluía su revoloteo chocando con él, al pobre maestro se le encogía el corazón en el pecho pensando que alguien acababa de lanzarle una maldición. Su único recurso en tales ocasiones, tanto para distraer sus pensamientos como para ahuyentar a cualquier posible espíritu maligno, se reducía a salmodiar algún himno. Las buenas gentes de Sleepy Hollow, sentadas en sus zaguanes al anochecer, no dejaban de maravillarse al oír aquella melodía nasal, «con muchas cautivadoras ráfagas de encadenada dulzura exhalada», que bajaba flotando de algún monte lejano o recorría la carretera poblada de sombras.

Otra afición que le proporcionaba un placer escalofriante consistía en pasar las largas tardes de invierno con las ancianas comadres holandesas que hilaban al calor de las llamas mientras las manzanas asadas siseaban en la chimenea para escuchar sus maravillosas historias de fantasmas y duendes, de sembrados encantados, arroyos encantados, puentes encantados y casas encantadas, pero sobre todo las relacionadas con el jinete sin cabeza, o el Hessiano Galopante de la Hondonada, como lo llamaban a veces. Él, por su parte, las deleitaba asimismo con sus anécdotas sobre brujería, plagadas de ominosos presagios, visiones portentosas y sonidos incorpóreos, remanentes de los primeros tiempos de Connecticut. Las sobrecogía y atemorizaba con sus especulaciones sobre los cometas y las estrellas fugaces, con el hecho alarmante de que el mundo daba vueltas sobre sí mismo, en verdad, ¡y sus habitantes se pasaban la mitad del tiempo cabeza abajo!

Pero si todo aquello le producía alguna satisfacción, cómodamente instalado al abrigo de una acogedora chimenea encendida en alguna habitación iluminada por el resplandor anaranjado de la leña que crepitaba bajo las llamas, habitación a la que, por supuesto, ningún espectro osaría asomarse, quedaba empañada por los terrores consustanciales a su posterior paseo de vuelta a casa. ¡Qué de sombras y siluetas temibles lo acechaban por el camino, agazapadas en la tenue y fantasmagórica penumbra de las noches nevadas! ¡Con qué aprensión reparaba en esos trémulos rayos de luz que bañaban los páramos procedentes de alguna ventana lejana! ¡Cuán a menudo le congelaba la sangre en las venas algún arbusto cubierto de nieve, que, como un espectro bajo su sábana, interrumpía de golpe su marcha! ¡Cuán a menudo se quedaba petrificado, encogido de miedo, por culpa del sonido de sus propios pasos sobre el manto resquebrajadizo que crujía bajo sus pies, sin atreverse siquiera a mirar atrás por encima del hombro, so pena de divisar alguna criatura innombrable que estuviera pisándole los talones! ¡Y cuán a menudo lo dejaba temblando despavorido alguna racha de aire que aullaba al deslizarse entre los árboles, pensando que podría tratarse del Hessiano Galopante en una de sus batidas nocturnas!

Sin embargo, todos estos eran meros terrores de la noche, fantasmas de la mente que caminan en la oscuridad; y aunque había visto muchos espectros en su época y en el transcurso de sus solitarios paseos Satanás lo había visitado más de una vez adoptando formas diversas, la luz del día ponía fin a todos los males y su vida habría sido agradable hasta el fin, mal que le pesara al diablo con todas sus artes, si en su camino no se hubiera cruzado una criatura que a todos los hombres mortales les causa más perplejidad que cualquier duende, fantasma y aquelarre sortílego, una criatura que solo podía ser... una mujer.

Entre los discípulos musicales que se congregaban una vez a la semana para recibir sus clases de salmodia se encontraba Katrina van Tassel, la hija y única heredera de un acaudalado terrateniente holandés. La muchacha, a sus lozanos dieciocho años recién cumplidos, era rolliza como una perdiz, tan tierna, dulce y sonrosada como los melocotones que cultivaba su padre, y universalmente célebre, no solo por su belleza, sino también por lo desmesurado de sus expectativas. También tenía fama de coqueta, como ya se insinuaba incluso en su atuendo, una mezcla de paños clásicos y contemporáneos que contribuían a realzar sus encantos. Los adornos que elegía eran siempre del oro más puro, complementos con los que su tatarabuela había zarpado de Saardam; su tentador corpiño evocaba tiempos pretéritos, y sus provocadoramente cortas enaguas se aliaban para exhibir los tobillos más bonitos de la comarca.

Por lo que al sexo débil respectaba, el corazón de Ichabod Crane era un dechado de insensatez, por lo que no debe sorprender a nadie que tan apetitoso bocado no tardase en acaparar su atención, sobre todo después de haber visitado a la moza en su paterna mansión. El anciano Baltus van Tassel era la viva imagen del hacendado con inclinaciones liberales, tan próspero como ufano. Cierto es que rara vez miraba ni pensaba más allá de los límites de sus tierras, pero entre esos confines se mostraba complacido, dichoso y contento. Su riqueza lo satisfacía, aunque no se vanagloriaba de ella, y le prestaba más valor a la abundancia de afecto que al estilo con el que uno vivía. Su bastión estaba emplazado a orillas del Hudson, en uno de esos recodos tan fértiles y bien guarecidos en los que los campesinos holandeses gustan de hacer sus nidos. Un olmo inmenso proyectaba sus grandes ramas sobre la residencia, al pie de la cual borbotaba un manantial de límpidas y dulcísimas aguas en un pequeño pozo formado a partir de un tonel, aguas que discurrían rutilantes entre la hierba hasta un arroyo cercano, el cual murmuraba sorteando alisos y sauces enanos. Cerca de la granja se levantaba un generoso granero que podría haber servido de iglesia, en apariencia repleto hasta la última ventana y resquicio con los tesoros de sus sembrados; en su interior, el mayal resonaba afanoso de sol a sol, las golondrinas y los vencejos rozaban volando sus aleros, y en el tejado tomaban el sol hileras de palomas, algunas con un ojo vuelto hacia el cielo, como si no se fiaran del tiempo, algunas con la cabeza bajo el ala o enterrada en el pecho, en tanto otras ahuecaban las plumas, zureaban y cortejaban a sus damiselas. Los lustrosos cochinos gruñían y se solazaban en el reposo y la abundancia de sus pocilgas, de los que de manera ocasional salían regimientos de lechones para ventear el aire. Un digno escuadrón de ocas blancas como la nieve nadaban en una charca vecina, con flotas enteras de patos siguiendo su estela; regimientos de pavos desperdigados glugluteaban por la propiedad enervando a las gallinas de Guinea, que, como gobernantas malhumoradas, mostraban su desaprobación con cacareos airados. Por delante de la puerta del granero se paseaba su macho encrestado y gallardo, modelo de buen marido, soldado y gentil caballero, entrechocando las alas bruñidas y cantando orgulloso con todo el ímpetu de su corazón, removiendo a veces la tierra con los espolones antes de alertar con una generosa llamada a su sempiternamente hambrienta familia de polluelos y esposas para que se deleitaran con el último bocado suculento que su señor gallo acababa de desenterrar.

Al maestro se le hacía la boca agua ante semejante promesa de tan suntuosa y lujosa residencia invernal. En su insaciable imaginación, los lechoncillos se le aparecían correteando con una manzana en la boca y la barriga rellena de pudin; los pichones se acostaban en cómodas camas de hojaldre, arropados con cubiertas crujientes; las ocas nadaban en su propia salsa, en tanto los patos se emplataban formando apretadas parejas, como recién casados mimosos, bañados en generosas cucharadas de cebolla caramelizada. Los cerdos adultos se le aparecían ya despiezados en lonchas de tierno tocino y jugosos jamones; ni un solo pavo sobre el que posaba la mirada se libraba de aparecérsele con la molleja aliñada ya bajo el ala, cuando no con ristras de sabrosas salchichas ciñéndole el cuello; y hasta el último gallo yacía inerte de espaldas en una bandeja con los espolones en alto, como si estuviera implorando el cuartel que su espíritu, de natural belicoso, se había negado a pedir siempre en vida.

Mientras un embelesado Ichabod soñaba con todo esto y dejaba que sus grandes ojos verdes merodearan por los fértiles pastos, los abundantes campos de trigo, centeno, alforfón y maíz de las Indias, amén de por los huertos colmados de frutos rubicundos que rodeaban la acogedora mansión de Van Tassel, su corazón suspiraba por la damisela que habría de heredar tales dominios y su imaginación expandía la idea, regodeándose en la facilidad con la que podrían trocarse en dinero en efectivo, dinero que se podría invertir, a la postre, en la adquisición de inmensas extensiones de tierra cultivable y palacios con tejados de madera en la espesura. Es más, su atareada imaginación cumplía ya todos sus deseos y le mostraba a la fecunda Katrina, guarnecida por una tropa de niños, montada en el pescante de una carreta cargada de enseres domésticos, con los bajos jalonados de cazos y sartenes tintineantes, en tanto él se veía montado a lomos de una yegua mansa con un potrillo caminando tras los cascos de esta, cabalgando en dirección a Kentucky, Tennessee... ¡o Dios sabía dónde!

Le bastó con entrar en la casa para que se consumara la conquista de su corazón, pues se trataba de una de esas granjas tan espaciosas, de tejado alto pero aguas escarpadas, construida según el estilo legado por los primeros colonos holandeses; frente a la fachada, los prominentes aleros formaban una plaza diseñada para cerrarse si hacía mal tiempo. De estos socarrenes colgaban mayales, arneses, aperos varios de labranza y redes para pescar en el río que discurría cerca de allí. A los lados se habían instalado unos bancos para su uso en verano; la enorme rueca que había a un lado y la mantequera que se veía al otro evidenciaban los múltiples usos a los que podría consagrarse ese porche fundamental. Y desde esa placita el meditabundo Ichabod entró en el zaguán, el cual se extendía hasta el centro de la mansión y era el lugar más frecuentado de toda la residencia. Una vez allí, lo recibieron numerosas vajillas de peltre dispuestas en filas deslumbrantes en su aparador. En una esquina vio un enorme saco de lana aún sin cardar; en otra, grandes paños de sarga recién salidos del telar; mazorcas de maíz de las Indias y ristras de manzanas y melocotones secos colgaban de las paredes formando alegres festones, entremezcladas con el rojo de lustrosos pimientos. Una puerta entreabierta le permitió asomarse al salón principal, donde resplandecían como espejos las sillas con patas rematadas en zarpas y las mesas de oscura caoba; los caballetes de hierro para la leña, flanqueados por sus correspondientes tenazas y palas, relucían bajo su cubierta de puntas de espárragos; la repisa de la chimenea, sobre la que pendían ristras de huevos de varios colores, estaba decorada con conchas marinas y naranjas de cera; un vistoso huevo de avestruz señoreaba en el centro de la estancia, y las puertas astutamente abiertas de par en par de un armario de esquina exhibían inmensos tesoros de plata vieja y porcelana bien reparada.

Desde el momento mismo en que la mirada de Ichabod se posó sobre tan exuberantes y ricos paisajes fue como si toda su lucidez se desvaneciera, reemplazada por el único objetivo de cautivar el afecto de la hija de Van Tassel, una mujer sin igual. En esta empresa, no obstante, habría de afrontar obstáculos mucho más tangibles que los que solían tener que sortear los caballeros andantes de antaño, quienes rara vez se enfrentaban a algo que no fuesen gigantes, hechiceros, dragones llameantes y otros adversarios igual de fáciles de conquistar antes de trasponer las temibles puertas de hierro y bronce y los inexpugnables muros del castillo en el que languidecía prisionera la amada de sus entretelas, todo lo cual lograban con la tranquilidad de quien se abre paso hasta el corazón de un bizcocho de Navidad antes de que la doncella en cuestión, como no podía ser de otro modo, les concediera su mano. Por el contrario, el corazón hasta el que Ichabod debería abrirse paso pertenecía a una coqueta dama rural instalada en un laberinto de caprichos y antojos que planteaban sin cesar nuevos retos e impedimentos, y su rival era una hueste de temibles adversarios de carne y hueso, los numerosos y rústicos admiradores de su objetivo, quienes plagaban todos los portales que conducían a su corazón y, aunque se vigilaban con celo e ira los unos a los otros, estaban más que dispuestos a hacer causa común para aliarse contra cualquier nuevo competidor.

De los antedichos rivales, el más impresionante era un mozo corpulento, tonante y fornido que respondía al nombre de Abraham o, según la abreviatura holandesa, Brom van Brunt, el héroe de la comarca, donde se ensalzaban sus proezas de fortaleza y vigor. A sus hombros anchos y flexibles articulaciones había que sumar una mata de cabello negro, corto y rizado, y un semblante agreste, aunque en absoluto desagradable, más un aire mezcla de jocosidad y arrogancia. De sus hechuras hercúleas y su agilidad prodigiosa recibía el sobrenombre de Brom Bones, o Huesos, apodo por el que lo conocía todo el mundo. Lo precedía su fama de habilidoso y experto en las artes de la equitación, tan diestro como los tártaros a lomos de una montura. Destacaba en todas las carreras y peleas de gallos y, con la vehemencia que la vida rural le imprime a la fuerza bruta, gustaba de zanjar cualquier disputa dejando su sombrero a un lado para dictar sentencia con unos aires y un tono que no admitían debate ni contradicción. Siempre estaba listo para enzarzarse en una nueva pelea o cualquier travesura, pero su predisposición era más festiva que malintencionada, y pese a su abrumadora rudeza, en el fondo no estaba exento de una acusada predisposición a las bromas más simples y sanas. Se rodeaba de tres o cuatro compañeros de correrías que lo consideraban su modelo digno de imitar, tropa al frente de la cual se dedicaba a recorrer los alrededores siempre en busca de cualquier nueva reyerta o jolgorio que hubiera en unos cuantos kilómetros a la redonda. Cuando el frío arreciaba se distinguía por su gorro de piel, equipado con una ondeante cola de zorro, y cuando los asistentes a cualquier reunión popular divisaban este célebre blasón en la lejanía, brincando en el seno de una batida de briosos jinetes, se aprestaban resignados a capear el temporal que se cernía sobre ellos. En ocasiones se oía a la pandilla galopar a medianoche entre las granjas, profiriendo gritos y vítores como una horda de cosacos del Don, y las mujeres, tras despertarse sobresaltadas, se quedaban escuchando un momento, hasta que el clamor se apagaba, antes de exclamar: «¡Ahí va Brom Bones con su banda!». Los vecinos le dispensaban un trato mezcla de temor, admiración y benevolencia, y cuando en los alrededores se gastaba alguna treta o estallaba alguna pelea, siempre sacudían la cabeza y daban por sentado que Brom Bones estaba detrás.

Hacía tiempo que este héroe intrépido había seleccionado a la hermosa Katrina como blanco de sus agrestes galanterías, y si bien la delicadeza de sus dotes de seducción podría compararse con los mimos y las carantoñas de un oso, se rumoreaba que la muchacha tampoco se esforzaba precisamente por desalentarlo. Lo cierto era que sus avances señalizaban la orden de retirada para los candidatos rivales, quienes no estaban dispuestos a enemistarse con un león encelado, y hasta tal punto era así que, cuando su caballo fue visto amarrado a la estaca de Van Tassel un domingo por la noche, claro indicio de que su dueño estaba cortejando o, como se suele decir, «galanteando», en el interior de la hacienda, todos los demás pretendientes optaron por pasar de largo, desesperados, y llevar la guerra a otros frentes.

Este era el formidable rival con el que debía vérselas Ichabod Crane, un desafío ante el que, bien mirado, alguien más fornido que él se habría achicado, del mismo modo que alguien más sabio seguramente habría preferido renunciar a la competición de antemano. El maestro, empero, poseía una naturaleza en la que se combinaban felizmente la capacidad de adaptación y la perseverancia. Era, por lo tanto, en forma y espíritu, como un bastón de bambú: flexible, pero resistente; aunque se doblaba, no se partía; y aunque la menor presión bastase para combarlo, en cuanto esa desaparecía..., ¡plin...!, volvía a erguirse con la cabeza más alta que nunca.

Enfrentarse en campo abierto a Brom Bones habría sido una locura, pues como Aquiles, colérico amante, su rival no era alguien que se dejase frustrar fácilmente. Ichabod, por consiguiente, imprimió a sus tácticas un carácter insidioso y discreto. Amparado en su faceta de maestro cantor, visitaba con frecuencia la granja, aunque en verdad no tuviera nada que temer de la entrometida interferencia paterna, bache habitual en el camino de tantos enamorados, puesto que Balt van Tassel poseía un alma indulgente; quería a su hija incluso más que a su pipa y, como persona razonable y padre excelente que era, consentía que se saliese con la suya en todo cuanto quisiera. También su sobresaliente esposa tenía bastantes cosas de las que ocuparse, entre el gobierno de la casa y el cuidado de sus aves de corral, pues, como ella misma observaba con enorme sabiduría, mientras que los patos y las ocas carecen de dos dedos de frente y alguien debe velar por su bienestar, todas las jovencitas tendrían que saber valerse por sí solas. De este modo, mientras la atareada dama se ajetreaba en la casa o accionaba su rueca en un extremo de la placita, el honrado Balt se pasaba las tardes fumando una pipa tras otra observando los esfuerzos del pequeño soldado de madera que, armado con un sable en cada mano, combatía valientemente al viento desde la veleta montada en la cúspide del granero. Entretanto, Ichabod seguía cortejando a la hija junto al manantial, bajo el gran olmo, o paseando a la luz del ocaso, esa hora tan favorable para la elocuencia de los enamorados.

Confieso mi ignorancia en lo tocante a los deseos y anhelos del corazón femenino. Para mí han sido siempre fuente de inagotables enigmas y admiración. Algunas parecen tener un punto vulnerable, una suerte de trampilla de acceso, en tanto otras presentan mil vías posibles y de otras tantas formas distintas deben ser abordadas. Conquistar a las primeras requiere unas exhibiciones triunfales de habilidad, pero retener el control de las segundas exige aún mayores dotes de brillante estratega, pues no hay puerta ni ventana en semejante fortaleza donde el aspirante no deba presentar al menos una batalla. Así pues, quienes se ganen mil corazones comunes se harán acreedores de cierto renombre, pero aquel que acabe reinando indisputado sobre el corazón de una coqueta será en verdad un héroe admirable. Lo cierto es que no cabía atribuir ese título al reprochable Brom Bones, cuyo interés decayó rápidamente desde el primer momento en que Ichabod Crane comenzó a desplegar su arsenal: su caballo ya no se veía amarrado a la estaca los domingos por la noche, y entre el preceptor de Sleepy Hollow y él se fue forjando de manera paulatina una enemistad sin cuartel.

Brom, cuya naturaleza no estaba exenta de cierta agreste hidalguía, seguramente habría elevado el asunto a la categoría de guerra declarada y habría zanjado sus respectivas pretensiones sobre la muchacha siguiendo el ejemplo de los pensadores más simples y concisos de todos, los caballeros andantes de antaño. Habría retado a duelo a su rival, pero

Ichabod era demasiado consciente de la superioridad física de su adversario como dejarse arrastrar a un combate contra él. En cierta ocasión le había oído decir a Bones que pensaba «plegar a ese maestrillo por la mitad como si de un libro se tratase y dejarlo así doblado en una de las estanterías de su propia escuela» y no estaba dispuesto concederle la oportunidad de cumplir su amenaza. Su método, obstinadamente pacífico, tenía algo de provocador en exceso, pues no le dejaba a Brom otra alternativa que recurrir a las reservas de rústica bravuconería que tenía a su disposición y someter a su rival a una hueste de burdas inocentadas. Ichabod se convirtió en el blanco de una persecución arbitraria por parte de la banda de Bones y de sus bárbaros corifeos. Asolaban sus hasta entonces tranquilos dominios: taponaron la chimenea para llenar la escuela de humo; se colaron en el edificio de noche, pese a la trenza de mimbre y las estacas en las ventanas que componían sus formidables defensas, y lo pusieron todo patas arriba. De ese modo, lograron que el pobre docente comenzara a pensar que todas las brujas de la nación celebraban sus aquelarres allí. Pero lo más irritante de todo era que a Brom le dio por aprovechar la menor ocasión para ridiculizarlo en presencia de su amada. Tenía un perro callejero al que enseñó a gañir de la forma más absurda y se lo presentó a la muchacha como rival del maestro de canto, para que le diera clases de salmodia en lugar de Ichabod.

La situación se prolongó durante algún tiempo sin surtir ningún efecto palpable sobre la situación relativa de los contendientes. Una apacible tarde de otoño, Ichabod, pensativo, se encontraba sentado en el trono desde el que solía vigilar todos los asuntos relativos a su humilde reino literario. En su mano se mecía la férula, ese cetro que simboliza el poder de los déspotas; tras el trono, apoyada en tres clavos, reposaba la vara de la justicia, azote constante de los malhechores; y encima de la mesa ante él se desplegaba un opulento surtido de armas prohibidas y artículos de contrabando, encontradas sobre la persona de malandrines ociosos, como manzanas mordisqueadas, tirachinas, peonzas, grilleras y legiones enteras de rampantes gallitos de pelea de papel. Al parecer, no hacía mucho debía de haberse aplicado algún castigo tan sobrecogedor como justo, sin duda, pues todos sus discípulos tenían la mirada disciplinadamente fija en los libros; eso, cuando no conspiraban de manera disimulada, parapetados tras ellos, sin perder de vista al maestro. En el aula se respiraba una suerte de calma cargada de tensión, en definitiva, calma interrumpida de improviso por la aparición de un negro ataviado con chaqueta y pantalones de cáñamo, la corona de un bombín por sombrero, como el casco de Hermes, y por montura un potro a medio domar, desgreñado y feroz, que gobernaba con un trozo de cuerda por riendas. Se presentó alborotando en la puerta de la escuela con un mensaje para Ichabod, el cual estaba invitado a asistir a la fiesta, celebración o «encuentro social» que tendría lugar esa noche en la residencia de *mynheer* Van Tassel. Una vez hubo anunciado la nueva con ese aire de relevancia, amén de esfuerzo en la dicción, que la gente de color acostumbra a exhibir en el desempeño de semejantes labores, se alejó al galope, cruzó el arroyo de un salto y se perdió de vista por la hondonada, henchido aún por la importancia y la urgencia de su misión.

El silencio propio de las últimas horas de la tarde en la escuela se trocó en tumulto y bullicio. Los alumnos recibieron la orden de hacer sus ejercicios sin entretenerse con zarandajas; los más despiertos se saltaron la mitad con impunidad, en tanto los menos espabilados recibían algún que otro pescozón con el que avivar el paso o encontrar la inspiración necesaria para resolver las palabras más complicadas. Los libros se dejaron de lado sin devolver a sus estanterías, se derramaron tinteros, volcaron las sillas y todas las clases concluyeron una hora antes de lo habitual. En ese momento, los jóvenes discípulos salieron en desbandada como una legión de diablillos, chillando y haciendo cabriolas por los pastos exultantes de gozo por lo prematuro de su liberación.

Acto seguido, el gallardo Ichabod dedicó al menos media hora extra a sus abluciones antes de cepillar y alisar el mejor, si no el único, de sus trajes apizarrados antes de arreglarse los rizos frente al trozo de espejo roto que colgaba en una de las paredes del aula. A fin de presentarse ante su amada con el estilo de un auténtico caballero, le pidió prestado un caballo al granjero que lo hospedaba, un holandés anciano y colérico que respondía al nombre de Hans van Ripper, y así, a lomos de su noble montura, emprendió la marcha como un caballero errante en busca de aventuras. Mas si quiero ser fiel al espíritu de las historias románticas, no puedo por menos de detenerme en el aspecto y los arreos de nuestro héroe y su corcel. El animal sobre el que iba sentado a horcajadas era un rocín de labranza adiestrado hacía ya muchos años, tiempo durante el que había conseguido sobrevivir a todo salvo su talante cruel. Era enjuto y desgarbado, con el cuello de gato y la cabeza como una mandarria; una colección de erizos jalonaba su crin y su cola oxidadas, sendas marañas de nudos tenaces; había perdido la pupila en un ojo, espectral y vidrioso, pero el otro retenía un destello de genuina maldad. Pese a todo, debía de haber tenido temple y brío en su día, habida cuenta de que ostentaba el nombre de Gunpowder, o Pólvora. Lo cierto era que había sido el corcel favorito de su propietario, el beligerante Van Ripper, que era un jinete fogoso y muy probablemente le habría transmitido una parte de su genio al animal, puesto que, pese a su estampa desmañada y ajada, albergaba en su seno una perfidia soterrada sin parangón entre los potrancos más jóvenes de la comarca.

La figura de Ichabod no desentonaba con la del caballo. Montaba con los estribos cortos, postura que le dejaba las rodillas prácticamente a la altura del puño de la silla; sus codos afilados sobresalían como las articulaciones de un saltamontes; portaba la fusta perpendicular en su mano, como si de un cetro se tratara, y con el compás de los pasos del noble bruto, el vaivén de sus brazos apenas si se distinguía del batir de un par de alas. Un pequeño gorro de lana descansaba sobre el nacimiento de su nariz, pues así se podría llamar la escasa franja de piel que tenía por frente, y los faldones de su abrigo negro se mecían casi al mismo ritmo que la cola del rocín. De esa guisa traspusieron Ichabod y Pólvora las puertas de la propiedad de Van Ripper. Formaban en su conjunto una de esas apariciones con las que sería inusitado cruzarse a plena luz del día.

Como ya he mencionado, había sido una apacible tarde de otoño; el cielo se mostraba aún limpio y sereno, y la naturaleza se cubría con esa suntuosa librea dorada que tiende a asociarse con el concepto de la abundancia. Los bosques se habían vestido de sobrio marrón y amarillo, si bien las heladas pintaban algunos de los árboles de constitución más enclenque en brillantes tonos de naranja, escarlata y morado. En las alturas comenzaban a dejarse ver formaciones de patos salvajes, las ardillas correteaban entre los macizos de abedules y nogales, y en el campo de rastrojos vecino se oía cuchichiar pensativas a las perdices.

Las avecillas más pequeñas, que terminaban de dar cuenta de sus banquetes de buenas noches, se dejaban llevar por el alborozo de los festejos y aleteaban, trinaban y revoloteaban de árbol en árbol y de arbusto en arbusto, caprichosas ante la abundancia y profusión que las rodeaba. Allí estaba el franco zorzal, blanco predilecto del cazador incipiente, con sus notas quejumbrosas; allí los mirlos escandalosos, volando en nubes de azabache; allí el pájaro carpintero de alas doradas, pecho carmesí y amplio y negro gorjal, tan espléndido como siempre con su plumaje; allí el pito cano, tan roja la punta de sus alas como amarilla la de su cola, con su coqueto penacho de plumas; allí el arrendajo lenguaraz, siempre tan vanidoso, de blancas calzas y casaca celeste, parloteando y chillando, asintiendo, cabeceando y meciéndose, fingiendo, en definitiva, ser uña y carne con todos los cantores del claro.

Conforme Ichabod avanzaba de ese modo, sin prisa, su mirada, siempre atenta al menor síntoma de abundancia culinaria, reparó con deleite en los tesoros del fructífero otoño. Por todas partes se veían inmensas reservas de manzanas: algunas colgaban en sus ramas con opulencia opresiva; algunas se acumulaban en cestos y barriles listos para ir al mercado; otras se apilaban en deliciosos montones destinados a la prensa para la sidra. A lo lejos se divisaban grandes campos de maíz de las Indias, con sus mazorcas doradas que sobresalían de entre las vainas frondosas e insinuaban la promesa de futuros bizcochos y púdines. A los pies de esos tallos, las calabazas amarillas exponían sus vientres orondos al sol, lo que auguraba sin disimulo las tartas más suculentas. Más allá, pasó por delante de los fragantes sembrados de alforfón, que exudaban el perfume de las colmenas. Al contemplarlos, su mente se vio arrebatada por la dulce anticipación de esponjosas tortitas bien untadas con mantequilla, o aderezadas con miel o sirope, por la delicada mano enjoyada de hoyuelos de Katrina van Tassel.

Cebando de ese modo su imaginación con infinidad de apetitosas ideas y «edulcoradas fabulaciones», su trayecto lo llevó a recorrer las faldas de una sucesión de colinas con vistas a algunos de los paisajes más espectaculares del poderoso Hudson. El sol sumergía de manera paulatina su orbe señorial en poniente. El portentoso ensanche del Tappan Zee se mostraba cristalino y sereno, con la excepción hecha de ocasionales y calmas ondulaciones cuya agitación prolongaba la sombra azul de la montaña lejana. En el cielo flotaban unas pocas nubes de ámbar, y no soplaba ningún aire que las perturbara. El horizonte ofrecía un delicado tinte áureo que daba paso de manera gradual al más puro verde laurel, y de ahí a ese azul tan oscuro del firmamento crepuscular. Un haz sesgado se demoraba sobre las crestas arboladas de los precipicios que techaban algunos tramos del río, lo que imprimía aún más profundidad a los oscuros púrpuras y grises de sus fachadas rocosas. Un balandro languidecía a lo lejos, y se dejaba llevar por la parsimoniosa corriente, rendida de manera ociosa contra el palo su vela. Cuando el reflejo del cielo relucía en las aguas tranquilas, se diría que la embarcación navegaba suspendida en el aire.

Anochecía cuando Ichabod llegó al castillo de *heer* Van Tassel, quien lo recibió abarrotado con la flor y nata de la comarca adyacente. Hacendados ancianos, una casta en declive de facciones curtidas, ataviados con abrigos y pantalones tejidos en casa, medias azules, zapatos enormes y magníficas hebillas de peltre. Sus vivaces aunque apergaminadas señoras, tocadas con corros de pliegues apretados, trajes cortos de talle alto, corpiños de confección propia, elaborados con sus propias tijeras y alfileteros, con vistosos bolsillos de percal que colgaban por fuera. Exuberantes y lozanas sus hijas, tan chapadas a la antigua como las madres, salvo por el ocasional sombrero de paja, cinta refinada o falda blanca, quizá, que denotaba los síntomas de una innovación más urbana. Y en cuanto a los hijos, con sus chaquetas cortas de vuelo cuadrado, tachonadas por hileras de estupendos botones de bronce, estos llevaban el pelo estilado, por lo general, en consonancia con los gustos de la época, sobre todo los que se podían permitir los ungüentos de piel de anguila que, por lo que se rumoreaba a lo largo y ancho de la nación, constituían un tónico capilar de cualidades reparadoras y reconstituyentes simpar.

El protagonista de la ocasión, sin embargo, no era otro que Brom Bones, quien había llegado al ágape a lomos de su corcel favorito, Daredevil, o Temerario, una criatura, al igual que él, rebosante de temple y mal genio, y que era ingobernable por cualquier otra mano que no fuera la suya. Tenía fama, en verdad, de sentir predilección por los animales más feroces, cuyo carácter avieso obligaba al jinete a estar siempre atento para no desnucarse, pues, en su opinión, los caballos dóciles y desfogados eran indignos del espíritu brioso de la juventud.

Me detendré con gusto a explorar todo el catálogo de placeres que asaltó los embelesados ojos de nuestro héroe al entrar en el majestuoso salón de la mansión de Van Tassel. No solo por la multitud de exuberantes doncellas, con su suntuoso despliegue de rojos y blancos, sino también por la irresistible seducción de una genuina mesa campestre holandesa en los propicios tiempos de otoño. ¡Qué de bandejas rebosantes de pasteles de innumerables y casi indescriptibles estilos, reservados tan solo para las expertas amas de casa holandesas! Allí estaban las roscas esponjosas, allí el tierno *oly kaek,* allí el *cruller* de migas crujientes; allí dulces tartas y merengues, de miel, jengibre y todo el panteón de sabores. Y allí estaban también las tartas de manzana, de calabaza, de melocotón, acompañando a las tajadas de fiambre y ternera ahumada; allí, más aún, estaban los apetitosos platos de ciruelas, melocotones, peras y membrillos confitados. Todo eso, por no hablar de los arenques ahumados, los pollos asados y los tazones de leche y nata, entremezclados en apretada armonía, prácticamente tal y como aquí se ha enumerado, con una maternal tetera humeante que proyectaba nubes de vapor en su seno... ¡Bendito sea el cielo! Me llevaría una eternidad hacerle justicia a semejante banquete, pero me puede la impaciencia por continuar con mi historia. Por suerte, Ichabod Crane no compartía la premura de este humilde narrador, y le hizo auténtica justicia a cada bocado.

Era una persona agradecida y afable cuyo corazón se dilataba en la misma proporción que su estómago al llenarse de tiernos manjares; comer le exaltaba el espíritu, como les ocurre con la bebida a otros hombres. Tampoco pudo evitar, con los grandes ojos verdes vagando a su alrededor mientras deglutía, que se le escapara una risita al imaginarse como dueño y señor, algún día, de una incomparable escena de lujo y esplendor como la que tenía ante sí. Con qué presteza, pensó, le daría la espalda a la vieja escuela; chasquearía los dedos delante de las narices de Hans van Ripper y de cualquier otro acaudalado usurero y echaría a patadas a todos los maestrillos itinerantes que llegasen de fuera dispuestos, en su osadía, a tratarlo como a un igual.

El viejo Baltus van Tassel se paseaba entre los invitados con la sonrisa ensanchada por la satisfacción y el buen humor, tan jovial y orondo como la luna llena. Sus atenciones hospitalarias eran escuetas pero expresivas, y se limitaban al apretón de una mano, a una palmada en el hombro, a una carcajada estentórea y a la acuciante invitación a «servíos lo que queráis, por favor».

Y entonces, unas notas melodiosas procedentes de la cámara común, o salón, señalaron el inicio del baile. El violinista era un anciano canoso y de color que durante más de medio siglo había acompañado a la orquesta itinerante de la comarca. Su instrumento, como él, se veía viejo y ajado. Durante la mayor parte del tiempo se dedicaba a rasguear dos o tres cuerdas. Acompañaba cada movimiento del arco con una inclinación de cabeza, se agachaba hasta tocar casi el suelo, y marcaba el compás con el pie cada vez que una nueva pareja salía a la pista.

Ichabod se preciaba de sus dotes para la danza casi tanto como de la potencia de sus cuerdas vocales. Ni un cabello, ni una sola fibra de su ser permanecía en reposo. Al ver su descoyuntada figura en movimiento, haciendo cabriolas por toda la habitación, cabría pensar que el mismísimo san Vito, santo patrón de la danza, actuaba solo para sus ojos. Era el objeto de admiración de los negros de todas las edades y tamaños allí presentes. Habían acudido de la misma granja y de los alrededores, y formaban una pirámide de relucientes rostros en todas las puertas y ventanas.

Asistían con deleite a la escena, ponían los grandes ojos en blanco y exhibían sus amplias hileras de marfil cegador en sus sonrisas de oreja a oreja. ¿Cómo era posible que aquel azote de púberes granujas se mostrara tan animado y vivaz? Porque la dama de sus sueños era su pareja de baile y reaccionaba con educadas sonrisas a todos sus fervientes desvelos, en tanto Brom Bones, amargamente transido de amor y de celos, debía conformarse con sentarse enfurruñado en una esquina apartada.

Cuando el baile hubo acabado, Ichabod fue captado por un corrillo de gentes más veteranas, quienes, con el viejo Van Tassel, habían salido a fumar a un rincón de la plaza, donde ahora cotilleaban acerca de los tiempos pasados y desgranaban historias interminables sobre la guerra.

Esta localidad, en los tiempos a los que me refiero, era uno de esos lugares privilegiados donde abundan las crónicas de grandes figuras. Las columnas británicas y americanas habían desfilado por igual cerca de allí durante el conflicto, lo que explicaba que hubiera acogido múltiples oleadas de refugiados y de vaqueros, y servido de escenario para infinidad de incursiones y toda suerte de rivalidad fronteriza. Ya había transcurrido el tiempo necesario para que cada nuevo narrador engalanara sus anécdotas con unas gotas de seductora ficción y, merced a la caprichosa imparcialidad de la propia memoria, se convirtiera en el héroe de toda epopeya.

Allí estaba la historia de Doffue Martling, un corpulento holandés de barbas azules que habría hundido una fragata británica con sus propias manos y la ayuda de un viejo cañón de hierro de nueve libras instalado en un parapeto de barro de no ser porque la batería reventó antes de que atronara la sexta descarga. Y allí estaba también la historia de un caballero que habrá de permanecer en el anonimato, dado que era un *mynheer* demasiado importante como para dar su nombre auténtico a la ligera, el cual había frenado una bala de mosquete con el espadín, tan afilado que oyó cómo el proyectil silbaba al deslizarse sobre la hoja por ambos lados y se partía por la mitad antes de rebotar en la empuñadura. Tan digno narrador subrayaba la teórica veracidad de su ditirambo particular enseñándole (a quien quisiera verla) la espada en cuestión, cuya guarda aún se veía un poco torcida. Muchos de aquellos hombres habían demostrado un valor similar en el frente, y hasta el último de ellos albergaba el más íntimo convencimiento de que había sido su intervención personal, y no otra causa, la única responsable del final feliz de aquella contienda.

Mas todas estas anécdotas palidecían ante los cuentos de fantasmas y de apariciones que las siguieron. La comarca es rica en tesoros legendarios de ese cariz, pues las historias populares y las supersticiones prosperan como en ningún otro sitio en estos refugios apartados, colonizados hace ya tanto tiempo, en tanto sucumben pisoteadas por las turbas arrolladoras que constituyen la población de la inmensa mayoría de nuestras grandes ciudades. Además, en estas a los espectros les cuesta encontrar la motivación necesaria para manifestarse, ya que apenas si les ha dado tiempo a terminar el primer sueño y darse la vuelta en su tumba cuando sus amigos supervivientes ya han emigrado del barrio, por lo que, cuando salen para hacer sus rondas nocturnas, carecen de familiares y de conocidos ante los que aparecerse. Quizá sea este el motivo de que tan rara vez oigamos hablar de fantasmas si no es en el seno de nuestras bien asentadas comunidades holandesas.

No obstante, la causa inmediata de la prevalencia de historias sobrenaturales en estos pagos se debe sin la menor duda a la influencia de la hondonada de Sleepy Hollow. Flotaba en el aire un contagio que emanaba de esa región embrujada y generaba un ambiente propicio para las fantasías y ensoñaciones que infectaban toda la tierra. Algunos habitantes de Sleepy Hollow estaban presentes en la mansión de Van Tassel y, como era habitual, se recreaban en sus descabelladas y prodigiosas leyendas. Se contaron innumerables relatos sobre cortejos fúnebres, sobre luctuosos gritos y aullidos que se escuchaban en torno al gran árbol que se alzaba en los alrededores, en cuyas ramas había terminado sus días el desventurado comandante André. También se hizo alguna mención a una mujer vestida de blanco que moraba en el lúgubre valle de Raven Rock, cuyos gritos era frecuente oír en las noches de invierno antes de que se desatara una tormenta, y había fallecido allí mismo, sepultada bajo la nieve. El grueso de las historias, empero, giraba en torno al espectro favorito de la hondonada, el Jinete sin Cabeza, al que de un tiempo a esa parte se había avistado varias veces patrullando la zona y, por lo que contaban, amarraba su caballo todas las noches entre las tumbas del cementerio.

Se diría que las almas en pena sentían una predilección especial por la recogida ubicación de esta iglesia que se alza en un cerro rodeado de acacias blancas y olmos altivos desde el que sus vistosos muros encalados proyectan un tímido resplandor, como si la pureza cristiana se abriera paso entre las sombras de su retiro. Desde el edificio desciende una suave pendiente cuyo pie linda con un plateado curso de agua ribeteado de árboles majestuosos entre los que se vislumbran las colinas azules del Hudson. Al contemplar sus terrenos crecidos de hierba, donde los rayos de sol parecen dormitar con placidez, cualquiera creería que allí, por fin, los difuntos deberían ser capaces de descansar en paz. A un lado de la iglesia se abre un amplio valle frondoso por cuyas quebradas discurre un riachuelo entre rocas y troncos de árboles caídos. Sobre un tramo sombrío de dicho arroyo, no muy lejos de la iglesia, se extendía un puente de madera; la carretera que conducía hasta él, así como la misma estructura, quedaban ocultas parcialmente por el dosel que formaban las copas de los árboles que allí se agolpaban, sumiéndolas en una intensa penumbra incluso durante las principales horas del día, penumbra que se trocaba en temible oscuridad por la noche. Esa era una de las moradas favoritas del Jinete sin Cabeza, y también el lugar donde era más habitual encontrarlo. Contaban que el viejo Brouwer, un hereje impenitente que no creía en fantasmas, a su regreso de una breve incursión en Sleepy Hollow se había tropezado con el espectro y había cabalgado tras él; cómo galoparon sobre matorrales y arbustos, por montes y ciénagas, hasta llegar a aquel puente, momento en el que el Jinete sin Cabeza se transformó en esqueleto de súbito, arrojó al viejo Brouwer al río y se alejó volando sobre las copas de los árboles con el estampido de un trueno.

Esta historia fue igualada de inmediato por la doblemente prodigiosa aventura de Brom Bones, quien se burló del Hessiano Galopante poniendo en tela de juicio sus dotes ecuestres, pues afirmaba que, una noche que regresaba de la localidad vecina de Sing, el fantasmagórico soldado lo había adelantado y él se ofreció a invitarlo a un trago de ponche si lo vencía en una carrera. Sin duda, Bones habría ganado esa carrera, pues Temerario demostró ser mucho más veloz que la montura del espectro, pero, cuando ya estaban llegando al puente de la iglesia, el hessiano dio media vuelta y se desvaneció envuelto en un fogonazo.

Todas estas anécdotas, narradas en ese tono pausado con el que los hombres hablan en la oscuridad, con el rostro de los oyentes iluminado por el resplandor ocasional de sus pipas, calaron muy hondo en la mente de Ichabod, que reaccionó a ellas citando extensos párrafos de su autor de referencia, Cotton Mather, y enumerando los múltiples sucesos inexplicables que habían tenido lugar en Connecticut, su estado natal, amén de las sobrecogedoras experiencias que él mismo había vivido en el transcurso de sus caminatas nocturnas por Sleepy Hollow.

De manera paulatina, la fiesta iba tocando a su fin. Los veteranos hacendados reunieron a sus familias en sus carromatos, y durante un buen rato se oyó cómo estos traqueteaban por las carreteras de la hondonada y las colinas lejanas. Algunas de las damiselas montaban en sillines abrazadas a la espalda de sus pretendientes favoritos, y su risa cantarina, entremezclada con el martilleo de los cascos, resonaba en los bosques silentes, despertando ecos cada vez más tenues hasta terminar apagándose por completo, dejando desierto y en calma el intempestivo escenario de aquella bulliciosa y alegre celebración. Tan solo Ichabod se demoraba todavía, fiel a la costumbre de los enamorados rurales, con la intención de hablar cara a cara con la heredera, plenamente convencido ya de que el éxito lo esperaba al final de su camino. Omitiré lo que se dijeron en el transcurso de esa conversación, pues lo cierto es que lo ignoro. Me temo, sin embargo, que algo debió de torcerse, pues el maestro partió no mucho después envuelto en un aura de abatimiento y desolación. ¡Ay, las mujeres! ¡Mujeres! ¿Sería posible que la muchacha hubiese puesto en práctica cualquiera de sus múltiples artes de coqueta? ¿Era acaso el aliento que parecía insuflarle al pobre Ichabod un mero ardid para garantizar la conquista de su rival? ¡Tan solo el cielo lo sabe, no yo! Baste decir que Ichabod se alejó de allí con el aire de quien, más que cortejar a una doncella, se ha colado a hurtadillas en un gallinero y ahora trata de escabullirse con su botín sin que nadie lo vea. Sin mirar a izquierda o derecha para recrearse con aquella estampa de rústica opulencia, protagonista en tantas ocasiones de sus fantasías, acudió directamente al establo y, a fuerza de empellones y puntapiés, sacó con bruscos modales a su rocín del acogedor redil en el que el animal dormía profundamente, soñando sin duda con montañas rebosantes de avena y maíz, y valles enteros poblados de trébol y fleo.

Aquella noche era la hora bruja y no otra cuando Ichabod, deprimido y apesadumbrado, puso rumbo a casa siguiendo las crestas de las altivas colinas que señorean sobre Tarrytown, las mismas que aquella tarde había hollado con alborozo. Tan funesta como su estado de ánimo era la hora. Lejos, a sus pies, el Tappan Zee desplegaba su umbrío y neblinoso abanico de aguas, sobre las que descollaba a intervalos el palo mayor de algún balandro fondeado con placidez en los bajíos frente a la orilla. La queda serenidad de la medianoche permitía oír incluso los ladridos de algún perro guardián procedentes de la ribera opuesta del Hudson, aunque tan tenues y vagos que resultaba imposible precisar la distancia exacta que separaba al maestro de ese leal compañero de hombre. También a intervalos sonaban muy lejanos los cantos sostenidos de un gallo, despertado por accidente en alguna granja oculta entre las colinas, cantos que resonaban como un sueño impreciso en los oídos de Ichabod. Los únicos indicios de vida que se intuían en las inmediaciones se limitaban al melancólico estridular de los grillos y el croar gutural de algún sapo apostado en la charca vecina, como si la criatura se sintiera incómoda y se estuviera revolviendo en la cama.

Todas las historias de fantasmas y duendes que había escuchado a lo largo de la velada afloraron ahora de golpe a su pensamiento. La noche se volvía cada vez más cerrada y las estrellas daban la impresión de hundirse en el firmamento, eclipsadas por nubes pasajeras que ocasionalmente las ocultaban a su mirada. Nunca se había sentido tan solo y desamparado. Se acercaba, por cierto, al mismo lugar que servía de escenario a muchas de las historias de fantasmas que había escuchado. En el centro de la carretera se alzaba un tulípero enorme que sobresalía como un gigante por encima de los demás árboles de los alrededores y formaba una especie de punto de referencia. Sus ramas, fantásticas y retorcidas, lo bastante grandes como para servir de tronco a cualquier árbol corriente, descendían contorsionándose casi hasta el suelo antes de volver a elevarse en el aire. Estaba relacionado con la trágica historia del malogrado André, al que habían hecho prisionero cerca de allí, y todos lo conocían por el nombre del Árbol del comandante André. Inspiraba a las gentes sencillas una mezcla de respeto y superstición, en parte por el conmovedor destino del desventurado personaje del que tomaba su nombre y en parte por las extrañas visiones y los escalofriantes lamentos que, según se contaba, podían experimentarse en sus inmediaciones.

Ichabod comenzó a silbar al acercarse a ese árbol temible; le pareció que alguien respondía al sonido, pero solo era un brusco soplo de brisa que se deslizaba entre las ramas secas. Al acercarse un poco más, sin embargo, le pareció ver algo de color blanco que colgaba en el centro del árbol: hizo una pausa y dejó de silbar, pero, al mirar con más detenimiento, descubrió que se trataba de una marca que había dejado algún rayo que se había abatido sobre el árbol, desgajando la pálida corteza. Oyó un gemido inesperado, le castañetearon los dientes y sus rodillas tamborilearon contra la silla: pero solo eran dos grandes ramas que se frotaban la una contra la otra, mecidas por la brisa. Dejó el árbol atrás, sano y salvo, pero lo aguardaban nuevos peligros.

Unos doscientos metros más adelante discurría un pequeño arroyo que cruzaba la carretera para internarse en un valle cenagoso y agreste, conocido por el nombre de pantano de Wiley. Unos cuantos troncos sin desbastar, colocados lado con lado, servían de puente para sortearlo. En el lado de la carretera donde el arroyo se adentraba en la espesura, un grupo de nogales y robles, envueltos en recios mantos de parras silvestres, proyectaba una sombra cavernosa sobre el puente. Pasar por él era la prueba más difícil de todas, pues exactamente allí habían capturado al desafortunado André, y al amparo de aquellos nogales y parras se habían colocado al acecho los guardias reales que lo sorprendieron. Desde entonces se consideraba que el arroyo estaba encantado, y solo con mucha aprensión se atreven los escolares a pasar por allí tras la puesta de sol.

Conforme se acercaba al arroyo, el corazón de Ichabod empezó a latir más deprisa en su pecho; se armó de valor, sin embargo, descargó media docena de rodillazos sobre las costillas de su montura e intentó cruzar el puente lo más deprisa posible, pero en vez de avanzar hacia delante, el perverso y viejo animal hizo un movimiento lateral y se estrelló de costado contra la barandilla. Ichabod, cuyos temores se intensificaban con la tardanza, tiró de las riendas hacia el lado contrario y pateó generosamente al animal con el otro pie: todo era en vano; el rocín reanudó la marcha, cierto, pero solo para salirse de la carretera por el otro lado, maniobra que lo introdujo en un macizo de zarzas y alisos. El maestro aplicó ahora toda la furia de su fusta y sus talones sobre los magros flancos de Pólvora, que salió disparado hacia delante, resoplando y piafando, pero solo para detenerse junto al puente una vez más, tan de sopetón que su jinete estuvo a punto de salir volando sobre su cabeza. En ese preciso instante, a los agudos oídos de Ichabod llegó un chapoteo que sonaba cerca del puente. Entre las caliginosas tinieblas de la arboleda, en la orilla del arroyo, divisó una silueta enorme, deforme y amenazadora. Aunque no se movía, daba la impresión de estar agazapada en las sombras, como un monstruo gigantesco listo para abalanzarse sobre el primer incauto que se cruzara en su camino.

Al sobrecogido maestro se le pusieron los pelos de punta. ¿Qué podía hacer? Ya era demasiado tarde para dar media vuelta y huir. Además, ¿cómo burlar a un espectro u otra criatura sobrenatural, si de eso se trataba, capaz de cabalgar en alas del viento? Por consiguiente, dio muestras de una ímproba demostración de coraje y preguntó con voz trémula:

—¿Quién eres?

No obtuvo respuesta. Repitió la pregunta, aún más agitado que antes. Ni siquiera entonces recibió contestación alguna. Aporreó una vez más los flancos del inflexible Pólvora y, cerrando los ojos, entonó un himno con involuntario fervor. El sombrío objeto de alarma se puso en marcha justo en ese momento y, de una zancada y un salto, se plantó en el centro de la carretera acto seguido. Aunque la noche era lúgubre y cerrada, aún se podía atisbar hasta cierto punto la silueta del desconocido. Parecía tratarse de un jinete de grandes dimensiones, montado a lomos de un corcel negro de poderosa figura. Se mantuvo altivo a un lado de la carretera, sin importunar ni saludar con palabra alguna, trotando un poco por detrás de Pólvora, que ya se había repuesto del susto y se mostraba más dócil.

Ichabod, a quien no le complacía proseguir su camino escoltado por tan siniestra compañía, se acordó entonces del encuentro con el Hessiano Galopante que había tenido Brom Bones y azuzó a su rocín con la esperanza de alejarse del extraño. Este, sin embargo, se limitó a igualar su paso. Ichabod aminoró la marcha casi hasta detenerse del todo con la intención de quedarse rezagado..., pero el otro hizo lo mismo. Notó una opresión en el pecho; decidió retomar las entonaciones del himno, aunque, con la lengua seca pegada al paladar, fue incapaz de formular ni una octava. Había algo de misterioso y sobrecogedor en el silencio taciturno y obstinado de su pertinaz acompañante. El enigma, empero, no tardó en resolverse. Al remontar una elevación del terreno, la figura de su escolta se recortó contra el cielo, gigantesca en su altura y embozada en su capa..., ¡y un Ichabod horrorizado comprobó que al desconocido le faltaba la cabeza! ¡El pavor que lo atenazaba aumentó al reparar en que la cabeza que debería haber estado sobre sus hombros viajaba delante de él, apoyada en el puño de la silla! El terror dio paso a la angustia; Ichabod descargó una tormenta de patadas y golpes sobre Pólvora, esperando que lo inesperado de la maniobra le permitiera burlar a su acompañante, pero el espectro partió sin demora al galope tras él. Así devoraban la distancia, con las piedras del camino volando en todas direcciones mientras ambos jinetes levantaban chispas a su alrededor. El atuendo de Ichabod ondeaba y restallaba tras él, quien, con las prisas por escapar, había extendido el cuerpo largo y desgarbado sobre la cabeza de su caballo.

Habían llegado ya al desvío de Sleepy Hollow, pero Pólvora, que parecía poseído por un demonio, en lugar de seguir la carretera, giró en la dirección opuesta y se lanzó desbocado por la ladera que descendía a su

izquierda. Esta carretera pasa por una hondonada arenosa jalonada de árboles que se extiende durante unos cuatrocientos metros, hasta llegar al puente protagonista de tantas historias de duendes, y justo al otro lado se yergue el cerro frondoso que sirve de base a la iglesia encalada.

Por el momento, el pánico del rocín le había proporcionado una ventaja aparente a su poco habilidoso jinete, pero aún no habían terminado de cruzar la hondonada cuando las cinchas se soltaron e Ichabod notó que la silla se escurría debajo de él. La agarró por el puño e intentó mantenerla firme, pero todo fue en vano. Apenas si le había dado tiempo a salvarse abrazándose al cuello del viejo Pólvora cuando la silla se desplomó en la tierra y oyó cómo la pisoteaban los cascos de su perseguidor. Por un instante se le pasó por la cabeza la ira de Hans van Ripper..., pues era su silla de los domingos, pero ese no era el momento de detenerse en miedos insignificantes. La aparición le pisaba los talones, y a él (¡con lo inhábil que era como jinete!) bastante trabajo le costaba ya sostenerse en la grupa, pues se deslizaba ora hacia un lado, ora hacia el otro, cuando no daba respingos sobre las escarpadas crestas de la cordillera que formaba el espinazo de su rocín con una violencia que le hacía temer que acabara hendido por la mitad.

Un hueco entre los árboles lo animó con la esperanza de que el puente de la iglesia ya no estuviera muy lejos. El reflejo ondulante de una estrella plateada en el seno del arroyo le indicó que no se equivocaba. Vio los muros de la iglesia a lo lejos; relucían pálidamente. Recordó el lugar donde el fantasmagórico competidor de Brom Bones se había esfumado. «Si consigo llegar a ese puente —pensó Ichabod—, estaré a salvo». En ese momento oyó que el corcel negro resollaba y resoplaba muy cerca, a su espalda; le pareció incluso notar su aliento caliente. Otra patada convulsa en las costillas y Pólvora tomó el puente de un salto, las tablas resonaron bajo sus cascos y cruzó al otro lado. Solo entonces se atrevió Ichabod a girarse para ver si su perseguidor se había esfumado, como mandaban los cánones, en una nube de fuego y azufre. En cambio, vio al espectro alzarse sobre los estribos, como si se estuviera preparando para lanzarle la cabeza. Ichabod intentó componérselas para esquivar el macabro misil, pero demasiado tarde. Impactó en su cráneo con un fuerte estampido y lo arrojó de bruces al polvo, en tanto Pólvora, el corcel negro y el jinete fantasma pasaban silbando por su lado como un torbellino.

A la mañana siguiente encontraron al viejo caballo desensillado y con la brida a los pies, tascando la hierba junto al portón de su amo con gesto sombrío. Ichabod no acudió a desayunar; llegó la hora de la cena, pero no Ichabod. Los chiquillos se congregaban en la escuela y deambulaban ociosos por las orillas del arroyo sin que su maestro diera señales de vida. Hans van Ripper comenzó a temer por la suerte que pudiera haber corrido el bueno de Ichabod, además de su silla. Se organizó una batida de búsqueda, y tras efectuar diligentes pesquisas se encontraron sus huellas. En una orilla de la carretera que conducía a la iglesia apareció la silla pisoteada en el polvo; las marcas de los cascos de los caballos dibujaban hondas muescas en el camino, señal de que alguien había pasado por allí a velocidades de vértigo, y llegaban hasta el puente, al otro lado del cual, en la margen de un tramo donde se ensanchaba el riachuelo, las aguas discurrían profundas y negras. Allí se dio con el sombrero del infortunado Ichabod, muy cerca de los restos de una calabaza reventada.

Aunque se inspeccionó el arroyo, nadie pudo descubrir el cuerpo del maestro de escuela. Hans van Ripper, como albacea de su testamento, examinó el hatillo que contenía todos sus bienes terrenales. Estos consistían en dos camisas y media, dos pañuelos para el cuello, un par de calcetines con muchos zurcidos, unos viejos calzones de pana, una navaja oxidada, un libro de himnos religiosos erizado de puntos de lectura y un diapasón estropeado. En cuanto a los libros y el mobiliario de la escuela, pertenecían a la comunidad, a excepción hecha de *La historia de la brujería* de Cotton Mather, un *Almanaque de Nueva Inglaterra* y un tratado sobre los sueños y la adivinación del futuro; en este último se encontró un folio repleto de anotaciones y tachaduras, resultado de numerosos y poco fructíferos intentos por redactar unos versos en honor a la heredera de los Van Tassel. Tanto los libros de magia como el poético borrador se consignaron de inmediato a las llamas por iniciativa de Hans van Ripper, quien, en aquel mismo instante, decidió que su prole no volvería a poner un pie en las aulas, convencido de que nada bueno podía salir de tanto leer y escribir. Si el maestro poseía algunos ahorros, y lo cierto es que había recibido su asignación apenas un par de días antes, debía de llevar el dinero encima en el momento de su desaparición.

El misterioso suceso suscitó muchas especulaciones en la iglesia el domingo siguiente. Los corrillos de curiosos se congregaban en el cementerio, en el puente y en el lugar donde se habían encontrado el sombrero y la calabaza. Se evocaron las historias de Brouwer, de Bones y de varias personalidades más, y cuando todas se analizaban con detenimiento y se comparaban con los síntomas del caso presente, la gente sacudía la cabeza y llegaba a la conclusión de que el Hessiano Galopante se había llevado a Ichabod. Puesto que estaba soltero y no tenía deudas con nadie, nadie perdió el sueño por él; la escuela se trasladó a otra parte de la hondonada y se le asignó un nuevo maestro.

Cierto es que un anciano campesino, el cual había bajado de visita a Nueva York varios años después, y de quien recibí esta versión de tan fantasmagórica anécdota, regresó a casa con la noticia de que Ichabod Crane seguía con vida; que había abandonado la localidad en parte por temor al espectro y a Hans van Ripper, en parte desconsolado por el inesperado rechazo de la heredera; que ahora se alojaba en una zona lejana de la comarca; que había seguido enseñando y había estudiado Derecho a la vez; que había aprobado el examen, se había metido en política, lo habían elegido, había escrito para la prensa y, por último, lo habían nombrado juez en el Tribunal de las Diez Libras. Se observó asimismo que Brom Bones, quien poco después de la desaparición de su rival había conducido con aire triunfal a la exuberante Katrina al altar, se mostraba extraordinariamente risueño cada vez que alguien relataba la historia de Ichabod, hasta el punto de estallar en sonoras carcajadas cuando llegaba la mención de la calabaza, lo que llevó a algunos a sospechar que sabía más sobre aquel asunto de lo que pretendía dar a entender.

Sin embargo, las viejas del lugar, que son quienes mejor saben valorar estos asuntos, sostienen a fecha de hoy que la desaparición de Ichabod se debió a medios sobrenaturales, y su historia es una de las que más éxito tiene en la zona, en invierno, al congregarse todos en torno a las chimeneas. El puente se convirtió más que nunca en objeto de supersticiosa fascinación, y quizá eso explique que la carretera se haya modificado en los últimos años y ahora conduzca hasta la iglesia esquivando los bordes de la presa del molino. Una vez abandonada, la escuela no tardó en sucumbir al deterioro. Dicen que está embrujada por el fantasma del desventurado maestro. Más de un mozo de labranza, en su camino de vuelta a casa en los atardeceres del estío, ha creído escuchar su voz a lo lejos, entonando himnos melodiosos en medio de la tranquila soledad de Sleepy Hollow.

Epílogo
(Escrito con la letra del Sr. Knickerbocker)

He referido este relato casi con las mismas palabras que escuché en una reunión del ayuntamiento de la venerable ciudad de Manhattoes, a la que asistí en compañía de muchos de sus más sabios e ilustres vecinos. El narrador era un caballero entrado en años, de trato agradable y desaliñado atuendo negro agrisado, con unas facciones entre melancólicas y risueñas, el cual me dio la fuerte impresión de vivir en la precariedad, tal era su esfuerzo por entretener a la concurrencia. La historia, una vez concluida, suscitó muchas risas y aprobación, en particular por parte de dos o tres concejales ya veteranos que se habían pasado la mayor parte del tiempo durmiendo. Había, no obstante, un hombre bastante mayor, muy alto y enjuto, de cejas pobladas, cuyo semblante se mantuvo serio y solemne durante toda la narración; de vez en cuando se cruzaba de brazos, inclinaba la cabeza y fijaba la mirada en el suelo como si estuviera absorto en profundas cavilaciones. Se trataba de una de esas personas parca en palabras, de las que nunca se ríen sin un buen motivo, y solo con la razón y la ley de su parte. Cuando el alborozo generalizado remitió y se hubo restaurado el silencio, el hombre apoyó un codo en el brazo de su silla, y con el otro en jarras preguntó, con un cabeceo sutil pero extraordinariamente sabio, acompañado de un fruncimiento del ceño, cuál era la moraleja del cuento y qué se demostraba con él.

El narrador, que acababa de llevarse una copa de vino a los labios en recompensa por sus denuedos, se quedó pensativo un momento, miró a quien lo interpelaba con aire de deferencia infinita y, tras soltar muy despacio la copa encima de la mesa, observó que la historia, como es lógico, probaba...

—Que ningún revés en la vida está exento de placeres y ventajas, siempre y cuando uno se lo sepa tomar con humor.

»Que aquel que compita con jinetes fantasma es muy probable que termine cayéndose del caballo.

»Y que si una heredera holandesa le niega la mano a un maestro de escuela, eso no significa que este no vaya a terminar prosperando en los círculos más altos de la sociedad.

Las cejas del taciturno caballero amenazaron con fundirse en una sola ante semejante explicación, tan perplejo lo había dejado la racionalización de aquel silogismo, en tanto el de vestimenta más humilde, me pareció, lo observaba con algo parecido a una sonrisita entre socarrona y triunfal. El primero, al cabo, repuso que todo eso estaba muy bien, aunque la anécdota aún le parecía un poquito extravagante, y sobre al menos uno o dos puntos aún albergaba sus dudas.

—Está usted en su derecho —replicó el narrador—. Y le aseguro que yo, por lo que a la historia respecta, no me creo ni la mitad de ella.